講談社文庫

神の島のこどもたち

中脇初枝

JN043249

講談社

目次

登場人物紹介

マチジョー……沖永良部島の小さな集落に暮らす男の子。

ハナみー……………マチジョーの長兄。

ナビあや……………マチジョーの姉。

ユニみー……………マチジョーの次兄。

カミ……………………マチジョーのおさななじみ。

イチみー……………カミの兄。出征先で戦死。

ナーク…………………カミの末の弟。

ヤンバル……………マチジョー、カミの友達

トラグヮー…………マチジョー、カミの友達

地図　Eriy

デザイン　坂野公一 welle design

神に
守られた島

鹿児島
種子島
口永良部島
屋久島
奄美大島
喜界島
加計呂麻島
徳之島
沖永良部島
与論島
沖縄

＊

草刈りをしていたら、トラグヮーが来て、亀岩《かめいわ》に兵隊さんが流れついていると言う。

鎌《かま》を持ったまま、海へ走っていくと、亀岩のまわりに人が集まっていた。人垣のうしろから、あじ《おばあさん》が手を合わせて、しきりに拝んでいる。

トラグヮーと岩によじのぼって、大人の頭の上からのぞくと、軍服を着た男の人が波の上に浮かんでいた。

手も足ももぎとられていたけれど、一本だけ残った足には長靴《ちょうか》を履いている。波が岩に寄せるたびに、兵隊さんの体はゆらゆらと揺れた。

今日は朝からよく晴れて、風もない。見渡す限り青いばかりの空と海。

その海に浮かぶのは、兵隊さんだけだった。波は兵隊さんをあやすように、おだやかに寄せる。

「こんなになっても、痛くないんだなー」

ぼくがつぶやくと、トラグヮーが怒ったように言った。

「あたりまえだろー。死んでるんだから」

早く引きあげてやれという声はするが、だれも降りていくものはいない。

ひとりの女の人が、わっと泣きだした。つられて背中の赤ちゃんも泣きだす。

「だんなさんがご出征されてるからねー」

だれかが気の毒そうに話す声が聞こえた。

ぼくは岩から飛びおりた。

大人のひとりが、やっとぼくたちに気づいて叫んだ。

「こら、こどもの見るもんじゃない」

ぼくはその声をうしろに、さとうきび畑の間の道を走りだした。

「マチジョー」

トラグヮーが呼んでも、ぼくは足をとめなかった。

泣き声から離れたかった。

しばらく走って、足をとめた。もう鳥の鳴き声と草のざわめきしか聞こえない。うちのシマ《集落》は近かった。

真っ白なニャーグ《石灰岩片》道にしずくが垂れて、点々と黒い斑点が続いている。

ぼくはそっと斑点を踏んだ。いつもはだしの足裏には何も感じない。

でもぼくは、一歩一歩、黒い斑点を踏んで歩く。

斑点はシマに向かって続いている。

カミの通った跡だ。

「マチジョー」

中の家《ナカヌヤー》の前まで来ると、おばさんに呼びとめられた。

「ちょっと、飛行機の音を聞いてー」

中の家の庭には脱穀機《だっこくき》が出ていた。

「いいお天気だから、空襲があるかもしれないからねー」

うちのシマがはじめて空襲を受けたのは、ちょうど脱穀をしている最中だった。下の家《シモヌヤー》の庭で脱穀が始まったとき、ぼくもそこにいた。脱穀機の単調な動きがおもしろくて、脱穀が始まると見にいっていた。

ぐあんぐあん響く脱穀の音で、敵機が来た音が聞こえず、撃たれてはじめて、あべー《しまった》と思って逃げた。そのとき、庭にはこどもが十人は集まっていたはずだったが、幸いだれにも弾は当たらなかった。

それから、シマでは脱穀するときは必ず、こどもを石垣に上げて飛行機の音を聞かせる。

「もみ米がすんだら、お米をあげるからねー」

道に立ったままで庭に入っていかないぼくに、おばさんは手招きして言った。こどもが喜ぶ砂糖でもウム《芋》でもなくて、米をやるというのは、うちの状況を知っているからだ。

ぼくは首を振った。

ぐずぐずしていると、カミの通った跡が乾いて、見えなくなってしまう。

どうせ、カミの行く先はわかっていたけれど、ぼくはこのしずくを辿《たど》りたかった。

消えてしまわないうちに。

「あとから、トラグワーが来るから」

ぼくは言って、中の家《ナカヌヤー》を通り越し、カミのあとを追った。


ぼくが一足ごとに踏んでいく、白い道の黒い斑点を容赦なく蹴散らして、おばさんたちがやってきた。

頭に大きなヒャーギ《ざる》を重ねてのせて、おばさんたちはわらいさざめきながら歩いてくる。シマ《集落》で供出するウムやウムのつるを、越山《こしやま》の守備隊に届けにいくのだ。この島では越山と大山《おおやま》と二つの山のどちらにも守備隊が駐屯していて、ぼくたちを守ってくれていた。

うちゅくい《頭にかぶる布》に顔が隠れていても、あま《おかあさん》がいることはすぐにわかる。

「マチジョー」

あまはシマのおばさんのだれよりも背が高い。

「草刈りはどうしたのー」

「鎌が切れないから」

ぼくはとっさに言った。

「研《と》いでからもういっぺん行くよ」

「遅れるよー」

おばさんたちが、足をとめたあまをふりかえって言う。

「兵隊さんに叱られるよー」

「今行くよー」

あまと一緒に足をとめたトラグヮーのおばさんが言った。

「守備隊が来てから、えらぶ《沖永良部島》時間がなくなったねー」

あまがわらう。島に守備隊がやってくるまで、みんな太陽の傾き加減で暮らしていた。今も時計を持っていない家が殆《ほとん》どだ。

「何時何時って、遅れると叱られる」

「本当にねー」

おばさんたちはそう言いあいながらも、足をとめたままだ。

「兵隊さんの死体を見にいってたんでしょ」

ぼくはあまを見上げた。あまはあちゃ《おとうさん》より背が高い。頭にヒャーギをのせると、もっと大きくなって、見上げていると首が痛くなるくらいだ。

「カミが言ってたよー。トラグヮーが呼びにいったんでしょ」

「トラグヮーはしかたないねー。あの子はどうしたのー」

トラグヮーのおばさんも口をはさむ。

「あとから来る」

ぼくはそれだけ言うと、おばさんたちが斑点を踏み散らした道を走りだした。

「空襲が来ないうちに、牛に草をやってよー」

ぼくの背中を、あま《おかあさん》の声が追いかけてきた。

カミの通った跡は、もうわからなくなっていた。


カミの家には、だれもいなかった。

水甕《ミジガミ》はいっぱいになっていた。

ぼくは三軒あと返りして、自分の家に戻った。家の石垣に沿って歩きながら、石垣の石のひとつの高さと自分の背丈をくらべる。その石だけ真っ白な珊瑚《さんご》石で、ちょうどぼくの目の高さに嵌《は》まっていた。その高さは昨日とも、今朝、家を出るときともかわっていなかった。

ちっとものびてない。

ぼくはがっかりしながら石垣の中に入った。

「マチジョー」

あやが家の奥からぼくを呼んだ。食事が終わったばかりらしく、敷いたきりの畳の上に、ハナみー《兄さん》を寝かせていた。

「草刈りはどうしたの」

「鎌が切れなかったんだよ」

「おかしいねー。昨日はよく切れたよー。あちゃ《おとうさん》はよく研いでから行ったはずだけどねー」

あちゃは、徳之島《とくのしま》の飛行場建設に徴用されて行ったきり、帰ってこない。

「やっぱり毎日研がないとだめなのかねー」

あやは立ちあがり、縁へ出てきた。手には空になった茶碗を持っている。山羊《やぎ》の乳かヤラブケー《蘇鉄の実の粥》かわからなかったけれど、とにかくハナみーはみんな食べたらしい。

ぼくが茶碗を見ていることに気づくと、あやが言った。

「今日はウム《芋》も食べたよ」

ハナみーが何を食べたかということは、うちでの一番の関心事だった。

「あやがついてるからねー、ハナみーはきっとよくなるよー」

あやはわらった。目も鼻も口も大きいあやがわらうと、薄暗い茅葺《かやぶ》きの家がぱっと明るくなる。

「カミに聞いたよ。亀岩に行ってたんでしょ。こどもが見るもんじゃないよー」

庭の隅で形ばかり鎌を研ぎはじめたぼくに、あや《姉さん》はしゃべりつづける。

「かわいそうにねー。沖縄《おきなわ》へ特攻にいく飛行機の兵隊さんかねー」

あやのうしろで横たわったハナみー《兄さん》は、あやが大声でしゃべっている間、ぴくりともしない。ハナみーには、もう、あま《おかあさん》譲りで背の高いあやの姿も目に映らず、あやのいつも唄っているかのように朗々と響く声も届いていないようだった。眠っているのか、起きているのかもわからない。亀岩に浮かんでいた兵隊さんよりも動かない。

それでもあやはわらっている。

「行ってくるよ」

ぼくは研いだ鎌を振って研《と》くそを払うと、庭を飛びだした。

草を食べていた山羊が驚いて顔を上げ、めえと鳴いた。

「ごめん」

ぼくがあやまると、山羊はまためえと鳴いた。


草刈り場ではなく、砂糖小屋へ走った。

女の子は水汲みがすんだらウム《芋》掘りか砂糖を炊く手伝い。男の子は草を刈って牛に食べさせ、砂糖を炊く手伝い。学校がなくなってから、ぼくたちの一日の仕事は決まっていた。

思った通り、砂糖小屋へ続く白い道の途中に、さとうきびの束を頭にのせたカミの姿があった。

カミの体に、さとうきびの束は大きすぎた。カミの細い腰は定まらず、ゆらゆらする。あまやあやの、しゃんとのびた背筋や、しっかりとすわった腰とはずいぶんな違いだった。

だから水汲みもへたなんだ。

ぼくは鎌を背中に差し、カミの頭の上のさとうきびの束を、うしろからぱっと取った。

「マチジョー」

驚かせようとしたのに、カミは大きな黒目をゆっくり動かして、ぼくを見上げただけだった。その目にぼくが映っている。

「自分で運ぶからいいよー」

「カミが運んでたら明日になるよー。運んでやるよー」

わらいかけても、わらい返してくれない。

「だって、マチジョーは草刈りにいくんでしょ」

「砂糖小屋は途中だから」

「遠回りでしょ」

カミの声は冷たかった。

「あまに告げ口したろ。トラグヮーと亀岩行ったって。おしゃべりだなー」

「わたしが言わなくても、トラグヮーが大騒ぎしてたよ。マチジョーと見にいくって。死体なんか見にいって、こわくないの」

「カミは臆病《おくびょう》だなー」

ぼくはさとうきびの束を持って先を歩いた。カミの足音があとからついてきた。

背丈はぼくとかわらなくても、カミは軽くて、珊瑚のかけらでできた道を踏む足音は、ぼくの足音にかきけされるほど小さい。ぼくはその音を聞いていたくて、口をつぐんで耳をすますのに、おしゃべりなカミは人の気も知らないで、しゃべりだす。

「わたしが臆病なんじゃなくて、マチジョーがふりむんでこわいもの知らずなんだよ。あ、やだねー。きっと今晩夢に見るよ。兵隊さんが夢に出てくるよ。マチジョーは寝小便してナビあやに叱られるよ」

カミはそんなに細い体のくせに、高い声できゃんきゃんまくしたてる。

「水甕《ミジガミ》いっぱいにするのに、朝から何回運んだ？」

ぼくは話をかえた。カミはもう十歳になるのに、蘇鉄《そてつ》の葉っぱを水桶にのせても、まだ、ぽたぽたこぼしながらしか水を運べない。水汲みを始めたばかりの小さいこどものように。だから、カミが水を運んで歩いたあとはすぐにわかる。

「四回だよ。わるい？」

カミがむっとして答えた。ホー《水汲み場》は遠かった。細く、くねった道をずっと下っていかないといけない。水桶は頭にのせて運ぶしかないのだ。

「あやなら、二回だ」

ぼくはわらいとばした。カミの水桶はあやの水桶より一回り小さかった。

「カミのくせに水汲みがへたで、水がない水甕《カミ》は音がする」

家の水甕をいっぱいにするのは女の仕事だった。甕が空だと、ちょっと叩いても音が高く響く。空の甕がよく響くように、頭が空っぽだとおしゃべりになると、島では女をからかってよく言った。

からかいながら、思う。うちはあまもあやも働き者だから、水甕がいっぱいでないときはなかった。むしろ、うちでは男のほうが不甲斐なかった。あちゃ《おとうさん》は割れ甕《ワリガミ》という言葉がふっと浮かぶ。男は割れ甕と同じでなんの役にも立たないと、島の女は言い返す。

目も耳もだめになって横たわったままのハナみー《兄さん》や、家にいたときも朝に夕に三味線ばかり弾いていたあちゃの背中がよみがえる。

「いっぱいにしたもん。返して」

カミはうしろからさとうきびの束をひったくった。

「マチジョーはさっさと草刈りにいきなさいよ。ナビあやに言いつけるよ」

カミはぼくをにらみつけながら、さとうきびの束を頭にのせた。その黒い目に、またぼくの顔が映っている。

ぼくはカミを追い越して、草刈り場へ走った。

ぼくは走りながら、わらいだした。

カミと会って話すたびに、どうしてだか、ぼくはじっとしていられなくなる。叫びだしたくなる。

叫ぶかわりに、ぼくは草原《くさはら》に飛びこんで、めちゃくちゃに走りまわった。

ずいぶん高くなった太陽に照らされ、草は熱くなっている。世界中が、ぼくに折られた草の匂いでいっぱいになったような気がした。


南風が強く吹くたびに、浜にアメリカの軍艦の食料品が流れつくようになった。

下《シモヌヤー》の家の鶏の声を聞いて、目をさます。こんな戦争中でもかかわらず、鶏は毎朝律儀に夜明けを告げて鳴く。ぼくは起きあがるとすぐに、隣りで眠るハナみー《兄さん》を見た。夜明けの薄暗がりの中で、かすかに肩が上下している。

今朝もハナみーは生きている。

あま《おかあさん》はもうウム《芋》を炊《た》いていた。まずは朝ごはんがヤラブケー《蘇鉄の実の粥》でないことにほっとする。

「早いねー」

あまがふりかえってわらった。

「ウムだね」

「ヤラブケーが続いたからねー、あんたはウムがすきでしょー」

「ヤラブケーでもいいよ」

思わず言ってしまう。どうせあまにはお見通しなのに。

「あんたは優しいねー」

あまの言葉に答えず、家を出た。浜に向かう道を、いっぱいにした水桶を頭にのせて、あや《姉さん》が帰ってきた。

「浜へ行くのー」

ぼくは頷《うなず》いてすれちがった。背の高いあやの歩いたあとには、しずくの一滴も落ちていなかった。

浜には、何かわからない、アメリカの軍艦の部品や布切れが流れついていた。

沖縄からの浮遊物は毒だから食べてはいけないと、越山の兵隊さんにはきつく止められていた。でも、ぼくは毒が入っていないことを知っていた。

横文字の書かれた缶詰、蠟《ろう》で封された乾パンやお菓子。どれもあんまりおいしそうだったので、こっそり下の家の鶏に食べさせてみたのだ。翌日になっても鶏はぴんぴんしていた。

いまだに兵隊さんの言うことを信じて、浮遊物には目もくれない人たちが多いので、競争相手が少なくて助かる。食べられそうなものを探して、波打ち際を歩いた。

亀岩まで行くと、この前の片足の兵隊さんのことを思いだした。あのあと、兵隊さんは引きあげられて、火葬にされ、前の浜《メーヌ》の共同墓地の隅に埋められたという。トラグヮーがいつまでたっても戻ってこないと思っていたら、すっかり焼けてしまうまでずっと見ていたそうだ。次の日に草刈り場で会ったら、おばさんにひどく叱られたとなんだか自慢げだった。

学校があったら、みんなしてトラグヮーに兵隊さんの話をせがんで、トラグヮーは一躍人気者になっていたことだろう。集落《シマ》には新聞もラジオもない。ぼくたちはいつも、どんなニュースにも餓えていた。

本土《ヤマトゥ》から守備隊が来て、隣りのシマにある、ぼくたちの国民学校の校舎に入ってきたのは去年のことだった。ヤマトゥの兵隊さんがえらぶの島《沖永良部》を守りに、背嚢《はいのう》を背負ってやってきたと、しばらくは大騒ぎだった。ぼくたちは校庭のガジュマルの木の下で勉強をしたけれども、それも今年になるまでだった。守備隊が越山と大山に移って、やっと校舎に戻れるようになったのに、空襲が始まってからは授業そのものがなくなった。茅葺きとはいえ、石垣で囲まれた校舎は兵舎に見えるらしく、空襲があるたびに狙われた。

亀岩のむこうまで行ってみたけれど、今日は缶詰も、袋詰めの食料もみつからなかった。軍艦の轟沈《ごうちん》がなかったんだろう。

もう戻ろうと顔を上げたとき、地響きがして、足許が揺れた。

遅れて、どおんどおんと音が聞こえてきた。

「始まった」

ぼくと同じようにアメリカの浮遊物を拾いにきていた東の家《アガリヌヤー》のじゃーじゃ《おじいさん》が言った。

じゃーじゃには、一人息子のおじさんがいたが、日支事変から何度も召集されて、今もフィリピンかどこかの戦地にいる。それでおじさんは結婚もできなくて、東の家は年取ったじゃーじゃとあじ《おばあさん》がふたりきりだった。

南風にのって、アメリカ軍が軍艦から沖縄を攻撃する艦砲射撃の音が島まで届く。腹に響くような音だ。もう何日も、朝から晩までひっきりなしだ。それでいて、夕方五時になるとぴたりとやむのが気味がわるい。時計がなくても時間がわかる。

「よくもあんなに弾があるもんだ」

前の浜のじゃーじゃが腰をのばしながら、つぶやく。

「沖縄にはもうだれも生きていないんじゃないか」

東の家のじゃーじゃの言葉に頷いて、前の浜のじゃーじゃが、うなるように言った。

「あの音がやんだら、えらぶの番だぞ」

ぼくたちは波打ち際に立ったまま、海をながめた。もうすぐ、この海のむこうから、アメリカ軍がやってくる。

艦砲射撃の音と地響きは、それから日が暮れるまで、ぼくから離れなかった。

草刈りのあと、山羊を連れて砂糖小屋へ行った。
カミの家とぼくの家は、シマ《集落》では三軒離れているけれど、砂糖小屋はさとうきび畑を間に、隣りあっていた。

ちばりよ《がんばれ》　牛よ

カミの高い声が聞こえてくる。ぼくは石垣からカミの家の砂糖小屋をのぞいた。

さったー《砂糖を》　なみらしゅんどー《なめさせてあげるよ》

砂糖車《サタグルマ》をひく牛を追って、太い腕木《ブイ》にもたれかかって、カミはゆっくりと唄《うた》う。
カミの唄に合わせるように、カミのあま《おかあさん》とあじ《おばあさん》が、きびの束を一束ずつ、歯車にはさむ。砂糖車の端に置かれた甕《カミ》に、板を伝って、たらったらっと汁が垂れる。

ふぃよー　ふぃよー

唄に合わせ、カミが竹の笞《むち》で牛の尻を叩く。

　　ちばりよ　牛よ

カミはまた唄う。

同じところばかりぐるぐる回るので、クルマンドー《砂糖車のある広場》の土が剝きだしになり、しめって泥になる。カミの足は赤土に染まっていた。

何年も前の七草粥の日を思いだす。七歳になった子が七軒の家を回り、雑炊をもらって食べる。カミは袖《そで》も裾《すそ》も長い、藍《あい》色のちゅらちばら《晴れ着》を着て、お茶碗を持ってうちに来た。浜辺を飛ぶ蝶々みたいだった。ぼくは恥ずかしくて、トーグラ《台所》からちらっと見ただけで、座敷に出ていけなかった。

カミはすごくきれいだったのに。

そのとき、山羊が高くめええと鳴いた。まわりの草を食べつくしてしまったのだ。ほかのところへ連れていけとぼくを急かす。カミが鳴き声を聞きつけて顔を上げた。

ぼくはあわてて頭をひっこめ、山羊をひっぱって自分の砂糖小屋へ向かった。

さったー《砂糖を》　なみらしゅんどー《なめさせてあげるよ》

カミの唄声が風にのって届く。

「遅かったねー」

待ちかねていたあや《姉さん》がぼくに言った。

山羊をアコウの木に繋ぐと、ぼくも腕木《ブイ》を押しながら牛を追った。ユニみー《兄さん》とあやが向かいあって、かわるがわる砂糖車《サタグルマ》にきびの束をはさむ。

あま《おかあさん》はハナみーの世話で家に残っていた。ハナみーは自分で食べることもできなくなって、食事ひとつするのにも手がかかる。空襲があるといけないから、いつもだれかがついていないといけない。うちで山羊を飼うようになったのも、ハナみーの病気には山羊の乳がいいと聞いて、あちゃ《おとうさん》が和泊《わどうまい》で買ってきたからだ。

ふぃよー　ふぃよー

カミの声に合わせて、ぼくも笞を振るう。

「カミはいい声だねー」

あやが言った。

「水汲みは下手なのにねー」

あやはわらいながら、ぼくを見た。ぼくは返事をしなかった。

カミが水汲みの練習を始めたのも、七歳のときだった。夏の暑い盛りに、最初は平べったい洗い桶を頭にのせてもらって、運ぶ。一歩ごとに水を浴びて、家に辿りつく前に、桶は空っぽになっていた。スカートの裾からは水がしたたり、カミはずぶぬれで、びしょびしょだった。トラグヮーやヤンバルたちと、腹を抱えてわらった。なんであんたたちは練習しないのーと、あのときカミは真っ赤になって怒っていた。

水汲みは女の仕事だからねー。

そう言ってカミをたしなめたのは、カミのあまだったか、あじ《おばあさん》だったか。

あのころから、ぼくたちは自分が男なのか女なのか知っていった気がする。ぼくは七歳になっても、ちゅらちばら《晴れ着》を着せられなかった。

濡れて風邪をひくから、水汲みの練習は夏に始めるのだが、カミはなかなかうまくならず、寒くなっても水をこぼしては、頭から濡れて、いつも髪からぽたぽたとしずくを垂らしていた。

甕《カミ》がきびをしぼった汁でいっぱいになると、あやたちはふたりがかりで汲みだして、大鍋に入れて炊く。あちゃがいたときは、それはあちゃの仕事だった。どの家でもあちゃが砂糖を炊く。

途中で石灰を少し入れると、その加減でおいしい砂糖が炊ける。でも、あちゃ《おとうさん》はそれがうまくできなくて、みそみたいな砂糖ばかり炊いていた。だから、うちの砂糖は特等にも一等にもならなくて、安い値しかつかなかった。あちゃは、毎年毎年、先祖伝来の畑や田んぼを少しずつ売っていった。

あの田んぼはうちの田んぼだったんだよーと、あや《姉さん》は、通りがかりの田んぼを指さしては、ぼくに教えてくれた。そのころ、ぼくはまだあやの背中に背負われていた。

だからといって、もうなんの関係もないのに、ぼくはいまだにそれを忘れられなくて、その田んぼの前を通るたび、この田んぼはうちのものだったのに、と恨めしげに見てしまう。

それでも、あちゃがいないと、砂糖しぼりも砂糖炊きもはかどらない。半年近くも続く製糖作業も、終わった家がぽつぽつ出はじめていた。カミの家でももうすぐ終わるらしいのに、うちはまだ終わりが見えない。田植え前の代掻《しろか》きも近い。あちゃがこのまま帰ってこなかったらどうしようと、こわくなる。

ちばりよ《がんばれ》　牛よ

牛は砂糖車《サタグルマ》を真ん中に、クルマンドー《砂糖車のある広場》をぐるぐる回りつづける。アコウの木に結びつけた山羊も、木を真ん中にぐるぐる回りながら草を食べていた。

ウム《芋》かヤラブケー《蘇鉄の実の粥》の晩ごはんを食べたあと、カミのあじ《おばあさん》が気が向くと、むんがたい《昔話》をしてくれる。

それはたいてい、月のきれいな夜で、カミが、むんがたいしゅんどー《するよー》と、呼びにきてくれる。

「あーししむんがったい《赤肉物語》、ききたいでしょー」

カミはつばをのみこみながら言う。むんがたいのことをあーししむんがったいともいう。あーしし《赤肉》が何よりもおいしいように、カミのあじのむんがたいはおもしろかった。もう、あーししなんて、ぼくもカミもずいぶん食べてない。

ぼくはカミと一緒に走っていった。ちょっと前まではユニみー《兄さん》もあやも一緒に聞きにいっていたのに、最近は来ない。あちゃの分も働いて疲れているのか、晩ごはんを食べるとすぐに寝てしまう。そうでなければ、竹槍訓練に駆りだされている。

カミの家では、あじが膝にナークをのせて、とーとぅふぁい《お月様》、とーとぅふぁい《お月様》と、月に孫の成長を祈っていた。カミのうとぅー《弟》のナークは、二歳になるというのにまだ歩かない。

「おしっこ、してきたのー」

「してきたよー」

庭に広げられたむしろの上には、トラグヮーもヤンバルもいて、ちょっとがっかりした。ヤンバルの隣りに横になると、ナークを間にはさんで、カミがぼくの隣りに横になった。

「むかしねー、あま《おかあさん》がウム《芋》掘りにいって、あや《姉さん》とうとぅー《弟》がるすばんをしてたんだよー」

あじ《おばあさん》も、むしろの上に横になって、語りはじめる。ちっちゅがなしぬはじきりちゅー《月の中の足の切れた人》だと、ぼくとカミは目を見合わせた。月が丸く見える夜に、あじはいつもこのむんがたい《昔話》をする。

やがて、あまに化けた鬼がやってきて、うとぅーを抱いて寝る。

「あやがあまの背中をうしろからさすったら、下にはするー《つる》するー《つる》、上にはかす《かさ》かす《かさ》してねー、これはあまじゃないってねー」

ぼくはこのむんがたいのこのくだりが一番すきだった。

あやの機転で、おしっこに行くふりをして逃げだしたあやとうとぅー。でも追いかけられて、ふたりは高い木にのぼる。鬼はふたりにどうやってのぼったかたずねる。頭を下にして、足を上にしてのぼったとあやが嘘を教えたので、鬼はその通りにするが、のぼれない。うとぅーがそれを見て、わらって、「ちがうよー、頭を上にして、足を下にして、のぼったんだよー」と、本当のことを言ってしまう。

鬼がその通りにしてのぼってきたので、あやは、「ちっちゅがなし《お月様》、ちっちゅがなし《お月様》、わたしたちをかわいそうに思うなら、天から綱を降ろしてください」と、月に願う。

天から鉄の綱が降りてきて、あやはうとぅーを先にのぼらせている間に、鬼に片足を食われるが、天に引きあげてもらえる。鬼には腐った綱が降りてきて、鬼はのぼろうとするが綱が切れ、菖蒲《しょうぶ》畑に落ちて死ぬ。

「あがり《お》とぅーさ《し》、いー《ま》とぅーさ《い》」

あじはいつもの言葉で語りおさめたあと、またいつも言うことを言った。

「だからねー、をぅ《姉》ない《妹》神はたか《尊》さ《い》。をぅない神は拝みなさい。をぅない神の言うことは肝にしみて聞きなさい」

これは、ぼくたち男きょうだいに向けた言葉だった。姉や妹の女きょうだいはみんな、をぅない神という神で、男きょうだいを守るものだった。

だからぼくが熱を出したり、けがをしたりしたときには、きまってあやがあまに叱られるのだった。あれはいつのことだったろう。牛の水浴びにかこつけて、寒い日にため池で泳いだぼくがわるかったのに、あやがあんたのせいだよーと叱られていた。ぼくは熱にうかされながら、夢うつつであやに謝りつづけた。

「いん《うん》」

ぼくたちは口をそろえて返事した。

「をぅない神の願いは必ず通るからねー」

あじはカミに言った。

「いん《うん》」

カミは起きあがり、眠ってしまったナークの額《ひたい》をなでながら頷いた。月の光が、あらゆるものの輪郭《りんかく》を白く縁取りし、うつむくカミの横顔も白く浮かびあがらせている。

ぼくがみとれていると、カミはふと顔を上げ、両手を上げて、ぼくたちに言った。

「こうやって指を組んでのぞいてみてー」

カミは指の間のすきまから月を見上げた。

「ほら、七色に輝くんだよー」

「ほんとだー」

トラグワーが真似して喜んだ。ぼくもカミと同じものを見ようと、指の間から月をのぞいた。月がとりどりの色に光っていた。

驚いて手を下ろし、見上げた月は、もとの色に戻った。そこには、片足をなくしたあや姉《さん》が立っているように見える。

今ごろうちでは、ナビあやはまた、ハナみー兄《さん》の世話をしているんだろう。

月が地面に影を映していた。庭の木の葉っぱが風に揺られて、ぼくたちの上に刻まれた影も揺れていた。

代掻きまでには帰ってくることを願っていたが、あちゃ《おとうさん》はとうとう戻らなかった。

久しぶりに雨が降った夜、あまが《おかあさん》押切《おしきり》で蘇鉄の葉を切りながら言った。

「ユニ、マチジョー、明日はあんたたちで代掻きをしてねー」

ふたりだけで代掻きをするのは初めてだった。あまに手伝ってもらいながら、ユニみーとふたりで牛に犂《すき》をつける。

みんな、ずっと、雨が降るのを待っていた。あやが押切で切った蘇鉄の葉を堆肥に撒《ま》いてくれた。

地面の下を流れ、それが地上に湧きだしたところで水を汲んで暮らす。珊瑚でできたこの島では、山に降った雨は
った。夜中に降った雨のおかげで、やっと田んぼに水が満ちた。

シマ《集落》中の田んぼで代掻きが始まった。カミも弟のナークを背負って田んぼに入り、蘇鉄の葉を撒いている。代掻きは雨次第だ
転ぶんじゃないか。

もどかしいほどにゆっくり田んぼの中を歩くカミ。一足ごとに、カミの細い足にからみつく泥と蘇鉄の葉が、カミを転ばせそうではらはらする。

「マチジョー、何見てる」

ユニみーの声にはっとする。

「行くぞ」

ユニみーは前から牛の角をひっぱって、泥の中を歩きだした。

「ドードー」

進めという合図だ。牛は嫌がってか、頭を振って、もうと鳴いた。

「チーチー」

牛は相手を見る。あまゆずりで背が高いユニみー《兄さん》には、鳴いただけでおとなしく歩きだした。右へ寄れという合図にも素直に従う。ぼくがひいても言うことをきかないに決まっている。砂糖車《サタグルマ》をひかせるときだって、まだ小さいぼくやカミのことは侮《あなど》って、笞《むち》を使わないと歩いてくれない。

ぼくは、牛がひく犂が倒れないように押さえながら、牛のあとをついていく。

このごろはみんなが空襲日和と呼ぶ、いい天気だった。カミは畦《あぜ》に上がって、ナークをあやしている。カミはいつも、頭に水桶やきびの束をのせているか、ナークを抱いたり負ぶったりしている。

そのとき、越山の上に飛行機が見えた。

グラマンだ。

見えてから音が響いた。

悲鳴が上がり、みんな走りだした。

ユニみーはちょうど畦近くまで牛をひいてきていたから、牛を置いてすぐに田んぼを飛びだし、畦を走っていった。カミのあとを追うように、逃げていく。

みんなが走っていくのを見ながら、ぼくは田んぼの真ん中で、逃げることも知らない牛と一緒に、泥に足を取られていた。

あべーと思《しまった》ったときには、ばばばばばと撃たれていた。

泥がはねかえる。

グラマンの機銃は牛とぼくのちょうど間を撃っていき、牛はびっくりして跳ねたが、幸い、牛にもぼくにも弾は当たらなかった。

飛行機の音は頭の上に来ていた。飛行機が頭の上まで来たら、もう撃たれる心配はない。ぼくはどんな人が撃ってるのかと思って、飛行機を見上げた。

すると、操縦席の人も、うまく撃てたかなと、ちょうどぼくを見下ろしていた。ヘルメットをかぶっていて、どんな顔かはよくわからなかったが、その瞬間、ぼくたちはたしかに目と目が合った。

そのままグラマンは機首を上げ、けたたましい音をたてて、海のほうへ飛んでいった。

蘇鉄の下へ逃げていた人たちが戻ってきた。

「マチジョー」

ぼくを置いて逃げたユニみーが一番に走ってきて、ぼくの肩をつかんだ。

「なんでおまえは逃げなかった」

逃げたくても逃げられなかった。それにもし逃げていたら、逆に機銃掃射でやられていただろう。

そう答える前に、ユニみー《兄さん》はなおも怒鳴った。

「飛行機なんか見てる場合か。すぐ逃げなきゃだめだ。逃げられないときは伏せるんだ」

「まあ、よかったよかった。マチジョーが無事で」

戻ってきたあや《姉さん》がとりなすように、畦から声をかけてくれた。

「マチジョー、顔が泥だらけだよー」

あやは嬉しそうにわらった。

カミもその横に立っていたが、何も言わず、ぼくをにらんでいた。

ぼくは顔の泥を拭《ぬぐ》いながらカミを見上げた。きっとおかしな顔になっているんだろう。

ぼくはカミにわらってほしくて、顔をさらしてわらいかけた。

でも、カミはわらわなかった。

うつむくと、カミの足に赤いぶつぶつが出ているのが見えた。ちくちくする蘇鉄の葉でかぶれたんだろう。いかにもかゆそうで、かわいそうに思って見上げたけど、カミはまだぼくをにらんでいた。

空襲を避けて、草刈りも水汲みも、広い道でなく、蘇鉄の下や墓道《はかみち》を通っていくようになった。

カミはこわがりだから、水汲みはナビあやと行くようになった。でも、あやは二回で水甕《ミジガミ》をいっぱいにするのに、カミは水汲みが下手だから、あと二回はひとりで行かないと、いっぱいにできない。

ぼくは刈った草を運んだり、山羊に草を食べさせたりしているようなふりをして、カミのあとをついて歩いた。

「マチジョー、来なくていいよ」

すぐに、カミがぼくに気づいて言った。

「ぼくもそっちなんだ」

ぼくはカミのうしろから言った。

カミがぼくに背を向け、また歩きだす。空桶だと、歩くのが速い。

海のほうから、どおんどおんと艦砲射撃の音が響く。晴れた日には与論《よろん》島のむこうに沖縄の島影が見えるとはいえ、船で行けば六時間はかかる。それなのに、音が届くのがふしぎだ。

「マチジョーはこわくないの」

トゥール《風葬》墓に続く墓道は、うやほー《先祖》がひょこひょこ通る道と言われていた。

「こわくないよ」

ぼくはカミのすぐうしろまで近づいて言った。蘇鉄の間の道は、ふたり並んでは通れない。

「うやほー《先祖》はいい人だよ。島の蘇鉄はみんな、うやほーが植えてくれたんだろ。なんでうやほーをこわがるのかわからないよ」

蘇鉄の赤い実には、三つ食べれば牛が死ぬというくらいの毒がある。でも、水にさらして毒抜きをすれば、粥になり、だんごになり、みそになる。蘇鉄は雄の花と雌の花があって、なかなか実がならないものだが、うやほーが島中に植えてくれたおかげで、毎年ぼくたちはヤラブ《蘇鉄の実》に事欠くことがない。ぷちゃぷちゃしてのりみたいなヤラブケー《蘇鉄の実の粥》はすきじゃないけど、食べるものがないよりはましだ。

「みのなるそてつ、おくにのたから」

カミがつぶやいた。学校があったとき、それも一年生の最初に先生に教えられて、みんなでくりかえした言葉だった。食べるだけじゃない。運動会が近づくと、みんなで山へ行って実を取って、玉入れの玉にした。昔は蘇鉄の綿毛を巻いてまりにもしたという。

あのころは、あちゃ《おとうさん》がいた。空襲もなかった。運動会の弁当は真っ白な握り飯で、前日には、それをくるむハジキヌファー《オオハマボウの葉》をみんなで取りにいった。運動会の前は、みんながハジキヌファーを取るので、遠くまで行かないと、なかなかみつからなかった。

空襲が始まって、そういう行事はなくなった。シマ《集落》のそばでもハジキ《オオハマボウ》が丸い葉をたくさん広げて、風に揺れている。

「女子組でも習った？」

学校は女子組と男子組に分かれていた。女子と男子は口をきいてはいけなかった。遊ぶときも別々だった。

「習ったよ。竹槍訓練だってしたよ」

カミが言った。女子が竹槍訓練をしていたのはよくおぼえている。木に藁《わら》を巻きつけた人形を、「つけ」と言われたら突き、「ひけ」と言われたら引く。

カミは長い竹槍をもてあまし、「つけ」と言われたときに引いて、「ひけ」と言われたときに突いて、先生に叱られ、みんなにわらわれていた。

そのときのカミを思いだして、ぼくはわらった。

「上手だったねー」

「見てたの」

「見てたよー。上手でびっくりしたよー」

男子だったらまちがいなくビンタされていただろう。行進で右と左をまちがえてビンタされたことも、授業中に居眠りをして、割れるくらい竹の答で叩かれたこともあった。決まって先生は、こんな状態で兵隊に行けるもんかと怒鳴った。

カミの竹槍訓練のときは、先生も叱りながらわらっていた。

カミもようやくわらった。

「代掻きのときね」

カミが言った。

「わたし、マチジョーが逃げなかったから、怒ってたんだよ。マチジョーはこわくないの」

カミが訊《き》いていたのは、うや先祖《ほー》のことじゃなくて、空襲のことだった。

「こわくないよ」

いずれにせよ、ぼくの答えは同じだった。

「グラマンは機銃掃射するだけだし、真上まで来たら、もう撃たれる心配はないんだから。斜めに来たときだけ逃げればいいんだよ」

「なんでマチジョーはそうやっていつもへらへらわらってるの。死んだらどうするの」

ぼくはへらへらわらっていたつもりはなかったので、カミにそう言われて、手で顔をたしかめた。たしかに口の端が上がっている。

「死んだらどうするのよ」

カミはぼくをにらみつけた。

海からはずっと、艦砲射撃の音が響いていた。西からの光で、カミの片頰《かたほお》だけが赤く染まっていた。ぼくは、カミのあちゃ《おとうさん》とみー《兄さん》が死んだばかりだったことを思いだした。

カミのあちゃは四度目の出征で、また中国へ行ったと思っていたら、いつの間にか南方のブーゲンビルというところまで行っていて、四十歳を前にしてそこで死んだという戦死公報が届いた。教室の壁には、日本が占領したところに日の丸を立てた地図が貼ってあったが、ブーゲンビルは台湾やフィリピンよりもずっと遠くで、赤道をこえた先にあった。たったひとりの兄のイチみーはシマ《集落》一の秀才だったが、貧しくて大島《奄美大島》や鹿児島《かごしま》の中学校へは行けない。上の学校へ行って勉強したいと予科練に入って航空兵になって、フィリピンの特攻に加わって死んだ。二階級特進して、あちゃよりも大きな墓が建てられた。

「ぼくは死なないよ」

カミの剣幕に、とっさにぼくは言った。

「あちゃもそう言ったよ」

カミは叫んだ。

「イチみーだって」

カミは白い珊瑚の砂を蹴散らし、ぼくを置き去りにして走っていった。

代掻きがすむと、空襲がひどくなった。

グラマンは動くものを撃つ。水のたまった田んぼが日光を反射してきらきら揺れるせいじゃないかと噂された。

シマでも、家の茅《かや》をみんな抜いて骨組みだけにして燃えにくくし、イョー《洞窟》やトゥール《風葬》墓に疎開する家がぽつぽつ出はじめた。役場も診療所も疎開した。学校では、命に代えても守らなくてはいけない天皇陛下の御真影《ごしんえい》と教育勅語が、真っ先にイョー《洞窟》に運ばれた。

でも、カミの家もぼくの家も疎開はしなかった。ぼくの家はあちゃ《おとうさん》がいなくて、疎開したくてもできなかった。カミの家もあちゃが戦死していたが、警防団長のじゃーじゃ《おじいさん》は健在で、いつでも疎開できたのに、あちゃが留守のうちを気遣ってくれているようだった。

みんな、昼間は背中に草を背負い、偽装して田植えをした。牛の背中にも草を背負わせて、アメリカの飛行機の目を欺《あざむ》く。

でも、そもそも働き盛りの男はみんな召集されて、女こどもと年寄りばかりな上に、飛行機の音がするたびに、いちいち蘇鉄の葉陰に隠れるので、ちっともはかどらない。

困っていると、大山から兵隊さんたちが五人ばかり来て、田植えを手伝ってくれた。兵隊とはいいながら、島の人と同じばしゃちばら《芭蕉布の作業着》を着て、縄の帯をしめている人ばかりだった。飛行機の音がしても平気で田植えを続けるし、なにしろ屈強な若者ぞろいなので、みるみるうちに田んぼは緑になっていった。

「兵隊さんがうかぎ《兵隊さんのおかげで》、へーさたーういしだんどー《早く田植えがすみました》。みへでぃろどー《ありがとうございます》」

お昼になり、畦に上がった兵隊さんたちに、カミは屈託《くったく》なく声をかけた。その言葉が兵隊さんたちには通じず、きょとんとしている。

「兵隊さん、ありがとう」

カミがヤマトゥ《本土》の言葉で言い直すと、兵隊さんたちはほっとしたようにわらった。

「この島の人たちは、みんな日本語が上手だね」

ひとりが手拭いで汗を拭いながらカミにわらいかけた。

「小さいのに、えらいね。君は学校で日本語を習ったの？」

カミは、その質問に戸惑《とまど》いながらも、頷いた。まわりの大人たちも顔を見合わせる。

どうやら、兵隊さんたちは、この島を日本の一部だと思ってないらしい。

あまたち《おかあさん》がウム《芋》を運んできた。

「兵隊さんたちはどこから来たの？」

兵隊さんたちにウムを配りながら、ヤマトゥ言葉でカミは訊《たず》ねた。

すると、兵隊さんたちはみな、困ったように顔を見合わせた。機密事項かと気をきかせたカミのじゃーじゃが、大きな声でわらいながらとりなした。

「お国がどこでも、みんな同じ日本人ですからねー」

その言葉には、さっきの兵隊さんたちの発言に対する非難もこもっていることが、ぼくたちにはわかった。けれども、兵隊さんたちは言葉通りに受けとめたのか、ほっとしたようにわらいながら答えた。

「自分の郷里は熊本《くまもと》です」

「自分は東京です」

口々に言う。出身地が機密事項でないなら、なぜさっきカミの質問に答えなかったのか。ぼくたちはいぶかしく思ったけど、じゃーじゃ《おじいさん》は何も問わずに頭を下げた。

「そんな遠くから、わざわざこの島を守るためにご出征されたのですね。ありがたいことです」

それから四日間、兵隊さんたちは田植えを手伝ってくれた。終わったときには、握り飯と蘇鉄焼酎がふるまわれた。

握り飯を羨《うらや》ましく思いながら遠巻きに見ていると、カミが、ハジキヌファー《オオハマボウの葉》に包んで、こっそりひとつだけ持ってきてくれた。

「内緒だよ」

カミはささやいた。

ぼくは家のそばのガジュマルの木にのぼって隠れて食べようとしたが、カミはいやだと言ってのぼってこなかった。

しかたがないので、山羊に草を食べさせに行くふりをして、フジチ山まで行った。山羊は柔らかい草を嫌い、とげのある草しか食べない。フジチ山のまわりには、いつも山羊のすきな草が生えている。山羊は喜んでもりもりと草を食べた。

ぼくたちはフジチ山のふもとの草の中にすわり、握り飯を半分こして食べた。涙が出そうになるくらいうまかった。ぼくの家では、あちゃ《おとうさん》が徴用されていなくなってから、一度も白い米を食べていなかった。

カミはそれを知っていて、握り飯を取ってきてくれたことはわかっていた。カミが何も言わないように、ぼくもお礼は言わなかった。カミは二つに割って、大きいほうをぼくにくれた。それもわかっていたけど、ぼくは何も言わなかった。

「こんなところで食べるなんてねー」

カミはフジチ山を見上げて言った。

「ここならだれも来ないだろ」

フジチ山はシマ《集落》外れの小高い丘だ。大昔の墓で、上がると祟《たた》りがあると言われていて、だれも足を踏み入れず、手つかずの森になっている。墓石を指さしたときのように、指を指しただけで指が曲がると言われる、ぬんぎどころ《こわいところ》だ。

「カミが木にのぼれればよかったんだよ」

「あんな木ぐらいわたしだってのぼれるよ。ただ、あそこだとみんなにみつかるからいやだって言ったんだよ」

言い訳だとわかっていたけど、何も言わないでおいた。わかっているけど言わないことが、カミとぼくの間にはたくさんあった。

「カミは普通語がうまいねー」

ぼくはいつものように、どうでもいい話をした。学校ではヤマトゥ《本土》言葉のことを普通語とか共通語と呼んで、島ムニ《言葉》を使わずに普通語をしゃべるようにと言われていた。でも、島ムニ《言葉》で育ったぼくたちにはそれが難しく、なかなか普通語が出てこなかった。

カミは頷いて、海をながめると、ふと言った。

「わたしね、いつか、日本語の先生になりたいんだよー」

「日本語の先生？」

「先生が言ってたよ。戦争に勝ったら、わたしたちみんな、世界中で日本語の先生になれるって。わたし、島から出て、世界のあちこちに行ってみたいんだよー」

遠くを見ているカミがまぶしかった。ヤマトゥ《本土》言葉がうまいカミならなれると思ったけど、口には出せなかった。

ぼくは山羊の乳をカミにしぼってやった。カミはいちごの葉っぱを丸めてコップにして、ぼくがしぼる山羊の乳を受けた。

「ちょっとでいいよー」

ハナみー《兄さん》の分がなくなることを気遣いながらも、カミは生温かい乳を一気に飲みほした。

急に風が強く吹いて、空が暗くなった。

山羊は雨に濡らすと死ぬといわれる。すっかり満腹した山羊の歩みは遅かった。ぼくたちは交代で山羊をひっぱりながら歩いた。

まだシマ《集落》は遠いのに、とうとうざあっと雨が降ってきた。白い道がけぶって見えなくなる。ぼくは山羊をひっぱって走りだした。

「濡らすと死ぬよー」

カミも言って、山羊を追って走った。それでも少しでも濡れないよう、木の下ばかり選んで、シマまで急ぐ。

なんとか家に辿りつき、小屋に入れたときには、山羊の背中はぐっしょり濡れていた。カミがあわてて、自分のシャツやもんぺで山羊の背中を拭いた。それを見て、ぼくもシャツで山羊の背中の毛が逆立つほどに、ごしごし拭いた。

拭きながら、急におかしくなって、ぼくはわらいだした。カミもわらった。

「カミ、ぐしょぐしょだよー」

「マチジョーもだよー」

山羊だけがわらわず、背中の毛を逆立たせて、しかつめらしい顔をしていた。

ぼくたちは、雨の音が聞こえなくなるほど、わらってわらってわらいつづけた。


浮遊物を拾いに浜へ行くと、明けて間もない空を日本の飛行機が飛んでいった。

「ばんざーい、ばんざーい」

ぼくも、浜にいた人たちも、友軍機に向かってちぎれるくらいに両手を振った。

沖縄のアメリカ軍の軍艦を攻撃する特攻機だ。レーダーに捉えられないよう、鹿児島から高度を低く保って飛んでくるから、翼の真っ赤な日の丸までくっきり見える。この島にアメリカの軍艦の浮遊物が流れつくのも、特攻機がアメリカの軍艦に体当たり攻撃をしてくれるおかげだ。

「特攻隊のおかげで、えらぶ《沖永良部島》にはアメリカが来ないんだよー」

「感謝しないといけないよー」

前の浜《メーヌ》のじゃーじゃ《おじいさん》たちが言った。南へ飛んでいく友軍機は毎日のように見るけれど、北へ飛ぶ友軍機は見たことがなかった。

それを思うと、胸がつまった。イチみー《兄さん》もこうやってフィリピンへ飛んでいったんだろう。そして、戻ってこなかった。手を振らないではいられなかった。

アメリカ軍の食料品のかわりに魚を獲《と》ってティル《かご》に入れ、蘇鉄の茂る墓道を戻っていると、ナークを背負ってカミが来た。ナークは泣いていた。

「目がさめてからずっと機嫌がわるくてねー、じゃーじゃとあじ《おばあさん》が怒るから」

やがて、海から艦砲射撃の音がどおんどおんと響いてきた。今朝も沖縄への攻撃が始まった。

「わらび《こども》は神さまというから、何か今日はあるのかもしれないね」

カミはしゃくりあげるナークの尻をぽんぽんと叩きながら、南のほうを見た。

ナークは、イチみーが予科練へ行き、カミのあちゃ《おとうさん》が最後に出征するときは、まだ生まれていなかった。父親が出征するとき、その父親の幼いこどもが、火のついたように泣くことがあり、そういうときはたいてい、出征した父親は戦死して戻ってこなかった。わらびは神さまというから、わらびには感じるものがあるんだよーと、町をあげてのその父親の葬式から戻ってきたあま《おかあさん》が、話していたのを思いだす。

　そのとき、飛行機の爆音がした。と思うと、地面が大きく揺れた。グラマンだけじゃない。爆撃機が爆弾を落としたのだ。

「空襲だ」

　ナークは火がついたように泣きだした。

　すぐ先には、避難所になっているトゥール《風葬》墓がある。

　ぼくはカミの腕をつかんだ。

「こっちだ」

　ぼくは蘇鉄の下の墓道を通って、トゥール墓に飛びこんだ。薄暗いイョー《洞窟》の中には、うやほー《先祖》の骨の入った甕を片寄せて、隣りのシマ《集落》から避難しているおばさんたちがいた。

「早く奥に入りなさいねー」

　カミはおばさんたちに手をひいてもらい、岩をよじのぼって奥にもぐりこんだ。散らばる白い骨を踏まないように用心して歩き、骨甕から離れてしゃがむ。

　飛行機の音が響いていたが、この中なら安心だ。それなのに、ナークが泣きやまない。

「グラマンに泣き声が聞こえるよ」

ひとりのおばさんが言った。

「早く、泣きやませなさい」

別のおばさんも言った。薄暗がりで、顔が真っ青に見えて、気味がわるい。天井からは時折、水がぼたりと落ちてくる。

「ふあーとうぬとうだん《鳩が飛んだよ》」

カミが言って、上を指さした。こどもが転んで泣きだすと、まわりの年長者はこう言ってごまかし、泣きやませるのが常だった。

イョー《洞窟》の中で鳩が飛ぶわけがない。もちろんナークは、カミが指すほうを見もせず、泣きつづける。カミは背中からナークを下ろした。

「泣かないで、泣かないで」

ナークを抱きしめて、カミが泣きそうだった。

「泣かないでよー」

カミはナークの小さな体にかぶさるように、ぎゅうっと抱きしめた。

「グラマンに聞こえるでしょー」

青い顔のおばさんが声をひそめて言った。

「その子のせいで、みんなが死ぬよー」

声を上げるとグラマンに聞こえそうでこわいんだろう。抑えた声で続けた。奥にはじゃーじゃ《おじいさん》やあじ《おばあさん》たちもいる。じめじめした薄暗いイョーの中で、こもっている人たちはみな、同じ色に染まっているように見えた。

「あんたたち、出ていってー」

ぼくとカミは思わずおばさんの顔をみつめた。青い顔は本気だった。

ナークの泣き声の中でも、おばさんの言葉ははっきり聞こえた。

「早く出ていってー」

ぼくはナークを抱くカミの肩に手を置いた。

「出よう」

カミは首を振った。

「早く出ていってよー」

おばさんのうしろにいる人たちは何も言わない。でも、おばさんと区別がつかないほどに同じ顔をして、こちらをじっと見ていた。

「出るしかないよ、ぼくも出るから」

青い顔のおばさんがカミの背中をぐいぐい押した。

ぼくはカミの腕からナークを抱きとって、立ちあがると、先にトゥール墓《風葬》を出た。カミもすぐについてきた。

ふりかえると、おばさんたちがイョー《洞窟》の奥へ入っていくのが見えた。青い顔のおばさんはその背中に赤ん坊を背負っていた。赤ん坊の白い顔だけが、ぼくたちを見送っていた。

空襲は続いていたが、光がさす明るい場所へ出て、ぼくはほっとした。

グラマンらしき戦闘機が何機か見えた。またからっぽの校舎を狙っているんだろうか。山むこうで火の手が上がるのが見えた。

うちのシマ《集落》が撃たれていなくてよかったと思った。空襲になっても、寝たきりのハナみー《兄さん》は大きすぎて、あちゃ《おとうさん》がいないと防空壕まで運べない。

泣きやまないナークをぼくが抱いて、蘇鉄の下に隠れ、山の奥に向かって歩いた。

それほど歩かないうちに、岩陰があった。そこに三人でしゃがみこむ。蘇鉄の葉がおいしげり、ぼくたちを隠してくれた。

また、隣りのシマの学校の校舎を狙って撃っているのだろう。近い。

ぼくたちの頭の上に、空になった薬莢《やっきょう》がぱらぱらと降ってきた。もし当たったら、大変なことになる。ぼくはカミの肩を抱いて、岩陰の奥へ後ずさった。珊瑚でできた岩は固くとがっていて、背に食いこむ。

「泣かないでよー、泣かないでよー」

言いながら、カミが泣いていた。

ちばりよ《がんばれ》　牛よ

ぼくは、カミがさとうきびをしぼるときに唄っている唄を、ナークの耳にささやいた。

さったー《砂糖を》　なみらしゅんどー《なめさせてあげるよ》

ナークがひとつしゃくりあげて、泣くのをやめた。

ふぃよー　ふぃよー

カミがぼくの声に合わせて唄いだした。

ちばりよ　牛よ
さったー　なみらしゅんどー

ナークはきょとんとして、耳をすましている。

ふぃよー　ふぃよー

ぼくたちは声をそろえて、敵機が飛んでいくまで唄いつづけた。

やっと徳之島からあちゃ《おとうさん》が帰ってきた。もともと小柄な体が一回り小さくなっていた。

「食事は一日二回きりだったよー」

あちゃは、あま《おかあさん》が並べたウム《芋》と、ぼくが浜で拾ってきた、とっておきの肉を食べながら、自分のせいじゃないのに、言い訳のように言う。

「毎日毎日空襲があって、兵隊さんたちは定期便って言ってたよー。定期便のあとには飛行場中穴だらけでねー、それを土を運んで埋めるのが仕事だったよー。穴を埋めるとねー、次の日にまた穴があくんだよー。埋めても埋めてもきりがないんだよー」

いつも無口なあちゃがめずらしく饒舌にしゃべった。

「この舌はおいしいねー。どこか牛をつぶしたのー」

「マチジョーが拾ってきてくれたんだよー。アメリカの軍艦の浮遊物だよー」

あやが《姉さん》ぼくのかわりにこたえた。

「毒じゃなかったのー」

「マチジョーはこわいもの知らずだからねー。鶏に食べさせてみたんだってー」

「どこの鶏ねー」

うちでは鶏は飼っていなかった。

「下の家《シモヌヤー》のだってー」

「毒が入ってたら大変なことになってたねー」

あやもあまもわらいながら話した。

「乾パンもあるよー、みんなで食べようねー」

流れつく浮遊物には、アメリカの兵隊の携行食らしい乾パンやお菓子の袋詰めが多かった。でもこれはなぜか牛の舌ばかりが入っていた大きな缶詰だった。開けたときにはぎょっとしたが、毒がないことをたしかめたら、あまが塩漬けにしてくれた。

とっておいていた蠟引《ろうび》きの袋を開け、あまが中の食料を出して並べた。乾パンや缶詰をみんなで分けて食べると、残ったたばこはあちゃに、チューインガムはぼくにくれた。ぼくはかまずにポケットにしまった。

あちゃが帰ってきたので、すぐにうちも畑の砂糖小屋に避難することになった。カミのじゃーじゃ《おじいさん》も喜んで、カミの家も一緒に避難した。

あちゃが、もう歩けないハナみー《兄さん》を背負った。あちゃはがっしりしているけど背が低いので、ハナみーの長い足が地面に着いてしまう。ユニみーとぼくも手を貸して、なんとかハナみー《兄さん》を砂糖小屋まで担いでいき、運んできた畳の上に寝かせた。

荷物もみんな砂糖小屋に運びおわると、総出で家の屋根の茅を抜いた。

そこへ、カミのあま《おかあさん》がお祝いに白米を持ってきてくれた。

「あちゃ《おとうさん》が無事に戻ってきてよかったねー」

カミのあちゃは戦死して二度と戻ってこないのに、カミのあまはにこにこしている。ぼくが受けとると、みんなに聞こえるくらいの大きな声で言った。

「この前はありがとうねー。マチジョーは強いねーって、カミが言ってたよー」

「あれ、マチジョーが何したのー」

屋根の茅をまとめていたあまとあや《姉さん》が聞きつけてたずねる。

「この前の空襲のときねー、ナークが泣きやまなくてねー、マチジョーが一緒に逃げてくれてねー」

「あべー《あれー》、知らなかったよ、マチジョーはえらいねー」

ぼくはこそばゆくて、その場を離れ、屋根にのぼった。

「水がない水甕《カミ》は音がするよー」

いつまでもカミのあまが話をやめないので、ぼくが屋根の上から叫ぶと、カミのあまもあまもあやも、けらけらわらった。

砂糖小屋に疎開してからは、生活が昼夜逆転した。

昼間は空襲を避けて砂糖小屋にこもって寝て、夕方になると起きて、「鼻の下は口だから」と言いあいながら、闇夜に手探りで畑にウム《芋》を植える。

どの家もウムを植えおわるころ、あちゃは三味線を持って、刈り取ったあとのさとうきび畑に出た。

雲が覆って月も星も見えず、真っ暗だったけど、三味線にも唄にも明かりはいらない。

あちゃが弾きはじめると、まわりの砂糖小屋に疎開している人たちも集まってきた。だれがだれかは暗くてわからないけど、唄声でわかる。唄声があちらこちらから、だんだん近づいてくる。

あの一際《ひときわ》高いきれいな声は中の家《ナカヌヤー》のおばさん。かすれた声は広場の家《トーヌヤー》のあじ《おばあさん》。あやも唄って踊りだす。あやは低い声だけど、よく通る。あちゃゆずりで、唄も踊りもうまい。

畑に踊りの輪ができて、見えなくても、おばさんたちの手踊りのひらめきが感じられる。

カミのじゃーじゃ《おじいさん》も三味線を弾きながらやってきた。カミのじゃーじゃの三味線は、あちゃの三味線より音が少なくて溜《ため》が多いから、すぐにわかる。きっとカミもついてきてるにちがいない。でも、カミはいつも恥ずかしがって唄わないし、踊らないから、どこにいるかわからない。

あんちゃめぐゎ節とウシウシ節から始まった真夜中の唄遊び《とーあしび》は、サイサイ節、シュンサミ節と、果てしなく続く。

ぼくはじゃーじゃ《おじいさん》の三味線の音を頼りに、カミを探した。ちょうど雲が切れて、おぼろに曇った月が出た。案の定、カミはじゃーじゃのうしろから、みんなの踊りをじっと見ていた。ぼくはカミのそばに行った。

「これやるよ」

ぼくはカミにあげたくてずっと持っていたチューインガムを差しだした。

「この前、握り飯をくれたから」

「ガムなんて、どうしたのー」

「アメリカ軍の浮遊物だよ。でも毒じゃないよ」

ガムをカミの手に押しこむと、カミは匂いをかいで言った。

「いい匂い」

気のせいか、暗闇に甘い匂いがしたように思った。

「じゃあ、半分こしようよ」

「いいよ。ひとりでかめよ」

「じゃあ、かわりばんこにかもうよ」

ガムは配給が全くなく、酒やたばこよりも貴重品だった。カミはガムの包み紙を開くと、口に入れて、かみはじめた。今度はたしかに、甘いガムの匂いが漂ってきた。

「……いちち《五》、むーち《六》、ななち《七》、やーち《八》、くぬち《九》、とぅー《十》」

カミは数えながらかむと、ガムを口から出して、差しだしてきた。ぼくは思わず受けとってしまった。

「今度はマチジョーのばん」

カミにかまれて丸くなったガムはやわらかく、あたたかかった。これをぼくがかんだら、またカミがぼくのかんだガムをかむことになる。とまどっていると、カミが屈託なく急かした。

「早くー」

カミに急かされたのは初めてだった。ぼくはあわてて口に入れて十回かんで、またカミに返した。

「てぃーち《一》、たーち《二》、みーち《三》、ゆーち《四》……」

カミはまた十回数えながらかんで、うっとりとつぶやく。

「麦よりおいしいねー」

麦をかんでも、ずっとかんでいればガムのようにむちむち《もちもち》してくる。麦畑にすずめを追いにいって、麦を取ってはかんで、「すずめはあんたねー」と、カミはよく、あまや《おかあさん》あじ《おばあさん》に叱られていた。

「明日はマチジョーのばんね」

シュンサミ節の最中にそう言うと、カミはガムをかみながら帰っていった。ぼくも砂糖小屋に戻ると、ハナみー兄《さん》だけがきびの皮の中で何も知らず、眠っていた。

ぼくはその横にもぐりこんだ。きびの中で、いつもとちがう、いい匂いがした。ハナみーの体はあたたかくて、ぼくはすぐに眠ってしまった。

それから、一日ごとにガムをやりとりして、カミとぼくはかわりばんこにかんだ。

朝もらったガムを一日かんで、砂糖小屋の柱にぺたりとはりつけておく。次の朝それをはがしてカミに渡す。

ガムの味はとっくになくなっていたけど、やわらかさはかわらなかった。いつまでもカミとかわりばんこでかめるよう、ぼくは大事に大事にかんだ。

でも、牛に草をやっているときに、つい口から落としてしまった。あわてて拾おうとしたとき、山羊が草と一緒に食べてしまった。

砂糖小屋に移ってからは、下の家《シモヌヤー》の鶏に起こされることもなくなった。いつもより明るくなって目をさますと、それでもあま《おかあさん》は家族が一日に食べる分のウム《芋》を炊いていた。

「ひとつ食べていきなー」

あまはおかまから炊きたてのウムを手づかみで取って、ぼくに差しだした。ぼくは熱くて手で持てず、シャツの裾で受けとった。

「熱くないの」

ぼくはいつもあまに訊くことをまた訊いた。

「熱くないよ。あまだからねー」

あまの答えはいつも同じだった。あまの手は熱さを感じないのかと、あやや《姉さん》ユニみーもよく言っていた。わたしがいつかあまになっても、あまみたいなことはできないよと、あやは言っていた。

それから、あまはいつもぼくたちに、食べてー、食べてーと言った。なくてもあるよーと言うのもいつものことで、自分は食べないで、ぼくたちにばかり食べさせる。どれだけ残っているのかと鍋《ナビ》を見たら、何もなかったりした。

「あまも食べてねー」

「食べてるよー。あんたは優しいねー」

ぼくがあまに言うと、あまはそう言ってわらった。それもいつものことだった。

ぼくは鎌を腰につけて外へ出た。まだ熱いウムをほーほー《ふーふー》してかじりかじり、浜へ向かった。

このごろは、沖縄の艦砲射撃の音がしなくなっていた。そのかわりに、特攻機らしい友軍機がよく飛んでくるようになった。たいてい、朝早くか夕方だった。

越山の兵隊さんたちは、あまたち《おかあさん》がウム《芋》や野菜を供出しにいくたびに、前の日にアメリカの軍艦が何隻轟沈したかを教えてくれた。友軍機が沖縄でアメリカの足を止めているから、えらぶ《沖永良部島》には軍艦が来ないのだそうだ。

ラジオも新聞もないシマ《集落》では、学校があったときは学校の先生の教えてくれることだけを、今は兵隊さんが教えてくれることだけを頼りに暮らしていた。

アメリカ人は目が青いから夜は目が見えないと教えてくれたのも兵隊さんだった。たしかに、艦砲射撃は五時になるとぴたりととまるし、夜の空襲もない。

浜に降りて、波打ち際に向かって砂浜を歩いているとき、いつものように北のほうから、特攻機が飛んできた。一人乗りの戦闘機だ。

ぼくも、浜にいた人たちも、特攻機を見上げて、いつものようにばんざいばんざいと手を振った。

ところが、特攻機は急に機首を上げ、上昇した。

いつもなら南にまっすぐ行くのに、なぜだろうと見上げると、南の与《よ》論《ろん》島のほうからシコルスキー二機が飛んでくるのが見えた。

「敵機だ」

だれかが叫んで、浜にいた人たちは岩陰に走りだした。

二機のシコルスキーは左右に分かれ、島の上で特攻機を追う。特攻機は急上昇し、シコルスキーから逃れようとするが、爆弾を抱えているからか速度が遅い。シコルスキーに距離をつめられる。

特攻機は旋回して海へ向かった。急降下と急上昇をくりかえして輪を描きながら、沖へ沖へと飛んでいく。シコルスキーがあとを追う。間もなく、海上で、見たこともないほど大きな水ばしらが上がった。

撃墜されたのだ。そう思う間もなく、もう一機、特攻機が飛んできた。シコルスキーがそのあとをぴったりつける。またしても特攻機は宙返りしながら沖へ逃れ、間もなく撃墜された。そして、もう一機。

結局、三機とも、沖へ逃れて撃墜された。まるでシコルスキーを一身にひきつけて、この島を守るように。

岩陰から出てきた東《アガリヌヤー》の家のじゃーじゃ《おじいさん》が言った。

「わしらがいたから、海へ行ったんだねー」

前《メーヌ》の浜のじゃーじゃも頷いた。

「この島を守ってくれたんだねー」

ひとりのあじ《おばあさん》が、海に向かって手を合わせ、とーとぅ、とーとぅと拝んでいた。

水ばしらが消えてしまうと、水平線は平らになり、海は何事もなかったかのように元の姿に戻った。

海の非情さは知っていたはずだった。でも、今朝の海の非情さは許せなかった。

特攻機が落ちても、兵隊さんの死体が打ちあげられても、何も知らない顔をして、いつも通りに果てしなく波を寄せつづける。


あやも《ねえさん》ユニみー《にいさん》も、毎日のように、越山へ防空壕を掘りにいくようになった。ブラー《ほらがい》が三回鳴ると、砂糖小屋を出ていく。最初は昼間だったが、行き帰りに空襲を受けるようになると、夜に掘りにいって、夜明け前に帰ってくる日が多くなった。

「第三避難壕っていってね、敵が上陸したら、みんなそこに逃げるんだよ。守備隊がいるからね、越山の兵隊さんに守ってもらうようにね」

どの家も庭や家のまわりに防空壕を掘っていた。それから、シマ《むら》ごとに集まる、大きな防空壕やイョー《どうくつ》がどのシマにもあった。でも、敵が上陸したら、第三避難壕という防空壕まで逃げるのだという。大人の足でも一時間はかかる道のりだ。ハナみーをどうやって連れていくかが問題だった。

「あちゃ《おとうさん》が帰ってきてくれて、本当によかったねー」

あまが《おかあさん》言った。

「みんなで雨戸にのせて担げば大丈夫だよ」

ユニみーが手拭いで顔を拭いながら言った。ハナみーは何も知らず、砂糖小屋の隅で動かない。

雨戸にのせられて、ハナみーがヤマトゥ《本土》から戻ってきたときのことを思いだす。

小学校の高等科を出ると、みんな島を出て神戸《こうべ》へ出稼ぎにいく。どの家も貧しくて、こどもは大事な稼ぎ手だった。大島《奄美大島》や鹿児島の中学校へ上がる人は殆どおらず、予科練にいったイチみーは特別だった。

ハナみーも神戸の製鉄所に出稼ぎにいった。製鉄所の仕事は厳しすぎて、みんなすぐに逃げだすから、いつも人手不足なのだそうだ。それでも、えらぶ《沖永良部島》の人間はやめない。やっぱり南島の人間は熱さに強いんだなと喜ばれるが、ちがう。熱さに強いわけではなくて、本当は熱いのに、戻ることができないからがまんをしていただけだった。火ぶくれで顔の皮がむけるほど熱かったとハナみーは言った。でも、島には戻れないし、ヤマトゥの言葉ができないから、ほかで働くこともできない。がまんするしかなかった。

仕事の終わりに酒を飲むのだけが楽しみだったという。給金の殆どはうちに仕送りしてくれているから、その酒もろくなところでは飲めない。ろくでもないところで飲んだ酒が悪い酒だった。一緒に飲んだ人はなんともなくて、その後徴兵検査を受けて出征していったけど、ハナみーは目が見えなくなった。それからだんだんと足腰も立たなくなった。

船賃が高くてだれもヤマトゥ《本土》まで迎えにいけない。徴兵検査を受けるために戻ってくる、同じ工場に出稼ぎにいっていた人に連れて帰ってきてもらった。あちゃ《おとうさん》たちは雨戸を持って港まで迎えにいき、ハナみー《兄さん》を雨戸にのせて帰ってきた。

「ほーほー《ふーふー》して、飲みなさいねー」

あま《おかあさん》があや《姉さん》とユニみーに湯呑を渡して言った。

砂糖小屋はホー《水汲み場》から遠い上に、あやが防空壕を掘りにいくようになって、水は以前よりもっと貴重になっていた。湯呑に汲んだのは、畑のホーの水だった。湧き水ではなくて、畑の真ん中に掘って石を積んだ穴で、雨がたまるようにしてある。料理や洗いものに使うのだが、吹いて飲めば大丈夫とあまは言い、みんな従っていた。でも、あちゃだけはホーの水でなければ飲まなかった。

「きちんと木の枠をはめてね、シマ《集落》ごとに大きいのを掘ってるよ。だから安心だよ。クラゴー《湧水のある洞窟》のまわりにね。だから水汲みも行かなくて大丈夫なんだよ」

あやは言った。

「兵隊さんのおかげだねー」

あまが頷いた。

ぼくは、敵機にみつかって、島の上を離れ、海へ飛んでいって撃墜された特攻機を思いだしていた。波に揺られていた兵隊さんも、きっと同じ道を辿った人なのだろう。

それから何日もたたないうちに、ユニみーに防衛隊員として、越山の守備隊に加わるよう、現地召集が来た。

あちゃは、ハナみーの二の舞を怖れて、次男のユニみーを出稼ぎに出さず、島に残していたのに、結局、ユニみーも家を出ることになってしまったのだ。

あやは朝早く起きてホーで祈禱《ショージ》をして戻ってきた。

「をぅない《姉妹》神がついているからねー」

あやが言った。

「あやー、マチジョー、みんなを頼むねー」

ユニみーがぼくの名前も呼んでくれたことが、無性に嬉しかった。ユニみーは着たきりの国民服のまま、いつもの通りのはだしで越山へ向かって歩いていった。

ユニみーの後ろ姿が見えなくなるころ、北から友軍機が一機飛んできた。

「また特攻機かねー」

あやが見上げた。

沖縄へ向かうのだろう。島のへりに沿って、海の上を、南を目指し飛んでいく。

どの特攻機も同じだった。何度も聞いたむんがたい《昔話》のように。乗っているのはちがう人のはずなのに、みんなおんなじことをくりかえす。

たまには、自分が先に天の綱にのぼって、うとぅー《弟》の片足を鬼に食わせるあやがいたっていいのに、むんがたい《昔話》のあや《姉さん》はいつも、自分が犠牲になって片足をなくす。

同じ航路を辿って飛んでいく特攻機。敵機にみつかったらまた島から離れて、島のぼくたちを守るために、迷わず自分が犠牲になるのだろう。

片道しか飛ぶことを許されていない特攻機の搭乗員は、前任者から学ぶこともできない。それでも、おんなじことをくりかえさないですむ方法はないんだろうか。

「かわいそうにねー」

あやが手を合わせて拝んでいた。

ぼくはくやしくて、飛行機が見えなくなるまでにらみつけていた。


その日は朝からひっきりなしに空襲が続いた。

あんまり続くので、みんなでシマ《集落》で避難するイョー《洞窟》に行った。あちゃ《おとうさん》がハナみー《兄さん》を背負って運んだ。ハナみーの長い足を地面にひきずりながら進む。

イョーの奥には、学校の先生がいた。よりによって、一番厳しい教練の盛《もり》先生だ。安全だからと学校から運びこまれた、真っ白い布に包まれた御真影と、箱に入った教育勅語を、出征しなかった先生たちが交代で守っていた。

天皇陛下は神さまだからと、御真影を見せてもらったことは一度もなかった。朝礼のときは、教頭先生が「気をつけー」と言うと、頭を下げるしかなかった。校長先生が「朕惟《ちんおも》うに我が皇祖皇宗」と読みはじめると、頭は下げたまま、目だけ上げて見る。それでも御真影が奉安殿から出されたことはなかった。

今、ひと目でいいから神さまの姿を見てみたかったが、盛先生ににらまれて、目をそらすしかなかった。

イヨーには、もうずっと入りっぱなしの人たちもいた。空襲がこわくて、イヨーから一歩も出られないのだ。そういう人たちは青い顔をしていた。トゥール墓《風葬》に籠っていた青い顔のおばさんたちを思いだす。

ぼくは息苦しくなって、外へ出た。ガジュマルにのぼって、空襲をながめた。まさに空襲日和の青空を、グラマンがわがもの顔で飛んでいる。

気をつけないといけないのはグラマンと、翼の曲がったシコルスキーだ。一人乗りの戦闘機は低空で来て、人をひとり見ても機銃掃射する。

双発機は機銃掃射しないで、爆弾を落とす。撃ってこないのを知っているから、あわてて隠れることはない。

一時間くらいして二回目に来る飛行機は、どれくらい燃えたか写真を撮りにくる飛行機だから撃たない。それから、夜はアメリカ人は目が見えないから、空襲はない。

飛行機とアメリカ人の性質がわかっていれば、それほどこわいこともない。ぼくには、おばさんたちが空襲をなんでそんなにこわがるのかわからなかった。

ぼくは横枝に立って、ガジュマルの葉の間から、空を見上げていた。

戦闘機が機銃掃射をするときは、真っ昼間でも、機銃からいくつもの赤い火が吹きだす。夜に見たらきれいだろうなと思う。

「あれー、ひーぬむんかと思ったら、マチジョーかねー」

カミのじゃーじゃ《おじいさん》が下から見上げていた。カミはナークを背負っていた。

「あぶないから早くおりなさい」

カミのあまが《おかあさん》、じゃーじゃのうしろを小走りに通り過ぎながら言った。カミの家もイョーに行くらしい。ぼくは飛びおりて、じゃーじゃのあとをついていった。イョーの中は人でいっぱいになっていた。

お昼過ぎになると、空襲がぴたりとやんだ。

「どうしたのかねー、もう終わりかねー」

大人たちが言いあったが、だれにもわからない。

空襲も、最初のうちは、大山の海軍の見張り所から役場が受けた連絡を、人力でシマからシマへ走って、空襲警報発令、空襲警報発令と伝えたものだった。トラグヮーやヤンバルたちと、シマからシマへ叫びながら走るおじさんについて走り、くうしゅうけいほうはつれーい、くうしゅうけいほうはつれーいと怒鳴って大喜びしていたのはもうずいぶん前のことのように思う。いくら大声で叫んでもわめいても叱られないのが嬉しかった。今になってみると、よくそんな悠長なことをしていたものだと思う。

　空襲が始まるのはいつもいきなりで、空襲が終わるのも突然だった。それぞれの判断でやっていくしかないから、もう終わったと、防空壕から出たところを直撃されて、片手をなくした人もいるという。

「見てくるよ」

　ぼくが出ていくと、空には一機の飛行機も見当たらなかった。あとからカミのじゃーじゃがついて出てきた。

「浜へ行ってみるか」

　じゃーじゃが、ぼくに戻れと言わず、そう言ってくれたのが嬉しかった。ぼくたちは、それでも用心して墓道《はかみち》を通って浜へ向かった。

　隣りの前の《メーヌ》浜のシマではあちこちから白い煙がのぼっていた。屋根の茅を抜いていたおかげか、それでも火の手は上がっていない。海はいつもとかわらないように見えた。

　でも、よく見ると、水平線近くに、黒い影がある。

「マチジョー、戻るぞ」

　それが何かたしかめる間もなく、じゃーじゃがぼくの腕をつかんでひっぱった。

「急げ」

じゃーじゃ《おじいさん》が蘇鉄の下の道を走りだす。ぼくもあわててあとを追った。トゥール墓《風葬》のあたりまで戻ってきたところで、うしろから地響きがした。

艦砲射撃が始まったのだ。

艦砲射撃の弾は、グラマンの機銃掃射とちがって、見境なく飛んでくる。波が高いときは大山まで飛んで、波の低いときはふもとのシマ《集落》に飛んでくるというが、さすがにふりむくこともせず、ぼくは走った。

小米《ふぐみ》の町が艦砲射撃を受けて燃えたことがあった。救援に行ったユニみー《兄さん》が帰ってきてから、人の内臓が木にぶら下がっていたと話していたのを思いだす。何日かしてトラグヮーと見にいったら、農業会の倉庫が穴だらけになっていた。

イョー《洞窟》に引きかえして飛びこむと、みんなが口々に言うねぎらいの言葉をさえぎって、じゃーじゃが言った。

「これはもう敵が上陸するにまちがいない。越山の守備隊長が言っていた。艦砲射撃のあとは敵前上陸だ。みんな決して外へ出るなよ」

イョーの中は静まりかえった。ナークがすやすや眠っていたのは幸いだった。

艦砲射撃はどおんどおんと続いた。

「小さな島だから、まわりをぐるっと回って艦砲射撃しているんだろう」

カミのじゃーじゃが言った。

艦砲射撃が始まる前は、えらぶ《沖永良部島》は小さいから、太平洋から艦砲射撃しても、弾はみんな島の上を通りこして、東シナ海に落ちるねーと、大人たちはわらいあっていたものだった。

さすがに今はふざけるものもなく、シマの防衛訓練のときのように、警防団長のじゃーじゃの言うことを、みんな黙って聞いていた。

じゃーじゃはイョーの奥から竹槍を持ちだしてきて、イョーの入り口に向かって構えた。

やがて、艦砲射撃がやんだ。

「敵前上陸だ。行くぞ」

じゃーじゃとあちゃ《おとうさん》、ほかに盛先生や数人のおじさんたちと一緒に、ぼくも竹槍を持って出た。若い男の人はみんな出征して、年配の人しかいなかった。ぼくは一番あとからついて出た。止められると思い、カミやあま《おかあさん》の顔は見ないようにした。

「おまえも来るか」

じゃーじゃがふりかえって、ぼくを見た。

「相手は鉄砲を持ってるから、正面から行くと弾でやられる。木の陰とか、石垣に隠れていて、すぐ手前に来たときに突くんだぞ」

ぼくはこくこくと頷いた。

前の浜《メーヌ》近くまで来ると、ぼくたちは道の両脇に分かれ、ガジュマルやアコウの木や石垣のうしろに隠れた。

ぼくはあちゃ《おとうさん》と一緒に、一番手前の石垣の下にしゃがみこんだ。

「今日の一機　明日の轟沈」という標語が書かれた紙が貼ってある。むかいの石垣には、「聖戦第四年、一億の体当りで突進しよう」という貼り紙。ぼくはその貼り紙に頷いた。

竹槍の先を道のほうへ向けて、今来るか今来るかと思って待っていた。

胸がどきどきして、喉が渇く。あたりはしんとして、鳥の鳴き声ばかりがやけに響く。唾を飲みこむ音まで響きわたって、アメリカ軍に聞こえてしまいそうだ。

ところが、いつまで待ってもアメリカ軍がやってくる気配がない。あちらこちらの木で、鳥ばかりがのんきに鳴いている。ぼくはしびれを切らし、あちゃが出るなと叫ぶのも構わず、石垣にのぼって、海を見てみた。

黒い影はどこにもなかった。

「もう軍艦はいないよー」

ぼくの声に、おじさんたちがみんな、潜んでいた場所からばらばらと出てきた。

「上陸じゃなかったんだねー」

ぼくがほっとして言うと、盛先生が言った。

「ああ、おまえが竹槍を持って出たから、それでアメリカ軍はこわがって上陸しなかったんだろう」

盛先生はぼくの頭をくしゃくしゃとなでた。

「よくやったな」

盛先生には、頭を叩かれたことは何度もあったが、なでられたのは初めてだった。

じゃーじゃ《おじいさん》は竹槍を振りあげて叫んだ。

「でかちゃん《やったあ》、でかちゃん《やったあ》」

ぼくも竹槍を振りあげた。あちゃもおじさんたちも声をそろえて叫んだ。

「でかちゃん、でかちゃん」

よその島から赴任してきていた盛先生が、その声を遮《さえぎ》るように太い声で叫んだ。

「ばんざーい、ばんざーい」

みんなあわてて、その声に合わせた。

「ばんざーい、ばんざーい」

海は、沈む夕日を浴び、桃色に染まっていた。

アメリカ軍の上陸がいよいよだということで、越山の第三避難壕までシマ《集落》で避難訓練をすることになった。

あや《姉さん》たちが掘っている第三避難壕はまだ掘りかけだというが、いざというときに、女こどもだけでも逃げられるようにしておかないといけないという。

ハナみー《兄さん》を背負ってはさすがに無理なので、雨戸にのせて、あちゃ《おとうさん》とおじさんたちで運んでいくことになった。

ハナみーは背が高くて、足が速かった。運動会ではいつも一番で、帳面や鉛筆をもらってきてくれたとあやは言うが、残念ながら、ぼくはハナみーのそんな姿は見たことがない。ただ、学校に上がると、先生たちから、良治《りょうじ》の弟なら足が速いだろうと何度も言われ、ハナみーはよほどに足が速かったんだろうと思った。ぼくはあちゃゆずりか、背も高いほうではなかったから、先生たちの期待にはこたえられず、良治の弟なのに、とがっかりされてばかりだった。

カミはナークを背負って、ぼくたちのうしろを歩いていた。学校へも、ナークを背負ったまま来たことがあった。休み時間にみんながドッジボールをしていても、ナークを背負っているカミはまじれず、校庭の隅でみんなを見ていた。

いーしぬういに《石の上に》　みちゃういてぃ《土置いて》
みーちゃぬういに《土の上に》　はなういてぃ《花植えて》

カミはささやくような声で子守唄《くゎーむいうた》を唄っていた。

うーぬ《その》はなーぬ《花が》　さーかーばー《咲いたら》
わーくわーに《わたしの子に》　くーりーらー《あげるよ》

あのときより、ナークは一回り大きくなった。カミのやせっぽっちの体にはいかにも重たそうだった。これで山が登れるのかと思っていたら、案の定、越山を登りはじめてすぐ、ナークを背負ったカミも、ハナみーを運ぶぼくたちも、みんなについていけなくなった。

先へ行ったカミのじゃーじゃ《おじいさん》が戻ってきて、今日はここまででよい、引き返せと言った。

「道はここから一本道だ。いざとなったら火事場の馬鹿力で行けるだろう」

ぼくはあやが自慢する第三避難壕を見てみたかったし、防衛隊に行ったきりのユニみーにも会いたかったけれど、しかたがなかった。とぼとぼと引き返していると、うしろからトラグヮーとヤンバルが追いついてきた。

「立派な壕《ごう》だったぞ。天井も高くて、イョー《洞窟》みたいなんだ。それが、谷のあっちにもこっちにも、えらぶ《沖永良部島》中のシマ《集落》の避難壕が掘られてるんだよ」

トラグヮーは誇らしげに言った。

「守備隊はいた？」

ぼくが訊くと、トラグヮーは首を振った。

「いなかった。守備隊は戦車壕も掘ってるんだって。アメリカの戦車が来ても落っこちるように」

そしてまた第三避難壕の話を続けた。

「中が広くて、水もいくらでもあるし、あれなら、何日でも、何ヵ月でも籠城できるよ、きっと」

「でも、行かなくてすむといいね」

カミがそっと言った。

「そりゃそうだな」

トラグヮーとヤンバルはわらった。


空襲の合間をぬって、トラグヮーとヤンバルと一緒に、ため池まで牛を水浴びに連れていった。

「あんたたちえらいねー」

牛を洗っていると、東の家《アガリヌヤー》のあじ《おばあさん》が通りかかって言った。

「空襲はこわくないのー」

「こわくないよ。もう慣れた」

トラグヮーがこたえた。

たしかに、ぼくたちはすっかり空襲のある毎日に慣れていた。空襲がなかったころは、みんなで学校に通っていた。ぼくはそのころを思いだそうとしたけど、まるで夢のようで、カミがナークを背負って校庭にいたこととか、朝礼の教育勅語奉読のときに鼻をすすりあげて盛先生にげんこつで叩かれたこととか、ほんの少しの場面しか思いだせなかった。ぼくたちはすっかり、思いだそうとしなければ思いだせないほどに、そんな日々から遠ざかっていた。

おばあさんがいなくなると、ヤンバルががーく《蛙》釣りを始めた。ヤンバルが草むらから飛びだしたがーくをつかまえ、片足をひきちぎった。がーくは共食いするから、その足をえさにして釣るのだ。

ぼくは思わず目をそらした。

これまで自分も散々やってきたことだったが、片足をちぎられ、それでも草の間を這いだしたがーくに、亀岩に浮かんでいた兵隊さんを思いだしたのだ。

がく《蛙》がく　があがあ
よせがく　があがあ

がーく《蛙》釣りの唄を口ずさみながら、ちぎった片足を草のつるでくくりつけたヤンバルは、ぼくたちをふりかえった。

「ほら、やろうぜ」

トラグヮーとぼくは目を見合わせた。同じことを考えていることはすぐにわかった。

「いいや」

「早く帰らないと、また空襲が始まるぞ」

トラグヮーとぼくが言うと、ヤンバルはつまらなそうに舌打ちして、がーくの足をため池に投げこんだ。

その足の主はどこへ這っていったのか、いつの間にか、いなくなっていた。

＊

梅雨に入ると、沖縄へ向かう日本の特攻機はめっきり減った。

アメリカの軍艦の轟沈もなくなり、浜に浮遊物が流れつくことも、めったになくなった。それでもぼくはあきらめきれず、毎朝のように浜へ通った。

その朝も浜に向かっていると、うしろから飛行機の音がした。ふりかえると三機ほどの飛行機が見えた。とたんにばりばりと機関銃の音がして、そのうちの一機が燃えながら、どんどん高度を下げていった。

シマ《集落》のウム《芋》畑の方向だった。

ぼくは駆けもどった。

落ちたのは敵機か友軍機かわからなかったけど、きっとまた特攻機だろう。

島に落ちてくれれば助けられるのに。

浜辺で見た空中戦からずっと思っていたことが現実になった。搭乗員が死んでいないことを祈りつつ、ぼくは走った。

左の翼とプロペラを地面につっこんで、戦闘機がウム畑《芋》に落ちていた。あたりは空襲のあとのような焦げくさい匂いで満ちていた。

乗っていた兵隊さんを、あちゃ《おとうさん》やたちが助けだし、雨戸にのせていた。

「すみません」

うめくような声が聞こえた。

「すみません」

ぼくはあちゃの背中越しに兵隊さんを見た。兵隊さんは何度か同じ言葉をくりかえした後、目を閉じて、動かなくなった。

あちゃやシマ《集落》のおじさんたちが四人がかりで雨戸を持ちあげ、シマへ運びはじめた。ぼくもついていった。

腕に日の丸がある飛行服を着て、長靴《ちょうか》を履いた兵隊さんは、とても若くて、意外にも小柄だった。頭から血を流していた。片足が雨戸からだらりと落ち、その長靴は、海で浮かんでいた兵隊さんの履いていたものと同じだった。

「兵隊さん、死んじゃったのー」

ぼくはおじさんのひとりにおそるおそる聞いた。

「生きてるよー。気を失っただけだよー」

　ぼくはほっとして、おじさんたちの間から兵隊さんをのぞき見た。胸に小さな女の子の人形がいくつもぶら下がっていて、おじさんたちが一歩すすむごとにゆらゆら揺れた。

　兵隊さんは、シマで一番大きいカミの家に運ばれた。屋根の茅は抜かれていたが、幸い雨は降りそうにもなかった。座敷に畳が敷かれ、兵隊さんは布団の上に寝かせられた。ぼくのうちには布団はない。どの家にも布団があるわけではなかった。カミの家は特別だった。

　ぼくも座敷に上がりたかったが、家の中は人でいっぱいで入れなかった。ぼくは庭にすわって、兵隊さんが目をさますのを待った。

　おじさんたちは、手に手に竹槍や鎌を持っていた。

「日の丸がついてるからって、本当の日本兵かどうかはわからないよー。敵のスパイが日本兵のふりをして来たのかもしれないよー」

　上の家《カミヌヤー》のおじさんがこわい顔をして鎌を振りあげた。まわりのおじさんたちも頷く。

「でも、助けたとき、すみませんって、ヤマトゥ《本土》言葉を話していたよー」

　あちゃが言ったが、上の家のおじさんはひかない。

「すみませんだけじゃわからないよー。その言葉だけおぼえてきたのかもしれないよー」

「じゃあ、目をさましたら、わしが訊くよー」

　警防団長のカミのじゃーじゃ《おじいさん》が言うと、やっとおじさんは鎌を下ろした。

　そのうち家の中が騒がしくなった。ようやく兵隊さんが目をさましたらしい。竹槍や鎌を手にしたおじさんたちが、色めきたって立ちあがる。

ぼくは縁に近づいて、おじさんたちの間からのぞいた。

「日本の兵隊でまちがいないですねー」

じゃーじゃ《おじいさん》の低い声が最初に聞こえた。

「はい。まちがいありません」

うつむく兵隊さんの声は、細く、かすれていた。

「陸軍伍長の西島幸彦《にしじまゆきひこ》です」

ヤマトゥ《本土》言葉がわからないおじさんたちは、じゃーじゃの顔をみつめている。じゃーじゃは西島伍長から目を離さず、ヤマトゥ言葉でまたたずねた。

「何があったんですか」

「沖縄へ向かう途中、エンジンに不具合が、起きました」

一語一語、区切るように話す。

「飛行機が故障したんですか」

「はい。そこを、敵機に襲われました」

「わたしはこのシマ《集落》の警防団長です。知らせましたので、もうすぐ守備隊から軍医も来るでしょう。所属をおっしゃってください」

西島伍長の声は低く、聞きとれなかったが、じゃーじゃは頷いてから、みんなに言った。

「特攻隊員の方だよー」

そのとたん、じゃーじゃのまわりに立っていたおじさんたちは、一斉にほーとためいきをつき、手にしていた竹槍や鎌を下ろした。

西島伍長はずっとうつむいていた。自分からは何もしゃべらず、まわりを見ることさえなかった。

越山の守備隊にも伝えられ、軍医も来て手当をしたが、守備隊では部隊長が不在とかで、そのまま伍長はカミの家に泊まることになった。幸いにも、伍長は打ちつけた頭から出血しただけだった。

日が暮れると、まわりのシマのおばさんたちが、松の根の松明《たいまつ》を明かしてやってきた。わざわざ遠い道を歩いてきたのだ。中には、何時間もかけてきた人もいた。

「日本の国を守る神さまはどんな人かねー」

貴重な卵を藁に包んで持ってきたおばさんが言った。

神さま。

藁苞《わらづと》の卵や黒砂糖《サタ》が、お供えもののように伍長の枕元に並べられ、山となった。

日本の国を守る神さま。

ぼくは、海に浮かんでいた兵隊さんや、島をそれて海へ飛んでいった特攻機のことを思いだした。

この神さまたちに、ぼくたちの島は守られている。

「あべー《あれー》、若いねー」

おばさんたちは伍長を見るなり言った。

「まだわらび《こども》みたいじゃないのー」

そう言って涙ぐむ人もいた。

「とーとぅ、とーとぅ」

おばさんたちは庭から手を合わせて、伍長を拝んだ。

神さまが空から降りてきた。

島に降りてきた神さまを拝みに、夜道を何時間もかけて歩いてきた人たち。

「とーとぅ、とーとぅ」

西島伍長は起きあがると、畳の上に正座して、おばさんたちに深々と頭を下げた。その頭には真っ白な包帯が巻かれていた。

手の甲に入れ墨《ハンヅキ》をしている、腰の曲がったあじ《おばあさん》まで来ていた。伍長を拝む手首には、星のような形のあまむ《やどかり》の模様が浮かぶ。えらぶ《沖永良部島》の人はあまむから生まれたといわれていた。

夜遅くまで、おばさんたちがやってきては拝むたびに、伍長は起きあがり、何も言わずに頭を下げていた。

月の明るい夜だった。

言葉少ない西島伍長を囲んで、三味線と唄が始まった。

伍長は起きあがって正座して、ただ、手を叩いていた。豚の味噌《みそ》漬けや蘇鉄焼酎がふるまわれたが、殆ど口にしなかった。

「兵隊さんは全然食べないねー」

「えらぶのものは口に合わないのかねー」

弾き手も唄い手も、伍長の様子を気にして身が入らない。

見かねたカミのあまが、黒砂糖《サタ》を割って、伍長にすすめた。

「サタなみりば《砂糖をなめれば》、元気なやぶんどやー《元気になりますよー》」

伍長は、あまの言葉がわからなかったらしく、戸惑いながらも、あまの手から黒砂糖を受けとって口に運んだ。

唄い手は唄うのをやめ、三味線もとまった。みんな伍長をじっとみつめる。

「これは砂糖ですね。おいしいですね」

伍長はつぶやくように言うと、あまにわらいかけた。

「あいやー、わらったよー」

わあっと歓声が上がった。ぼくたちは伍長がわらったのを初めて見た。

「えらぶ《沖永良部島》の名物です。えらぶの食べものはなんでもおいしいですよー」

カミのじゃーじゃ《おじいさん》が言う。あま《おかあさん》は箸を伍長に渡した。

「さあさあ、食べてー、食べてー」

「はなしゃどぅ旨さよー」

カミのあじ《おばあさん》も豚の肝の味噌漬けをすすめながら言う。じゃーじゃがあじの言ったことをヤマトゥ《本土》言葉でくりかえす。

「仲のよいもの同士で集まって食べれば、なんでもおいしいですからねー」

途切れていた三味線と唄が始まった。軽やかなサイサイ節だ。

さい《酒》さい《酒》さい《酒》
さい《酒》むちくー《持ってこい》
ぬでぃ《飲んで》あしばー《遊ぼう》

みんなが声をそろえて囃《はや》す。最初に唄うのはだれだろうと、みんなが見回したとたん、三味線を弾くあちゃ《おとうさん》の隣りで、あや《姉さん》がすっと立ちあがり、唄いだした。

きゆぬ《今日の》　ふくらしゃや《よろこびは》　スリ

むぬに《たとえ》　たてぃらむ《ようがない》

あやの声は低いがよく通る。伍長は顔を上げて、あやを見た。

いちむ《いつも》　きゅぬぐとぅし《今日のように》　スリ
あらち《あらせて》　あらち《あらせて》　たぼり《ください》

あやはとっておきのちゅらちばら《晴れ着》を着ていた。
みんなが声をそろえて囃す。気圧されたように、だれも続きを唄うものはなく、あやは立ったまま、唄いつづけた。

あまみ《奄美》　えらぶじま《えらぶ島は》　スリ
しま《小さ》　いくさあてぃむ《い島だけど》

もんぺ姿でないあやを見るのはいつ以来だろう。縞模様が月の光に照らされて浮かびあがる。

しま　いくさあてぃむ《小さい島だけど》　スリ
くがにじまでぃむぬ《黄金島だそうな》

わあっとまた歓声があがり、みんなが声をそろえる。

さい《酒》さい《酒》さい《酒》
さいむちくー《酒持ってこい》
ぬでぃあしばー《飲んで遊ぼう》

あや《姉さん》があちゃ《おとうさん》のうしろに下がり、次の唄い手にかわった。盛りあがりはそのままに、シユンサミ節にうつり、みんな唄いながら、踊りだした。

やがて、踊りの輪から、あやが飛びだしてきた。わらいながら手をのばし、伍長を踊りに誘う。伍長は驚いて首を振ったが、あやに手をひっぱられて、腰を上げた。

あやにわらいかけられて拒める人なんて、この世にいるとは思えない。

「立てぃば踊い」

あやがすかさず言う。

「立つだけでも踊りになると、えらぶ《沖永良部島》では言うんですよー」

じゃーじゃ《おじいさん》が説明する。

「でも、無理はしないでくださいねー」

じゃーじゃはとりなすが、おばさんたちは期待して伍長をみつめている。三味線も、つま弾きで伍長を待つ。

伍長はその様子に観念したのか、庭に降りた。わらうあやに手取り足取り教えられながら、踊りだす。伍長を真ん中に踊りの輪ができた。

「あいやー、なかなか上手だよー」

おばさんたちのほめ言葉とは裏腹に、伍長の足取りはおぼつかず、顔は真っ赤だった。めずらしく、カミも伍長のそばで踊っていた。

カミはわらっていた。

ぼくは座敷からずっとカミを見ていたけれど、カミはずっと、伍長を見上げては、わらっていた。

伍長がぎくしゃくとひと踊りする間、とうとう、カミはぼくを見なかった。

月が傾くと、伍長を休ませようと、シマ《集落》の人たちも、まわりのシマのおばさんたちも帰っていった。

あちゃも《おとうさん》あやも《姉さん》先に帰った。カミの家には家族しかいなくなった。枕元にじゃーじゃ《おじいさん》。足許にナークを寝かせるカミ。トーグラ《台所》にカミのあじ《おばあさん》とあま《おかあさん》。

でも、ぼくは帰りたくなかった。聞きたいことがあったのだ。雨垂れ石で足をこすって、砂を払い落としてから、カミの家に上がる。でも、言いだしかねて、カミのうしろでもじもじしていると、あじが気づいて言った。

「マチジョー、あんたはまだいたのー」

「近所の子です。孫の同級生で、これも孫みたいなもので。よく助けてくれるんです」

じゃーじゃがぼくを紹介してくれたので、伍長がぼくを見た。

神さまがぼくを見た。

じゃーじゃは伍長に切りだした。

「西島伍長、あなたにひとつだけ、教えてほしいことがあるんです」

じゃーじゃの言葉の重々しさに、伍長はまた起きあがって、畳の上にすわった。

「あなたは特別攻撃隊員だとおっしゃいましたが、志願されたんですか」

西島伍長は戸惑いの色を見せたが、ややあって頷いた。

「はい」

「やはり、特攻隊員というのは、志願されるんですか」

「そうですね」

西島伍長は言葉を濁した。じゃーじゃは訥々《とつとつ》と話しはじめた。

「わたしの長男は四十歳を前にして、召集を受け、ブーゲンビル島で戦死しました。四度目の出征でした。それでも幸いにも、なんとか三人の子に恵まれ、一番上の孫は、わたしが言うのもなんですが、よくできた孫で、海軍に入り、フィリピンの特別攻撃隊に志願して、見事敵艦を撃沈したそうです。残りの孫は見ての通り、まだ幼く、一番下の孫は父親の顔も知りません」

ぼくはカミのあちゃを思いだした。カミやイチみー《兄さん》のあちゃとは思えないほど寡黙な人で、いつもむっつりとして近寄りがたかった。でも、元はそうではなく、三度目の出征から戻ってきて人がかわってしまったとカミのあまは話していた。イチみーを父がわりに育ったカミもなかなかなつけず、やっと慣れてきたころにまた、四度目の出征でいなくなってしまった。

「ただ、わたしには納得できないんですよ。神鷲《かみわし》とたたえられた名誉の戦死でありながら、こんなことを申すのは、非国民と言われてもしかたがないことはわかっています。でも、同じ特攻隊員のあなたならわかってくれるのではないかと思い、お尋ねしたのです。どうか許してくださいね」

じゃーじゃは頭を下げた。伍長は祖父ともいうべき歳のじゃーじゃに頭を下げられ、戸惑っていた。手をのばし、じゃーじゃの頭を上げさせようとした。

じゃーじゃ《おじいさん》はそれには構わず、深く頭を下げたまま、しぼりだすように言った。

「家族思いのあの孫が、一家の大黒柱を失ったわたしたちを顧《かえり》みることなく、特攻に志願したとは、どうしても思われないのです……」

じゃーじゃは思いきったように顔を上げた。

「本当に志願だったのでしょうか。あの子は本当に志願したのでしょうか。わたしは本当のことを知りたいんですよ」

じゃーじゃは、怯《ひる》む伍長をまっすぐに見た。

「あなたはどうやって志願したのですか。言えないことはわかっています。それでもどうしてもお聞きしたいのです。決してだれにも言いません。どうか教えてください。冥土《めいど》の土産に教えてください」

伍長とじゃーじゃはみつめあった。ぼくは唾を飲んだ。トーグラ《台所》から、カミのあじ《おばあさん》もあまも《おかあさん》顔を出して、ふたりを見ていた。

イチみー《兄さん》が死んだときには、軍神として、町を挙げた葬式が行われた。先生に引率されて、学校から生徒みんなで参列した。イチみーに憧れない男子はいなかった。

カミのあまは手の甲で涙を拭った。イチみーの葬式のときは、参列者からしきりに「特攻戦死おめでとうございます」と声をかけられながらも、涙の一粒もこぼしていなかったのに。

「申し訳ありませんが、フィリピンの、特攻が、どのように編成されたかは、知りません」

伍長はつっかえつっかえ、ぼそぼそと言うと、頭を下げた。

「ただ、自分のときのことは、お話しします。指名に先立っては、意思の確認をされました。白い紙と封筒を渡されたのです。志望する場合は、志望と書き、志望しない場合は、白紙で提出せよ、と言われました」

じゃーじゃは頷いた。

「それでは、あなたは、その紙に志望と書かれたのですね」

伍長は首を振った。

「わたしは、ちょうど父を亡くし、戸主になったばかりでした。郷里には、病気の母と、幼い弟妹を残しています」

「では、白紙で出したのですか」

伍長はまた首を振った。

「なぜですか」

じゃーじゃは目を見張った。

「意思の確認といいながら、白紙で出せば、卑怯者の誹《そし》りは、免れません。国賊扱いされ、郷里の家族にも迷惑が、かかります。ただ、わたしの家庭の事情は、上官も知ってくれていました。そこでわたしは、上官が察してくれることに望みを託し、『命令のまま』

と書いて、出しました」

「でも、あなたはここにいる。上官は事情を察してくれなかったのですか」

伍長は頷いた。

「やはり、同じような事情があって、同じことを書いた人間が、何人かいました。また、白紙で出した人間も、いたのです。彼の家は両親を亡くしていて、お姉さんひとりが、家を支えていました。自分が進学できたのは姉のおかげだと、つねづね言っていた彼は、早く自分が家を支えられるようになって、お姉さんに、幸せな結婚をしてもらうことを望んでいました」

をうない《姉妹》神はたかさ《尊い》。ヤマトゥ《本土》でも同じなんだなとぼくは思った。

「それなのに、翌朝、部隊長は言ったのです。白紙は、一枚もなかった、と」

伍長はじゃーじゃ《おじいさん》をじっと見た。

「すべて、熱望する、と、書いてあったと」

まるで、じゃーじゃに救いを求めているようだった。

「それは、嘘ですねー」

伍長は小さく頷いた。

「何日かして発表された攻撃隊員名簿には、わたしの名前も、白紙で出した彼の名前も、入っていました。名簿を見て、すぐにわかりました。成績順だと」

伍長はかえって淡々と話しつづけた。

「わたしたちは飛行経験の少ない空中勤務者ですから、操縦技量の成績のよくないものは、そもそも、沖縄まで辿りつくことができない。意思の確認は、建前でした。白紙で出した彼は、成績がよかった。最初に指名を受けて出撃していって、帰ってきませんでした」

じゃーじゃの膝に置かれたこぶしが、ぶるぶると震えていた。

「ありがとうございます。よくわかりました」

じゃーじゃは深く頭を下げた。それを見た西島伍長も、同じくらい深く、じゃーじゃに頭を下げた。

「申し訳ありません」

西島伍長はそう詫びてから、顔を上げた。

「本当は、志願しました、勇《いさ》んでいきました、と言うべきだと思ったのです。わたしも、そう書き遺して出撃しました。そうとしか書けないということもありますが、そうでなければ、残されたものはどんなに悲しいかと思ったのです。本当のことを申し上げて、申し訳ありません」

もう一度、西島伍長は深く頭を下げた。

「頭をお上げください」

恐縮するじゃーじゃに、西島伍長は頭を下げたまま、続けた。

「わたしの母は、わたしが特攻隊員となったことを知りません。いつも優しかった母は、弾代わりの特攻で死なせるために、わたしを生み、ここまで育ててくれたわけではないはずです。そして、わたしは、母になんの親孝行もできませんでした。だから、志望するとは、わたしは、どうしても書けなかった」

そのとき、飛行機の音がした。

見上げると、見たことのない飛行機が、月の光を浴びて、ゆっくりと飛んでいく。空中に浮かんでいるのがふしぎなほどの速度だ。エンジン音もかたかたと、ひどく元気がない。息切れして、今にもとまってしまいそうだ。

「あれも特攻ですか」

じゃーじ《おじいさん》じゃが訊ねた。

伍長は頷いた。

南へ向かう飛行機を見送って、カミのあじ《おばあさん》が庭に降り、月を拝むように手を合わせて拝んだ。

「とーとぅ、とーとぅ」

「海軍の練習機ですね。白菊《しらぎく》といったかな」

月の光に顔をさらして、伍長は懐かしそうに見上げた。

「加古川《かこがわ》の教育隊で訓練中、よく瀬戸内海で出会ったものです。偵察員を何人ものせて飛ぶし、練習機ですので、速度は殆ど出ません」

伍長は、低空を飛んでいく飛行機を見送りながら言った。

「海軍も、あんな練習機を特攻に使うようになったんですね。あの遅さですから、日中飛べばグラマンの餌食でしょう。だから月夜に飛ぶことにしたんでしょうね」

「とーとぅ、とーとぅ」

伍長は、手を合わせるあじに目をやった。

「わたしの乗機も似たようなものです。九七式戦という戦闘機ではありますが、使い古された機体で、いつもどこかしら調子がわるかった」

伍長はそこまで話すと、はっとしたようにじゃーじゃを見た。

「もちろん、だからといって、不時着が許されるわけではありませんが」

伍長の声に力がこもった。

「でも、わたしは決して、命を惜しんだわけではありません。エンジンの故障だったんです」

みんな砂糖小屋に疎開して、ぼくたちのほかはだれもいないシマ《集落》に、伍長の声は響きわたるようだった。

「なー《もう》、ゆかんどやー《いいんですよー》」

カミのあま《おかあさん》がトーグラ《台所》から出てきて、伍長の背中を抱きしめた。

「なたわ生きちたぼり《あなたは生きてください》。どーか生きちたぼりよー《どうか生きてくださいねー》」

驚く伍長を、あま《おかあさん》はぎゅうっと抱きしめて、くりかえした。

「どーか生きち《どうか生きて》、あまがとぅくるちむどぅていたぼりよー《お母さんのところに帰ってやってくださいねー》」

ぼくは庭に下りた。

月の出た夜は、足許が明るい。ぼくは、砂糖小屋に走って戻った。


きびの皮にもぐりこんでも、ぼくは眠れなかった。

西島伍長の話は思いがけなかった。ぼくはあちゃ《おとうさん》が二度も徳之島へ徴用されたことや、ユニみー《兄さん》が防衛隊に召集されたことを思った。お国のためだとはいえ、あちゃもユニみーも行きたがらなかった。残されたぼくたちにとっても大迷惑だった。

神鷲とたたえられ、空を飛ぶ神さま。ぼくたちの島を守ってくれる神さま。神さまは、そんなぼくたちとは全然ちがうんだと思っていた。

でも、神さまは、自分から神さまになったわけじゃなかった。

神さまにさせられたのだ。

神さまもぼくたちと同じだった。

蘇鉄の森で、鳥が鳴きはじめた。ぼくは起きあがって、鎌を腰につけると、明るくなりはじめた外へ出た。

山羊がめええと鳴きながら寄ってきた。

ぼくは空を見上げた。朝から晴れて、空は広かった。雨に濡らさないよう、山羊を見るたびに、つい空を見上げてしまう。

「よしよし」

体をなでてやると、山羊がぼくの足に頭をこすりつけて甘えてくる。すっかり大きくなって、自分も母山羊になったというのに、ひどい甘えんぼうだ。母山羊がいたころ、この山羊は母山羊の陰に隠れてばかりいた。隠れるものがなくなってからは、姉《あや》さんやぼくに隠れようとする。

この山羊が母山羊をなくして、もう半年がたつ。ハナみーがよくならないので、この山羊が乳が出るようになるのを待って歳取った母山羊をつぶし、山羊薬《やじくっすい》をして食べさせたのだ。山羊薬がききすぎたのか、ハナみーは頭に血が上って熱を出し、それから目が見えないだけでなく耳まで聞こえなくなった。

「いってくるねー」

ぼくは山羊の首を抱いてやってから、砂糖小屋の石垣を出た。うしろから、めええという鳴き声が、ぼくを追いかけてくる。ぼくは鳴き声を振りきって歩きだした。

ぼくもどうしても西島伍長に訊きたいことがあった。それに、伍長の話をもっと聞きたかった。カミの家へ行こうと畦道を下りはじめると、下から伍長とカミが上ってきた。

「やあ、おはよう」

伍長は、カミのうしろから、片手を上げてわらった。

「ゆうべ来てくれた子だね」

ぼくは頷いた。

「飛行機を見にいくのー。マチジョーも行く？」

ぼくはもう一度頷いて、ふたりの前を歩いた。

「まちじょうっていうの。かわった名前だね。どういう意味なの」

伍長の声は、ゆうべとは別人のようにくだけていた。

「世《よ》の主《ぬし》のわらびなー《童名》だよ」

「よのぬし？」

「この島の神さまの名前。越山の守備隊の近くにお墓があるよ」

「へえ、君の名前は神さまの名前なんだね」

伍長に言われて、初めて気がついた。そういえば、そうだった。

「わらびなーはねー」

ぼくは照れながら、頷いた。

「わらびなー？」

「生まれたらね、まじむん《悪霊》にとられないように、すぐに名前をつけるの」

カミがぼくのかわりにこたえた。

「へえ、どういう漢字を書くの。まちじょうって」

「漢字はないよ。わらびなーだもん。漢字で書く名前もあるよ。がっこな《学校名》ーっていう。でもそれは学校でしか使わないよ」

「へえ、おもしろいね。君のわらびなーはなに？」

伍長がのぞきこむようにカミを見下ろして訊いた。

「カミ」

「じゃあ、ふたりとも神さまなんだね」

「ちがうよー」

カミはわらった。

「カミって甕《カミ》のこと。水甕《ミジガミ》のこと」

「島言葉は難しいね」

伍長もわらった。

「兄のわらびなーはイチだよ。イチならわかるでしょー」

カミはわらいながら言った。伍長の顔がさっと曇った。

「それは、長男だから？」

カミは頷いた。頷いた後で、カミの顔からも笑いが消えた。

イチみー《兄さん》は長男だった。長男だったのに、特攻で死んだ。

「ぼくと同じだね」

伍長は言った。カミは頷くと、またわらいながら言った。

「弟はナーク」

「ナークは……なんだろう、わからないな」

「ナークは七。七番目の子。シマ《集落》で七番目に生まれたの」

伍長はわらった。

「それはわからないよ」

ナークはシマでは七番目だが、カミの家では三番目の子だった。どの家でも五人六人の子は生まれるものだったが、カミのあちゃ《おとうさん》は出征してばかりで家にいなかったせいで、カミのきょうだいは少なかった。

ヤンバルは八。トラは十。そんな、島ではあたりまえのことで、伍長がわらってくれることが嬉しかった。

「ぼくの兄はユニ」

ぼくも伍長をわらわせたくて、口をはさんだ。

「四番目っていうことだよー」

カミがすかさず言った。

「なんでカミが先に言うんだよー」

ぼくがむっとしてにらむと、伍長は、そんなぼくたちを見てわらってくれた。

伍長は、頭に真っ白な包帯を巻いたまま、草の生い茂る細い道を、一歩ごとに踏みしめるように歩いた。手には木の枝を持っていた。

「つかれた？　大丈夫？」

カミがたずねる。伍長は首を振った。

「大丈夫だよ。ハブがいるかと思ってね」

言いながら、伍長はぼくたちの足許の草を枝で叩いた。

「ぼくは長靴《ちょうか》だからいいけど、君たちははだしだから」

「ハブはいないよー」

カミはわらった。

「他の島にはいても、えらぶ《沖永良部島》にはいないよー」

「えらぶだけ？　どうして？」

ぼくは待ってましたとばかりに説明した。

「昔ね、奄美《あまみ》の島がみんなつながっているときに、ハブが島をずうっと通っていったんだってー」

この話は、物心ついたときから、大人たちに聞かされてきた。空襲を避けて夜中にウム《芋》

を植えたりできるのは、この島にハブがいないおかげだった。

「でも、その後、えらぶ《沖永良部島》は七回海に沈んだから、ハブがいなくなったんだってー。山があって、沈みきらなかった島だけ、ハブが生きのびたんだってー」

ぼくがそこまで言ったとき、またカミが先を越して続ける。

「だからね、えらぶは、えらでぃ《選んでも》えらばらぬ《選べない》えらぶ島っていうんだよー」

「なるほどねえ。すごい島なんだね、この島は」

伍長はそう言うと、手にしていた枝を草の中に投げ捨てた。カミは自慢げに頷いた。

「だから、なんでカミが先に言うんだよー」

ぼくがカミをにらむと、伍長はまたわらってくれた。


東の家《アガリヌヤー》のウム《芋》畑のはずれに、飛行機がそのままあった。あたりはまだ焦げくさい匂いにつつまれていた。

西島伍長は翼に足をかけ、左側からぽんと、傾いた操縦席に乗りこんだ。

伍長はユニみー《兄さん》よりも小柄だった。歳もユニみーとかわらないくらいに見える。こんな人がこんなに大きな戦闘機を飛ばしてきたとは信じられない。

「直せる？」

操縦席から下りてきた伍長に、カミはたずねた。伍長は首を振った。

「無理だね。もう解体するしかない」

その返事に、カミは嬉しそうにほほえんだ。ぼくも同じ気持だった。飛行機が飛べないということは、伍長は島にいるしかない。三月に疎開船が鹿児島に行ったのを最後に、ヤマトゥ《本土》への交通は途絶えていた。ぼくたちは、親しげにぼくたちの名前を訊いてくれた伍長を、すっかりすきになっていた。

「三万円の棺桶を壊しちゃったよ」

伍長は肩をすくめて見せた。

「上官からよく、おまえたちは三万円の棺桶で葬られるんだからありがたく思えと言われたんだけどね」

伍長は飛行機の落ちた畑をながめた。

「畑をこんなに荒らして……申し訳ないね」

東の家のウム畑は見る影もなかった。柔らかに耕された畑は飛行機の機体に沿って押しつぶされ、夜ごとに手探りで植えつけたつるから実をつけ、太りはじめたばかりのウムは粉々に砕かれて、白く散らばっていた。

このウム畑は、もともとは百合《ゆり》畑だった。

暑くなると、島中で真っ白な百合の花が咲いた。そのころ、えらぶは百合の島と呼ばれていた。アメリカが一番のお得意先だった。戦争が始まってからは、アメリカに輸出できなくなり、食糧増産の掛け声のもと、みんなして百合を引き抜いては、ウム《芋》を植えた。なおも畑の隅などで百合を育てていた人は、国賊とかスパイとか言われた。

それでも、ぼくは戦争なんだからしかたがないと思った。あちゃ《おとうさん》が徴用されたことも、ユニみー《兄さん》が召集されたことも、ウムやウムのつるを供出することも、一番のお得意先だったアメリカと戦うことも。

ヤマトゥ《本土》と船の行き来ができなくなってからは、はじめにマッチがなくなった。火種に灰をかぶせて絶やさないよう、あま《おかあさん》もあやも《姉さん》いつも気をつけていた。

それから、石鹸がなくなった。ぐさんこ《ハイビスカス》の葉を叩いて出したぬるぬるした汁や赤土で髪は洗ったが、あちゃたちの髭剃りはどうしようもなかった。ぐさんこの葉でいくら顔をなすっても、剃刀をあてると痛くてたまらないという。戦争なんだからしかたがないと、髭をのばす人が多くなった。あちゃもカミのじゃーじゃ《おじいさん》も髭をのばしていた。

戦争なんだからしかたがない。

しかたがない。

イチみーの葬式のときに、カミのあまは、トーグラ《台所》でそう言った。うつむいて、炊いているたくさんのウムをみつめながら。まるで自分に言いきかせているようだった。

そう言って、ぼくたちはどれだけたくさんのものをあきらめているんだろう。

していた。

カミが、足許に転がるウムのかけらを拾いあげた。白い根をのばし、これから太ろうとしていた。

戦争なんだから、しかたがない。

それはぼくたちだけじゃなかった。

神さまだと思っていた特攻隊の兵隊さんも同じだった。

「すみませんって、謝ってたねー」

ぼくは伍長に言った。伍長は驚いた顔でぼくをふりかえった。

「ぼくが？　いつ？」

「運ばれてるとき。なんべんも謝ってたよ」

ぼくは、伍長をなぐさめるように言い足した。

「戦争だから、しかたがないよー。東の家《アガリヌヤー》のじゃーじゃも許してくれるよー」

「そうだね」

伍長は考えこむように、荒れた畑を見た。

「飛行機で飛んでるとき、下の声も聞こえるのー」

ぼくは昨日から訊きたかったことを訊ねてみた。

「下の声って？」

「空襲で防空壕に入ったときに、泣くとグラマンに聞こえるって言われたんだよー」

「地上にいる人の声ってこと？」

ぼくは頷いて続けた。

「和泊《わどうまい》で泣いた子の家に爆弾が落とされて、あじ《おばあさん》が死んだんだってー」

「それは偶然だよ」

伍長は驚いた顔をした。

「地上ではそんなことを言うんだね。飛行機のエンジン音はものすごいからね。空中で編隊を組んでいる機同士でも、声は絶対に届かないから、手で合図するもんだよ。まして地上の声が飛行機まで届くわけがないよ」

ぼくはカミをふりかえって、わらいかけた。カミもほっとしたようにわらった。

今朝のカミはよくわらう。

「きれいだね」

伍長が飛行機を背にして、海のほうを見た。朝日を浴びて輝く、とりどりの葉っぱの波は、海まで続く。

まだ夜が明けたばかりだというのに、その波間のあちこちから、朝の食事の準備をする白い煙が立つ。砂糖小屋のとがった茅屋根の下では、どの家でも働きもののあま《おかあさん》が、ウム《芋》かヤラブケー《蘇鉄の実の粥》を炊いているのだろう。

カミはまた伍長にわらいかけた。

「空を飛ぶって、どんな感じ？　この島って、どんなふうに見えるの？」

「小さな島だよ」

伍長はカミにわらいかえした。

「手のひらで包めるくらい」

「そんなわけないでしょー」

カミはちょっとにらんだ。伍長はまたわらった。わらうとますます幼く見える。

「空を飛ぶのは気持がいいよ。初めて単独飛行をしたときは最高だった。家族に見せたかったよ。ぼくは空を飛んでるんだぞーって」

伍長の言葉に、カミは嬉しそうに頷いた。きっとイチみー《兄さん》のことを思っているんだろう。

「世界は果てしなく広いよ。空を飛べばわかる。それで海があんまりどこまでも広がっているものだから、ずっと飛んでると、心細くなってくる。そんなときに島を見るとね、ほっとするんだよ。島って本当にふしぎだと思う。海の中にぽつんぽつんと、まるで、だれかが落としていったみたいに見えるんだ。ずっと、沖縄まで」

伍長は目を細めた。

「海に手が届きそうだ」

「海に行く？」

カミがわらいながら訊ねた。

「連れていってあげる」

カミは伍長の背中を押した。伍長は、うしろからカミに押されながら、歩きだした。

そんな甘えたカミを見るのは久しぶりだった。カミはお兄ちゃん子だった。ものごころついたときにはあちゃ《おとうさん》が出征しておらず、イチみー《兄さん》がずっと父がわりだった。イチみーが島にいたころ、いつもカミはイチみーにまとわりついて甘えていた。


砂浜に降りると、なぜかぼくはいつも波打ち際に向かって駆けだしてしまう。思わず五、六歩駆けたあとで、はっとしてふりかえると、伍長はカミと砂浜に立ちつくしていた。

「きれいだね」

伍長はウム《芋》畑で口にしたことをまた言った。それでも、海をみつめたまま、動かない。

「どうしたのー」

ぼくは伍長のそばまで引き返してたずねた。

「まだ生きているのが信じられないんだよ」

伍長はぼくを見もせずに言った。

「すべてが夢なんじゃないか。ここは天国のようだ」

ぼくとカミは目を見合わせた。それから、伍長が身じろぎもせずみつめている海に目をやった。

最近は浮遊物がないせいか、今朝は砂浜にはだれもいない。朝日を浴びた波は、きらきら光りながら、真っ白な砂浜に寄せてくる。島をぐるりと囲む珊瑚礁は、どんな荒波も打ち消して、おしとどめてくれる。水平線は真っ平らで、いつも通りの海だ。青い空にぽっかり浮かんだ雲が、鏡のような海面に浮かんでいる。

「それなに？」

カミは伍長の胸に下がる女の子の人形を指さした。

伍長は我に返ったようで、カミの人差し指の先を見下ろした。

「ああ」

伍長は人形のひとつを胸から外した。

「あげるよ」

伍長は人形をカミに差しだした。人形はきちんと白い開衿シャツを着て、絣《かすり》のもんぺを穿き、頭には日の丸の鉢巻きを締めている。

「いいの？」

伍長は頷いて、砂浜に腰を下ろした。ぼくたちも伍長をはさんで横にすわった。カミは人形を両手でそっと包んだ。

「ゆうべは君たちもびっくりしたろう。こっちは生きてるのに、神さま扱いされる。ずっとなんだ。もう慣れた」

伍長は胸に揺れる人形にそっと触れた。まだ二つの人形が下がっている。

「これは、呪《のろ》いだと思ってる」

ぼくは聞きまちがえたと思った。聞き返す間もなく、伍長は続けた。

「基地のまわりの挺身《ていしん》隊の女学生たちがね、作ってくれたんだ。特攻の成功を祈ってね。ひと針、ひと針」

ぼくとカミはカミの手の中の人形を見た。縫い目は見えないほどに細かかった。目と口は墨で描かれている。

「成功って、死ねっていうこと。死ねという呪いなんだよ。こわかったよ。ぼくたちが通ると、女学生たちが近づいてきてはね、手渡してくれる。みんな花のようにきれいな顔をしてね。みんなわらっていたなあ」

日の丸の鉢巻きをしたおさげ髪の人形は、たしかにわらっていた。

「彼女たちだけじゃない。みんなね、成功を祈ってくれる。上官も、整備兵も、取材に来た新聞記者も、みんな。ぼくが本当に神になれるように。死んで神になれるように」

伍長は海をみつめてつぶやいた。

「本当に、みんな、きれいだったなあ」

カミは手の中でわらう人形を見下ろしたまま、どうしたらいいかわからず、固まっていた。

「ごめんごめん」

伍長はカミの様子に気づいて、その手から人形を取りあげた。

「やっぱりあげられないよ。これはぼくへの呪いだから」

伍長はまた人形を胸に下げた。

カミはほっとため息をついて、からっぽになった手を砂の中につっこんだ。手を汚してしまったとき、ぼくたちがいつもするように。

「きみたち、靴は？」

伍長は砂の上のぼくたちのつま先を見て言った。さっきウム《芋》畑の中に入ったから、指の間に湿った泥が茶色く残っている。

「みんなはだしだよね。痛くないの」

「痛くないよー」

「戦争だから、靴がなくなったの」

「ちがうよー。もともとみんなはだしだよー」

島では大人もこどももみんなはだしが普通だった。よそへ出かけるときだけ、わら草履を履く。それでも、なるだけ長持ちするように、町まではだしで歩いていって、町に入るときだけわら草履を履いた。そういえば、ゆうべうちに来たまわりのシマ《集落》のおばさんたちは、わら草履を履いていた。島で靴を履いているのは、学校の先生と、守備隊の兵隊さんだけだった。

ぼくとカミは、ぼくたちのはだしの足にはさまれた、伍長の長靴《ちょうか》をみつめた。鈍く光る黒い革の長靴。亀岩の兵隊さんが履いていたのと同じ靴。

「伍長さん」

ぼくが声をかけると、伍長はぼくを見た。

「ぼくは、もしいつか、特攻隊の人に会えたら、お礼を言いたいってずっと思ってたんだ。ぼくたちの島を守ってくれているお礼を」

「お礼?」

「この前、この沖に特攻機が三機落ちたんだ」

ぼくは珊瑚礁のむこうを指さした。

「島の上を飛んできたんだよ。それで南から来たシコルスキーにみつかって、追いかけられた。そうしたら、どの飛行機も沖へ飛んでいって、撃墜された。ぼくたちが地上にいたから、島に被害を与えないようにしてくれたんだ。だから」

「それはちょっとちがうかもしれない」

伍長はぼくの言葉をさえぎった。

「敵機に発見されたら、海上へ飛んだほうが、敵機には見えにくくなるんだよ。緑色に塗ってある翼が、海の色と重なって見えるからね」

伍長の言葉の意味がわかるまで、ちょっと時間がかかった。なんとかのみこめると、ぼくは続けた。

「でも、だって、特攻機はいつも島の上を通らないで、海の上を通っていくよー。もし撃墜されても、島に被害を与えないようにしてくれてるんでしょー。越山の兵隊さんが言ってたって」

「レーダーに捕捉されないよう、低空で飛ぶからね、障害物のない海上のほうが安全なんだよ。もちろん、島に被害を与えたくないというのは事実だけど、不時着する場合は島に降りるしかないしね」

伍長はこともなげに言った。

「そもそもぼくたちは未熟だからね、正直言って、そんな余裕はないんだよ。みんな晴れた日にしか飛べないし、ぼくは今回の出撃が初めての長距離飛行だった」

そういえば、特攻機は、晴れた日にしか飛んでこない。

「これで、何もかも終わりだと思うと、泣けて、泣けてねえ」

ぼくは驚いて伍長の横顔を見た。

「最初で、それで最後の長距離飛行になるはずだった。昨日、ぼくは、泣きつくしたはずだったのに」

伍長は珊瑚礁のむこうを見た。

「ぼくはまだ、こんなところで生きている」

伍長はそうつぶやくと、ぼくたちをかわるがわる見た。

「ごめんよ。ぼくがすみませんって謝ってたのは、芋畑を荒らしたことじゃないんだ」

ぼくは、雨戸の上でうめいていた伍長の姿を思いだした。

「貴重な飛行機を失って、ぼくだけ生き残ってしまった」

伍長はまた海を見た。

「昨日、一緒に出撃したみんなは沖縄に辿りついて突入している。ぼくも昨日、みんなと一緒に死ぬはずだったのに。死んで神になるはずだったのに」

伍長は叫ぶようにそう言うと、頭を抱えた。

胸で人形が大きく揺れた。

ぼくたちも黙りこんだ。

波の音と鳥の鳴き声が沈黙を埋めていく。

「ここにいれば？」

カミがぽつりと言った。伍長ははっと顔を上げた。

「もうヤマトゥ《本土》に戻らないで、ずっとここにいれば？　戦争が終わるまで隠れていれば？」

思いきった言葉に、ぼくはまじまじとカミを見た。カミを見る伍長の顔はわからない。

いきなり伍長はわらいだした。

「きみはお母さんにそっくりだね。きっときみはいいお母さんになるよ」

わらって、わらって、目尻から流れた涙を拭った。

「生きててよかった」

わらいながら、そうつぶやいた伍長は、もう、神さまじゃなかった。


越山から守備隊の兵隊さんたちがやってきた。

西島伍長の指揮で、ウム《芋》畑の飛行機の解体作業が始まる。トゥール《風葬》墓の白骨のように白く散らばったウムのかけらを、兵隊さんたちの靴が入り乱れて踏みつぶした。

東の家《アガリヌヤー》はじゃーじ《おじいさん》ゃとあじ《おばあさん》の二人暮らしなのに、これからどうするのだろう。これだけ荒らされれば、この畑のウムはもう育たない。東の家はうちと同じくらい貧しかった。南風が吹くたび、流れつくアメリカの食料品を拾いに、じゃーじゃはぼく以上にせっせと、曲がった腰で浜までやってきていた。

兵隊さんたちに囲まれ、指揮している伍長は、近寄りがたかった。ぼくとカミは、朝の浜で話したときとは別人としか思えない伍長を、遠くからながめた。

伍長は解体作業の間だけカミの家に滞在したが、あっという間に終わってしまった。次の日の夕方、伍長は越山の守備隊へ行くことになった。

まだ明るいうちから、シマ《集落》の人たちが伍長を見送ろうと、カミの家に集まってきた。あちゃ《おとうさん》が三味線を弾いて、最後にあや《姉さん》が唄った。いちか節だ。

さらば　たちわかり《そろそろお別れしましょう》
なちゃやぬびる　うもーり《明日の夜またおいでください》

じゃーじゃ《おじいさん》が伍長に唄の意味を伝えているらしい。伍長は手を叩きながら、何度も頷いた。

なちゃやぬびる　うもーり《またおいでください》
まくとう　かたら《ありのままの思いを語りましょう》

「またいつか、この砂糖をいただける日があるといいのですが」

最後に出された黒砂糖《サタ》でお茶を飲みながら、伍長は言った。

伍長がカミの家を後にすると、カミのあま《おかあさん》がトーグラ《台所》で泣いていた。

「ヤマトゥ《本土》に帰って、また特攻に行かされるんだろうねー、かわいそうにねー、かわいそうにねー」

あまはいつまでもくりかえしていた。

あじ《おばあさん》は怒った顔をしてあまをなぐさめていた。

「戦争だから、しかたがないねー」

あじはくりかえした。

「しかたがないねー」


ぼくはシマの外れまで伍長を見送った。

みんな疎開して、シマには伍長を見送る人しかいない。置いていかれた鶏たちだけが、こっこここっこ鳴きながら、我が物顔で歩きまわっている。

ぼくはガジュマルの木にのぼって手を振った。カミは気根の垂れ下がる木の下で伍長を見送っていた。

伍長はふりかえって、手を振り返してくれた。ぼくは木から落っこちそうになるくらい、大きく手を振った。でも、カミは木の下でじっとして、手を振らなかった。

伍長はもうふりかえらず、そのまま歩いていって、白い道の先に消えた。

神さまは、島を守っていたわけじゃなかった。

伍長を見送りに集まってきた人たちは、空襲を怖れ、すぐに砂糖小屋へ戻っていった。

ぼくは集落《シマ》の中を通りながら、鶏が生んだ卵を拾った。夜、鶏が上がって眠るとうぶら《とまり》木の下にも、卵が生んであった。ぼくはあたたかい卵を拾っては、ズボンのポケットに入れた。雛を連れて歩いている鶏もいる。

「なんで手を振らなかったのー」

砂糖小屋への道で、先に行ったカミに追いついて、訊ねた。

カミはうつむいて黙っていた。

「せっかく伍長さんが手を振ってくれたのに」

ぼくが非難がましく言った言葉が風に飛んでいって、ずいぶんたったころ、やっとカミは口を開いた。

「あちゃ《おとうさん》が出征するときも、イチみー《兄さん》が予科練にいくときも、わたし、手を振ったの」

カミはぼくを見ないで話した。

「わたし、手を振って、あちゃとイチみーを呪《のろ》ってしまった。伍長さんのもらった人形と同じことをした。あのとき、あちゃとイチみーに、がんばってね、お国のためにがんばってきてねって、言ってしまった」

「それは」

ぼくはさえぎった。

「みんな言うよー。ぼくも言ったよー」

カミは首を振った。

「みんな言う。わたしも言った。あたりまえだと思ってた。きっと、伍長さんを見送った女学生もあたりまえだと思ってる。わたしはあちゃとイチみーに呪いをかけた。わたしは手を振って、送りだした。わたしはをぅない《姉妹》神なのに。それで、ふたりとも、帰ってこなかった」

カミはぎゅっとこぶしを握った。めずらしく、水桶もきびの束も、ナークも抱えていない手だった。

「もう手は振らない」

カミの握りしめたこぶしの中には、何もなかった。

ぼくは思わず、その手に、拾った卵をひとつ握らせた。

「何よ、これー」

カミはわらいだした。

「もうひとつ、あげるよー」

ぼくはもう片方の手にも、まだ生あたたかい卵を押しこんだ。カミは両方の手に卵をひとつずつ握って、わらった。

ぼくもわらった。

カミがわらってくれるだけで、ぼくはそれだけでよかった。

暑くなるにつれ、空襲はますます激しくなった。

空襲を怖れて、明るいうちに出歩く人がいなくなった。海へ続く真っ白なニャーグ《石灰岩片》道を、朝から晩まで、太陽がまんべんなく照りつける。

草刈り場に行く人もへって、刈るよりも早く草が生い茂る。ぼくたちの背の高さを越えてぼうぼうと生えた草を刈るのは大変だった。ちょっと前まで、のびた草を探して、遠くまで歩きまわったものだったのに。

ぼくもヤンバルも毎日かわらず、夜が明けると草刈り場まで牛のえさにする草を刈りにいったが、トラグヮーは来なくなった。トラグヮーのおばさんが空襲を心配して、トラグヮーを砂糖小屋から出さないようにしたのだ。もうえさもやれないから、牛は売ってしまったという。

牛がいなくてはどうしようもない製糖作業も、ちょうどどの家でも終わっていた。うちの製糖が終わったのは最後だった。徳之島から戻ってあちゃ《おとうさん》が炊いた砂糖は、今年も一等を取れなかった。

製糖が終わると、豚をつぶしてにぎやかに、製糖終了祝《サタジョージ》いをするものだったが、今年はどの家も製糖終了祝いをしていない。

カミの家の牛のえさも足りないようだった。やせてきたし、よく鳴くようになった。

ぼくは、刈った長過ぎる草を、オーダ《もっこ》にぐいぐい押しこんだ。草は短く切ってやらないと、牛は食べない。これだけ長いと、切る手間が思いやられる。

草刈りから戻ると、カミがガジュマルの木の下で葉っぱを拾い集めていた。

ガジュマルの木の葉も牛のえさになる。でも、カミはこわがりだから木にのぼれない。

「弱虫。木にものぼれないのか」

ぼくはカミに言いながら、担いできたオーダを根もとに下ろして、木にのぼった。

「ふりむん《ばか》と煙は高上がりするからねー」

カミが下から言うのを聞いて、ぼくはわらった。カミもぼくを見上げてわらった。

ぼくは横枝に立ってガジュマルの葉っぱをちぎっては落とした。あま《おかあさん》がウム《芋》やウムのつるを入れる大きなヒャーギ《ざる》に、カミは、ぼくの落とした葉っぱを、断りもなく拾って入れる。こういうとき、やっぱりカミはぼくにお礼を言ったりはしない。ぼくはそれが嬉しかった。

「マチジョー」

急にカミが下から声をかけてきた。

「早くおりてー」

ぼくは葉っぱの間から見回したが、飛行機の影もないし、なんの音も聞こえない。

このごろは、沖縄からの艦砲射撃の音もすっかり聞こえなくなっていた。

「早くおりてよー」

カミは切羽詰まった声でくりかえした。

「飛行機来てないよー」

「来たら撃たれるでしょー。早くおりてー」

「もう少しいるだろ」

「もういいからー。早くおりてー」

カミがあんまりうるさいので、ぼくは下から二本目の横枝から飛びおりた。

「木の上だと撃たれるでしょ」

「え？」

ぼくは問い返した。

「なんで？」

「木の上だと空に近いでしょ。空に近いとそれだけ撃たれるでしょ」

カミは真剣だったが、ぼくはわらいだしてしまった。

「なんでわらうのー」

カミが心配してくれたのが、嬉しくてたまらなかった。

「静かだよー。沖縄からも何も聞こえない」

ぼくはカミを手伝って、散らばった葉っぱを拾い集めた。

「沖縄はどうなったんだろうねー」

「田植えのとき、手伝ってくれた兵隊さんたちねー」

カミは大きなヒャーギ《ざる》をガジュマルの葉っぱでいっぱいにしながら、言った。

「あの兵隊さんたちって、逃亡兵なんだってね」

ぼくは耳を疑ったが、カミは淡々と話しつづけた。

田植えを手伝ってくれた兵隊さんたちは、戦場となった沖縄から脱出して、サバニ《くり舟》で島伝いに渡ってきた逃亡兵だという。

兵隊さんたちは隠していたが、島はせまい。沖縄への攻撃が激しくなるにつれ、前の浜《メーヌ》に漁師に変装した逃亡兵が、夜ごとにサバニでやってくるということを、大人たちは知っていたのだ。カミの親戚のおじさんは、夜通しそれを見張って、発見したら守備隊に伝えるのが任務だった。

敵前逃亡は死刑だが、軍法会議にかけるにも、本隊は別のところにある。やむをえず、最下級兵扱いで越山で隔離されているという。越山の守備隊には、逃亡兵がもう百人もいるということだった。

ぼくは田植えのとき、どこから来たのか訊ねたカミと、兵隊さんたちとの会話がかみあわなかったことを思いだした。それでもカミのじゃーじゃ《おじいさん》はそれを聞き返すこともなく、聞き流していた。じゃーじゃ《おじいさん》はみんな知っていたのだ。

あのころ、南の海からはずっと、朝から晩まで、どおんどおんと艦砲射撃の音が響いていた。あの音の下はどんなことになっていたんだろう。島を逃げだす兵隊さんたちの気持は、痛いほどわかった。

「でもね」

カミはふと手をとめて、言った。

「逃げだしてくるのは兵隊さんたちだけなんだって」

ぼくも手をとめて、カミを見た。

「沖縄の人たちは、まだひとりも逃げだしてこないんだって」

ぼくは田植えを手伝ってくれた兵隊さんたちの着ていた服を思いだした。芭蕉の繊維で織られたばしゃちばら《芭蕉布の作業着》。この島でも、沖縄でも、みんな着ているばしゃちばら。どの家でもあやや《姉さん》あま《おかあさん》が織って作る、涼しくて軽いばしゃちばら。

兵隊さんたちが着ていたばしゃちばらは、もうずいぶん着込まれたものばかりで、すっかりくたびれていた。裾や袖の丈が足りなくて、前が合わさっていない人もいた。

あのばしゃちばらは、だれのばしゃちばらだったんだろう。あのばしゃちばらを着ていた人たちは、どうなったんだろう。

目をさますと、雨の音はもう聞こえなかった。

砂糖小屋の外は目がくらむほどに明るかった。何日か雨が続いていた。こんなに晴れたのは久しぶりだった。

朝のウム《芋》を食べてすぐ、山羊に草を食べさせに出た。道ばたの草を食べようと立ちどまるのを、うしろから追っては歩かせる。山羊は気位が高く、前に立ってひっぱると、機嫌をわるくして歩かなくなることもある。この山羊は甘えんぼうだからそれほどでもなかったが、母山羊はいつもぼくより先に立って歩いていた。

水かさの増えた田んぼには、めずらしく人の姿があった。おばさんたちが田んぼで洗濯をしていた。雨続きでたまった洗濯物の始末の必要が、空襲の恐怖に勝ったらしい。

カミのあじ《おばあさん》もいた。腰を折って、しきりに白い布をすすいでいる。それがうちゅくい《頭にかぶる布》か、下帯かはわからない。

カミを探すが、見あたらない。水汲みに行っているのかもしれない。山羊をホー《水汲み場》のそばの草原に連れていくことにして、道を下った。下り道の赤土が雨に粘って、はだしの足はよくすべる。足の指を立て、ひっかけるようにして歩く。

カミの足跡を探すが、さすがにわからない。水桶を頭にのせ、カミがこの道をすべらないで上れるとは思えない。

カミが水汲みの練習をしていたとき、要領のわるいカミは、水がこぼれるたびに、桶座《ハシ》ののせかたがわるいのかもしれないと、水桶を下ろしては、やりなおしていた。水の入った桶は重たくて、ひとりで頭にのせるのも下ろすのも大変だった。

カミが水汲みの練習を始める前に、イチみー《兄さん》は予科練へいってしまっていたが、もしイチみーがいたら、妹思いのイチみーは、まちがいなくカミを手伝っただろう。イチみーが戦死したとき、男子組では、先生が「陽一《よういち》は靖国神社に祀られて、神さまになった。おまえたちも陽一に続け」と話し、男子はみんなイチみーに憧れ、あとに続くことを誓った。

でも、ぼくは、一緒に遊んでくれたイチみーのことばかりおぼえていた。

イチみーは何をやってもうまかった。バンシロ《グアバ》を取るときは、一番高くまでのぼり、枝の先に生《な》る甘い実をもいだ。ため池で水切り《ちゅぶんたぶん》をすると、イチみーやユニみーの投げた石がいつも一番遠くまで水面をはねていった。ちゅぶん《一回》、たぶん《二回》、みぶん《三回》と数えては、イチみーやユニみーのはぼくたちには数えきれず、いっぱいと言ってわらいあった。

ナークが生まれるまで、イチみーには弟がいなかったので、ぼくはよくかわいがってもらった。釣りの帰りに遅くなって、ふたりで夜道を歩いていたとき、前から白い豚がやってきて、走って逃げたことがあった。白い豚に股をくぐられたら死ぬといわれているものだから、ぼくは足を閉じたまま、ちょこちょこ走った。それでなんべんも転んで、しまいにはイチみーがおんぶしてくれた。

ぼくはこわくて、家に帰っても震えがとまらなかった。イチみーは豚小屋へぼくを連れていって、すうすう眠っている豚を「くるくる」と呼んで起こすと、棒で黒い背中を叩いてきゃんきゃん鳴かせた。「マチジョー、大丈夫だよー。豚の鳴き声がまじむん《悪霊》を追い払ってくれるからねー」とイチみーが言い、ぼくはやっとほっとして、震えもとまった。

あくる朝、ふたりで白い豚に会ったところまで行ってみると、風で飛ばされたのか、木の枝に白いうちゅくい《頭にかぶる布》がぶらさがって揺れていた。「あべー《あれー》、豚がかわいそうだったねー」とイチみーは言い、ぼくたちは大笑いした。

イチみーが死んで、軍神とか神鷲とか呼ばれるたびに、ぼくはイチみーが遠ざかっていくように感じて、さみしかった。

イチみーはずっと、弟をほしがっていた。やっと生まれたナークに、予科練にいっていたイチみーは、結局一度も会うことができなかった。一週間の休暇では、えらぶ《沖永良部島》まで帰ってくることができない。ナークに一目会いたいと書いていた手紙の、きちょうめんな字が忘れられない。

山羊の首綱を草原《くさはら》の木に結ぶと、ホー《水汲み場》のそばでカミを待った。

くっかる《あかしょうびん》が鳴いて飛んだ。真っ赤な羽根をしきりに動かす。くっかるも晴れた日を喜んでいるのかもしれない。

晴れた日は、空襲日和でもあるのに。

くっかるかーる《あかしょうびんは》
ちゅらさわあーしが《きれいだけれど》
うとぅげぬながさぬ《くちばしが長いのが玉に瑕だよ》　よいよいよいよい

くっかる《あかしょうびん》をからかって唄う。この唄もみんなでよく唄った。

カミが来るかどうかはわからない。

でも、ぼくは、ただ、カミを待っているのが嬉しかった。


空襲日和が続いていた。

ぼくは草刈りの帰りにガジュマルの木にのぼり、葉っぱをちぎっては落とした。このあと、カミが牛のえさにする葉っぱを拾いに来るのはわかっていた。

ところが、思ったよりも早く、カミがナークを背負い、ヒャーギ《ざる》を持ってやってきた。

「マチジョー、何してるの？」

何をやってものろくてどんくさいくせに、こういうときだけ目ざといカミは、木の下まで来て、ぼくを見上げた。ぼくはとっさに、枝に生えているみみぐい《木くらげ》をちぎって見せた。

「みみぐいを取ってる」

梅雨の間にずいぶん大きくなっていた。

「ほら、こんなに大きくなった」

これ見よがしにズボンのポケットに押しこむ。

「マチジョー」

でも、木の下に散らばっている葉っぱはどうしようもない。風もないのに、ぼくののぼっているガジュマルの木の下にだけ、葉っぱが落ちている。

続けて、カミがお礼の言葉を言いそうになったので、ぼくはちぎったみみぐいを振りまわし、大きな声を出した。

「マチジョー」

「こんなに大きいのがあるよー。じゃーじゃ《おじいさん》もすきだろー」

カミの声とはちがう太い声がした。見ると、ユニみー《兄さん》が竹槍を持って、シマ《集落》の道を走ってくる。

「ユニみー」

ぼくはガジュマルの木から、カミの横に飛びおりた。

「前の浜《メーヌ》まで偵察に来たんだよー。もう砂糖小屋まで行く時間がない。おまえに会えてよかったよー」

ユニみー《兄さん》はめずらしく、まくしたてるように話した。

「今、越山では戦車壕を掘ってる。アメリカ軍が上陸してきたときに、戦車を落っことすための穴だよー。肉弾で攻撃する訓練も受けてる。一億総特攻、挺身斬り込み、対戦車肉薄攻撃っていってねー。といっても装備も何もない。これだけだよー」

ユニみーは手にした竹槍を持ちあげて見せた。先端には鉄の槍先がついている。

「学校の鉄棒で作ったんだって。武器はこれしかない。格好もみんなめちゃくちゃ。防衛隊は国民服の人もいれば、背広を着てる人もいる。兵舎もうちと同じ、茅葺きだ。だから攻撃もされないよー」

ユニみーは一瞬わらったが、すぐに真剣な顔に戻った。

「アメリカ軍が敵前上陸してくるのはまちがいない。そのときは、軍艦にたくさん戦車を積んでくるから、上陸しやすいところから上陸用舟艇《しゅうてい》で浜に乗りあげて、ハッチをずーっと開いて、そこから戦車が上陸する。長い砂浜でないと無理だから、えらぶ《沖永良部島》だと国頭《くんじゃい》か伊延《ゆぬび》の二カ所。内喜名《ねーきな》もいいが、途中に急な坂がある。不可能じゃないが、おそらく上陸してくるのは国頭か伊延だろうねー」

ぼくは、ユニみーの勢いに飲まれて、ただ、こくこくと頷いた。

「戦車は何百台となくやってくるそうだよー。それで、戦車壕を守備隊のまわりにぐるっと掘っている。でも、みんなが避難することになっている第三避難壕は、その外になる」

「え？」

ぼくには意味がわからなかった。

「今、みんなで掘ってる第三避難壕はねー、戦車壕の外にあるんだよー」

ユニみーはくりかえした。

「戦車が来たら、第三避難壕は最初にやられるよー。戦車壕の外にあるんだからねー。おれたちは今、戦車壕を、守備隊陣地を守るためだけに掘ってるんだよー。沖縄から逃亡兵が来ていて、言っていた。沖縄ではあちこちで玉砕したって。沖縄の次はえらぶ。神風《かみかぜ》は吹かないし、戦場では竹槍はなんの役にも立たないそうだ」

ぼくは頷けなかった。

「第三避難壕に逃げちゃだめだよー。あそこは死ぬために行くところだよー。おまえたちは南へ逃げなー。住吉《しまじぃー》とか、田皆《たんにゃ》がいいよー」

「ユニみーはどうするの？」

「おれのことは気にしなくていいよー。それより、いいねー。第三避難壕へは逃げちゃだめだよー」

ぼくもカミも頷いた。

「ハナみーを頼んだよー」

ユニみーは言った。

「おまえはハナみー兄《にい》さんにかわいがられてたからねー。ハナみーはおまえを学校に背負っていったこともあったんだよー。おまえはすぐおしっこするからハナみーは大変だったんだよー」

あたりまえだけど、ぼくはおぼえていなかった。カミがわらった。

「そんなかわいいときもあったんだねー」

「みんなを頼むねー」

ユニみーはいつものようにぼくの頭をなでるのではなく、肩を叩いて、もと来た道を戻ろうとした。肩を叩かれたのは初めてだった。そのとたん、ずっとおとなしく眠っていたナークが、カミの背中で火がついたように泣きはじめた。

ユニみーは足をとめてふりかえった。

「どうした」

カミは背中をゆすって、機嫌を取ろうとしたが、ナークは泣きやまない。

「大事にしてやれよー。じゃあまたなー」

ユニみーはそう言うと、ナークの泣き声だけが響く真っ白なニャーグ道《石灰岩片》を走っていった。

それから二日もしないうちに、ユニみーは雨戸にのせられて帰ってきた。同じシマ《集落》から召集されたおじさんたちが運んできてくれた。

戦車壕を掘っているところに空襲があり、機銃掃射にやられたという。

もう息はしていなかった。

あんなに逃げ足が速かったユニみーなのに。

代掻きのとき、ぼくを置いて畦へ上がって逃げていったユニみーの、泥だらけの大きな足をおぼえている。雨戸の上にそろった二本の足は相変わらずはだしで、泥だらけだったけど、泥は白く乾いていた。

あま《おかあさん》が土と汗と血でべったりと汚れた国民服を脱がせてやろうとしたら、戦争に行ったことがあるカミのじゃーじゃ《おじいさん》が止めた。

「弾の入ったほうは小さくても、出るほうは大きな穴になっているからねー、服は脱がさないほうがいいよー。服を脱がすと、体がばらばらになってしまうよー」

ユニみーは服を着たまま、棺に入れられた。

「着替えもさせてやれないなんてねー」

あまはそう言って泣いた。

「にじよさいよー《かわいそうに》、はなしゃぐわーよー《愛しい我が子よ》。がにゃぬしがたなてぃ《こんな姿になって》、むどうてぃきちゃろー《帰ってきたんだね》」

あちゃ《おとうさん》が泣きながら言った言葉を、ぼくは前にも聞いたことがあった。

「あや《姉さん》のせいだねー。ユニごめんねー」

あやが言った。

「あやには姉《ねえ》さんをぅない神の資格がないねー」

をぅない神はたかさ。

「あやのせいだねー」

をぅない神の願いは必ず通る。

カミのあじがいつも言っていた。

あやの願いは通らなかった。

「ユニごめんねー、ごめんねー」

あやはユニみーの頭をなで、頰をさすっては何度も何度も謝っていた。

ユニみーが最後まで気遣っていたハナみーには、弟が亡くなったことを伝えようにも、伝えようがなかった。ハナみーは、ユニみーの葬式の間も眠っているのか、横たわったきり、動かなかった。


晴れ間をぬって、アメリカの四発エンジンの重爆撃機が、編隊を組んで北上するようになった。戦闘機の護衛もない。

もうヤマトゥには飛行機がないんじゃないかと、おじさんたちは噂していた。戦闘機の護衛もいらないほどに、日本軍は抵抗する力を失っているんじゃないか。

午後や夕方になると、ヤマトゥや徳之島へ飛んでいった爆撃機が引き返してきて、あまった爆弾を落とす。

初めて見たときは驚いた。ガジュマルの木にのぼって見ていると、爆撃機がおなかから何かをひょろひょろーと落とすのが見えた。なんだろうと思っていたら、いきなりものすごい風が吹いてきて、あやうく木から落ちるところだった。爆弾の爆発音は遅れて聞こえた。

浜辺近くに落ちたときは、魚が浮かびあがった。みんなティル《かご》を持って走っていった。シマ《集落》総出でみじくさ《るりはこべ》を撒いて魚を取るときと同じくらい、いくらでも魚が掬《すく》えた。

とうとうヤンバルも、昼間は出てこられなくなった。ヤンバルの家の牛は、機銃で脚を撃たれて立ちあがれなくなり、つぶされた。味噌漬けにされた牛を、お裾分けにもらって食べた。

草刈りに行くのはぼくだけになった。

刈った草をオーダ《もっこ》に押しこむのには、こつがいる。不器用なトラグヮーを、ヤンバルとふたりでよく手伝ってやったものだった。三人して足で踏んでオーダにぐいぐい押しこんでは、けらけらわらいころげた。

何がおかしくて、あんなにわらっていたんだろう。

ひとりで刈った草をひとりで踏んで、オーダに押しこむ。

だれの声もしない。自分の息づかいだけだ。のびすぎた草が、風に揺られてざわめく。

早朝の浜にも人気はない。海に浮遊物が流れつくこともなくなっていたが、思いだしたかのようにやってくる特攻機は、あいかわらず南へ飛んだ。編隊を組むことはなく、単独飛行ばかりだった。

もしかしたら、西島伍長が乗っているのかもしれない。

そう思いながらも、もうぼくは手を振ることはしなかった。

トラグヮーやヤンバルの家だけでなく、どこの家でも、もう牛の世話はできないし、どうせみんな死ぬんだからと、牛や豚を売ったり、つぶして食べる家が多くなった。もうお金を持っていても意味がないと、その牛や豚の肉が、またよく売れた。

日が暮れると、みんな、避難していたイョー《洞窟》や防空壕から出てくる。

「ひどい空襲だったねー」

「ほんとうにねー」

「とうとう青年学校が焼けたらしいよー」

「明日はどこかねー」

まるで天気の話でもするように、あまたち《おかあさん》は立ち話をした。それから、蘇鉄焼酎と甘辛く煮た肉を詰めた一重一瓶《いちじゅういちびん》を持って畑に集まり、みんなで唄い踊る。

「どうせもうすぐ、アメリカ兵がやってきて、みんな死んでしまうんだからねー」

「アメリカ兵に食べられるくらいなら、みんなで食べてしまおうねー」

「はなしゃどぅ旨《みんなで食べればおいしいよー》さよー」

大人たちは同じことをくりかえした。

毎晩毎晩ごちそうだった。

豚は鳴き声以外はみんな食べられると沖縄では言うが、えらぶ《沖永良部島》では鳴き声さえもまじむん《悪霊》払いに利用する。これまでは、豚も牛も、それほど大切に食べていたものだったのに、鶏など、一番おいしいももだけ食べてあとは捨てるほどになっていた。鶏の足をもらって、ヤンバルとトラグヮーと三人で指を一本一本分けあい、足が速くなると喜んで食べて、味がなくなるまで骨をしゃぶっていたころが嘘みたいだった。

一方で、第三避難壕へ行く日も近いと、どの家でも米やウム《芋》を蒸《ふ》かし、肉や野菜の味噌漬けや塩漬けを作りはじめた。

それは最後の食べものと呼ばれた。いざというときにひもじい思いをしないように。そう言われて、ぼくはつまみ食いすることもできなかった。

そして、いつしか第三避難壕も、玉砕の場所とか最後の場所と呼ばれるようになっていった。

「サイパンみたいに、飛びこむとしたら、半崎《はんざき》かねー、田皆《たんにゃ》かねー」

「国頭《くんじゃい》の人はフーチャ《潮吹き穴》に飛びこむらしいねー。サイパンの人はえらいねー。わたしたちは飛びこめるかねー」

「沖縄では手榴弾が配られたらしぃよー」

「わたしたちは最後の場所があってよかったねー」

夜の畑では、三味線と唄の合間に、おばさんたちが言いあっていた。

とうとう、カミの家でも豚をつぶすことになった。

「最後の場所に豚は連れていけないからねー」

豚を殺すとき、カミのあま《おかあさん》は言った。

豚は鳴かなかった。


徳之島の飛行場建設ですっかり体が弱っていたのに、あんまり急にぜいたくなものばかり食べたせいか、あちゃ《おとうさん》は腹をこわした。

ちょうど、シマ《集落》の割り当てで、大山へ防空壕掘りに行かなくてはいけない日だった。カミのじゃーじゃ《おじいさん》が迎えに来て、ぼくをかわりに連れていくことになった。

大山は島で一番高い山だ。てっぺんに海軍と陸軍の見張り所があるというが、ぼくは見たことがない。

頂上へ続く道は山道というより、なだらかな坂道だった。すすきが揺れて、そのむこうに海が見えた。島のまわりには珊瑚礁の帯が巻かれていた。鯨も海亀もやってくる海は凪《な》いで、ただ青い空を映している。戦争中であることを忘れるような、のどかな景色だった。

松の林の中に、見張り所はあった。松の木の梢の高さに、木で組まれた見張り台が設置され、大きな双眼鏡をしきりにのぞきながら、兵隊さんが見張りをしている。

兵舎は茅葺きで、ぼくたちの家とそうかわらない粗末なもので、内心がっかりした。山の斜面には、いくつかの防空壕が掘られていた。越山は砂混じりで固いが、大山は赤土で掘りやすいという。同じシマから来た人たちで掘りかけのひとつを受け持ち、ぼくは鍬《くわ》を振るった。あちゃのかわりなのだ。こどもだと言われないよう、力を尽くした。

「あべー《あれー》、マチジョーはがんばるねー」

「あちゃより働き者じゃないかねー」

おじさんたちが褒めてくれた。兵隊さんも見回りに来て、ぼくに気づくと言った。

「お、少国民だな。親父さんにかわって来たって？」

ぼくが頷くと、中年の兵隊さんはぼくの頭をなでた。

「感心感心！」

昼飯は、それぞれで持ってきたウム《芋》だった。ぼくは手拭いで腰につけて持ってきたウムに、ハジキヌファー《オオハマボウの葉》に包んできた塩をつけて食べた。米を食べているものはだれもいなかった。

兵隊さんたちはみんな、竹筒の湯吞に汲んだ水と、ハジキヌファーに包んだものにかぶりついていた。なんだろうと思っていると、さっきの兵隊さんが来て、ぼくにだけひとつくれた。

「芋ばかりじゃ大きくなれないからな」

そう言ってまた頭をなでられた。こども扱いされるのはどうにも心外だったが、ウム《芋》のまじった握り飯をもらえたのは嬉しかった。

そのとき、飛行機の音が聞こえた気がした。はっとしたと同時に、見張り台から大声が響いた。

「クラマン、たんたん近つく！」

見上げると、見張り台にいた兵隊さんが双眼鏡をのぞきながら叫んでいた。

「グラマンか」

「太平洋からだな」

おじさんたちはウムを持ったまま、言葉を交わした。そのとき、兵舎の扉がばたんと開いて、軍刀を腰に提げた人が飛びだしてきた。

「小隊長だよー」

じゃーじゃ《おじいさん》が耳打ちした。小隊長は軍刀をがちゃがちゃ鳴らしながら、防空壕へ飛びこんだ。

「あれでも帝国陸軍少尉だよー」

「小隊長が一番に逃げていて、あれで戦争ができるかねー」

おじさんたちはわらいながら、食べかけのウムを包み直した。

「クラマン、たんたん近つく！」

見張り台の兵隊さんがくりかえす。爆音はいくらか大きくなってきた。おじさんたちも兵隊さんたちもやっと腰を上げて、それぞれ手近な防空壕へ歩いていった。

「クラマン、たんたん近つく！」

「あの兵隊さんは逃げないのー」

ぼくは防空壕に入りながら、西の家《イリヌヤー》のおじさんに訊いた。

「見張りだからねー。危ないところは朝鮮人にさせているんだよー」

「かわいそうにねー」

じゃーじゃがつぶやいた。

見張り所にいた兵隊さんもだれも、弾の一発も撃とうとはしない。

「どうしてグラマンを撃たないのー」

防空壕の中で、ぼくはじゃーじゃに訊いた。

「撃ったらここが日本軍の陣地だとばれてしまうからねー」

「この前の艦砲射撃は、撃っちゃいけないというのに、ここの兵隊さんががまんできずに撃ち返して、グラマンを撃ってしまったから、仕返しに攻撃されたんだよー」

西の家《イリヌヤー》のおじさんが口をはさむ。

「あのときは大山の海軍が怒って、陸軍と海軍でずいぶんもめたらしいねー」

ぼくは何のためにこの見張り所があるのかわからなくなった。守備隊はぼくたちの島を、そしてぼくたちの国を守っているんじゃなかったのか。

朝鮮人だという兵隊さんだけが、見張り台に立って、同じ文句をくりかえしている。

「クラマン、たんたん近つく！」

グラマンはそれ以上は近づいてこなかったのだろう。見張り台の兵隊さんは同じ文句をくりかえし続け、やがて爆音は聞こえなくなった。


あっちでもこっちでも空襲病がはやりはじめた。

空襲病には二通りある。あたりまえの空襲病と、あたりまえじゃない空襲病。

あたりまえの空襲病は、空襲がこわいあまり、イヨー《洞窟》や防空壕に入ったきりになってしまう病気。ひと月もふた月もイヨーに入っていると、顔も手も青くしなび、髪の毛まで抜けはじめる。

あたりまえじゃない空襲病は、もういつ死ぬかわからないからと遊んでまわるようになる病気。結婚前の若い人たちだけでなく、だんなさんが出征している家の奥さんや、徴兵検査に通らず、召集されないで残っていた人なんかもかかった。

あや《姉さん》がこの空襲病にかかったと気づいたのは、あま《おかあさん》だった。

「この指輪は何ー」

あまがたずねた。空襲のときに降ってくる薬莢を切って指輪にしたものが、あやの指に嵌まっていた。

あやはこたえなかった。あまはあちゃ《おとうさん》にも問いただすように迫ったが、あちゃは何も言わなかった。

「どうせみんな死んでしまうんだからねー」

あやはそれだけ言った。

あまは何も言い返せなかった。

「ユニが死んだのを自分のせいだと思っているんだねー。かわいそうにねー」

カミのあまがそう言って、あまをなぐさめていた。

「しかたがないねー。若いのに、みんな死んでしまうんだからねー」

あやが、これまでのあやらしく生きることをあきらめたのと同じように、あまもカミのあまも、あやがこれまでのあやらしく生きていくことを望むことをあきらめた。

あやはもうぼくたちのをうない《姉妹》神をやめたんだなとぼくは思った。家にいるときはつききりで世話をしていたハナみー《兄さん》のそばにも、近づかなくなった。かわりにぼくが、ハナみーに山羊の乳を飲ませた。

目も見えず耳も聞こえないハナみーは、きっと、これまで通りあやが飲ませていると思っていてユニみーも元気で生きていると思っているんだろう。砂糖小屋なんかじゃなくて、家の畳の上にいると思っているんだろう。

「どうせみんな死んでしまうんだからねー」

そんな言葉も聞こえないハナみーが、羨ましく思えるときがあった。

ハナみーはひどくやせて、しゃべることもなくなっていた。それでも、山羊の乳を飲ませると、ごくんごくんと音をたてて飲んだ。

生きていていいのかねー。

ハナみーは神戸から戻ってきた初めのうちは、よくそう言っていた。ぼくたちはそのたびに、ハナみーを励まそうと耳元で叫んだ。

生きていていいんだよー。早く元気になってよー。

耳も聞こえなくなって、しゃべることもなくなって、その決まりきった問答も、やがて交わすことができなくなった。

それでも、山羊の乳を飲むと、ハナみーの表情はやわらいだ。

生きていていいのかねー。

生きていていいんだよー。

目も見えず耳も聞こえないハナみーと、そのときだけわかりあえた気がした。

とうとうウム《芋》も飲みこめなくなり、ヤラブケー《蘇鉄の実の粥》と山羊の乳だけで命をつなぐようになったハナみーを見ながら、あま《おかあさん》はあちゃ《おとうさん》に言った。

「あの子も、もう長いことはないねー」

ふたりとも、ユニみーやあやをあきらめたように、ハナみーのこともあきらめはじめていた。

「どうせみんな死んでしまうんだから、あの子だけあとに残しておくよりはいいよねー」

もう、ハナみーに聞こえるわけがないのに、あまは声をひそめて続けた。あちゃは難しい顔をして黙っていた。あちゃが返事をしないのはいつものことだった。

あちゃは声でしゃべるんじゃなくて、三味線でしゃべってるんだよー。

あまはずいぶん昔にそう言った。

結婚の申し込みも三味線だったんだよー。

あまがそう言ったとき、あやもハナみーもユニみーもいて、みんなわらっていた。あれはいつのことだったんだろう。あちゃだけがにこりともせずにむっつりと黙っていた。それもぼくたちにはおかしかった。

「どうせみんな死んでしまうんだからねー」

あちゃが返事をしないことはわかっていた。あまは自分に言いきかせるために話しているようだった。

大人たちは最後の場所に行く準備を着々とすすめていた。保存食はいつでも持ちだせるようにサギジェー《かご》に入れて吊ってあった。ぼくが浜で拾ってきた乾パンも入れてある。

このごろ、カミのじゃーじゃ《おじいさん》は、よく包丁や鎌を研いでいた。

そして、だれもかれもが夜ごとに畑に集まって唄い踊る。

月のない夜には、何があったとしても、だれにもわからなかった。あや《姉さん》のきれいな唄声が聞こえない夜が多くなった。

でもぼくは、月の出た日には月に祈った。

とーとぅふぁい《お月様》　とーとぅふぁい《お月様》
わぬ《ぼくを》　ふでぃらちたぼーり《大きくしてください》

ぼくの背は、カミとかわらなかった。ヤンバルのほうがぼくより大きかった。ぼくはカミより大きくなりたかった。

カミより大きくなって、ぼくがカミを守りたかった。

夜の畑では唄いもせず、踊りもしないで、闇にまぎれているカミ。

三味線の音にも、立ちかわり入れかわり続く唄声にも背を向けて、ぼくは月に祈りつづけた。

国頭《くんじゃい》の防空壕に爆弾が落とされて、一度に五人も亡くなったという噂が流れた。

噂の出所は、いつものように越山の兵隊さんらしい。兵隊さんたちが言ったといえば、それは噂ではなくニュースになる。

防空壕のそばには山羊を繋いでいたという。

「山羊は白いからねー、空襲で狙われたんだよー」

その声が聞こえたのは、日暮れからずっと続いていた三味線と唄が途切れたときだった。その夜も月が出ておらず、だれが言いだしたのかはわからなかった。

「山羊を殺さないといけないよー」

ぼくははっとした。

「空襲で狙われるからねー」

「まだだれか飼ってるかねー」

「マチジョーが飼ってるよー」

「あの子はこわいもの知らずだからねー」

「みんなが巻き添えになるよー」

「最近山羊汁も食べてないねー」

かなり酔いの回ったおじさんの声もした。

「精がつくよー」

「これ以上精がついてどうするのー」

「山羊なんか食べたら、みんな空襲病にかかるねー」

大人たちの笑い声にまぎれ、ぼくはそっと砂糖小屋に戻った。

「マチジョー？」

手探りで、山羊を繋いでいた綱を解いていると、暗闇から声がした。

「山羊を逃がすんでしょ」

カミの声だった。

「わたしも行くよ」

ぼくはなんと返事をしていいかわからなかった。カミは墓道もひとりで歩けない、木にものぼれないいくらい臆病なのに。

「早く」

カミが急かした。三味線も唄も始まらない。今にも大人たちがこっちへ来るかもしれない。焦ると、結び目がなかなかほどけない。昼間に固く結んだ自分を呪った。

「早く」

もう一度カミが急かした。まだ三味線も唄も始まらない。お願いだから、早く始めてくれ。ぼくは心の中で祈りながら手を動かした。

やっと結び目がほどけた。

「よし、行こう」

眠っていた山羊を引き起こすと、不満そうにめぇえと鳴いて、ひやりとした。

そのとたん、三味線が始まった。

よかった、聞こえなかった。そうほっとしたのも束の間、どきりとした。いちか節だ。

さらば　たちわかり《そろそろお別れしましょう》
なちゃぬい゙る　うもーり《明日の夜またおいでください》

この唄は唄遊《とーあしび》びのしめくくりに唄うと決まっていた。どんなに盛りあがっていても、この唄を唄い終わると、みんな潮が引くように帰っていく。

唄遊びが終わったら、きっと大人たちは山羊を探しにやってくる。ぼくは山羊をひっぱって、シマ《集落》へ降りる道を下った。

「なんでそっちへ行くの」

カミがぼくについてきながら聞いた。

「みんなが一番行かないところに隠さないと」

みんなが一番行かないところ。これまではトゥール墓《風葬》かイョー《洞窟》だった。でも、空襲が始まってからは、みんなの行くところと行かないところが逆になってしまった。トゥール墓にもイョーにも人が住みついた。製糖期にしか寄りつかないはずの砂糖小屋にみんなが疎開した。

反対に、毎日ぼくたちが通っていた学校は一番あぶないところになって、だれも近寄らなくなった。毎日暮らしていた家も、シマ《集落》も。

「家に隠す」

ぼくは答えた。

「みんな空襲をこわがって、シマには戻らないから」

　なちゃぬぶる　うもーり《またおいでください》

　まくとぅかたら《ありのままの思いを語りましょう》

唄も三味線も、夜が更けるほどに冴えてくる。北からの風が吹いても音がよくなると言われる。今晩は北風ではないが、夜は更けて、三味線も唄も冴えわたって響く。こんなときなのに、聞き惚れてしまう。

最後の音が風に飛ばされて消えると、うしろから大人たちの声が聞こえてきた。

「おかしいねー」

「いないねー」

唄遊《とーあしび》びを終えて、やっぱり山羊を探しに来たのだ。

「早く」

カミが山羊をうしろから急かしてくれた。顔は見えなくてもカミの匂いがついてくる。

山羊を殺して食べるということは、ハナみー《兄さん》のことをあきらめるということだった。

生きていていいのかねー。

生きていていいんだよー。

ずっと前にハナみーと交わした会話がよみがえる。山羊の乳を飲んでもらうときだけ、ハナみーに伝えることができること。

生きていていいんだよー。

ぼくはあきらめない。

カミの匂いがぼくのうしろをずっとついてくる。カミもハナみーのことをあきらめないでいてくれたことが、無性に嬉しかった。

「マチジョーはどこにいるのー」

「寝ているのかねー」

大人たちの声が、まだ聞こえてくる。思ったよりも近い。通い慣れた道も、暗いとちっとも歩みがはかどらない。気ばかり焦った。

そのとき、飛行機の音がした。

特攻機かと見上げたとたん、爆発音が響いて、目の前が昼間のように明るくなった。

大人たちの悲鳴が上がった。

「照明弾だ」

海の上に、大きくてまんまるな火の玉が、ぽおっと輝きながら浮かんでいた。

ふりかえると、みんなが走りまわって逃げ惑っている姿がはっきり見えた。光を浴びて、だれもが白い影になっていた。

「きゃあ」

地面が揺れて、カミが悲鳴を上げてしゃがみこんだ。どこかに爆弾が落とされたのだろう。山羊もびっくりして暴れた。

いつの間にか、空には飛行機が飛んでいた。

「アメリカ人は、夜は目が見えないはずじゃなかったのー」

カミが頭を抱えたまま、ぼくが言おうとしていたことを言った。

ばりばりと空気をひきさく音が響く。機銃の弾がきれいに並んで赤くなって、撃ちこまれていくのが見えた。

想像通りだった。

夜の機銃掃射は、花火のようにきれいだった。

ぼくは逃げだそうとする山羊をひっぱり、カミの腕をつかんで立たせた。

「逃げるよ」

カミは頷いた。その目に照明弾の光が灯って、輝いている。

ぼくたちは島中に生い茂る蘇鉄の葉に隠れ、山羊を追って走りだした。

カミはどこへとは訊かなかった。

最後の場所は第三避難壕。ぼくたちはそこへは行かない。

最後の場所へは行かない。

みんなが最後の場所に向かえば、いつもの避難場所のトゥール墓《風葬》やイョー《洞窟》には、きっとだれもいなくなる。

大人たちの声は、迫ってくる飛行機の爆音や、撃ちこまれた弾の炸裂音にかきけされて、もう聞こえない。

ぼくたちは死にたくない。

死なない。

どんなに地響きがしても、ぼくたちはもう、足をとめなかった。山羊を追って、走りつづけた。

イヨー《洞窟》は近かった。

ぼくたちは死なない。

そのとき、しゅうっと炎を噴きながら、ロケット弾が飛んできた。

＊

米軍の双発機が一機、超低空で飛んできた。

なぜか爆弾を落とさない。かわりに、ばらばらと何かを撒いた。

真っ青な空に放たれたたくさんのものが、太陽の光をあびて、きらきら光りながら、降ってきた。

機銃の弾でも爆弾でもなかった。

ぼくは、いったんは隠れた牛小屋から出ると、手で陰を作って空を仰ぎ見た。

数えきれないほどたくさんの光が、ひらめきながら、ゆっくりと、ぼくたちの上に降ってくる。

「あれ何ー」

「爆弾でしょー」

カミは見ようともせず、山羊を抱いて、牛小屋の奥にうずくまっている。

この前の夜間空襲以来、カミはますます臆病になった。あのとき、ロケット弾はそれて落ち、太い蘇鉄を何本も吹き飛ばして地面に大きな穴を開けただけだったし、シマ《集落》のだれも犠牲にはならなかったのに。

「マチジョー、戻ってー」

牛小屋の中からぼくを呼ぶ。

双発機は光を撒き散らしながら、蘇鉄山を越え、隣りのシマ《集落》へ飛んでいった。

光はゆっくりと降ってくる。

ぼくは庭の真ん中に立って、空に向かって手をのばした。

でも、つかまえられなかった。光はぼくの手をそれ、地面に落ちて、一枚の紙になった。

「ただの紙だよー」

ぼくは紙を拾いあげると、カミに振って見せた。

「爆弾だったらどうするのよー」

飛行機の音が聞こえなくなった。カミがやっと、山羊と一緒に牛小屋から出てきて、ぼくをにらんだ。

「爆弾だったら重たいから、まっすぐ落ちてくるよー」

紙には赤い字で「時は迫れり!!」と書いてあり、時計の絵が描いてあった。時計の数字がひとつひとつ、島の絵になっていて、途中で棒が折れた日の丸の旗が立っている。一時のところにガ島、八時にサイパン島、十一時に沖縄、十二時に日本と書いてある。そして、時計の針は、十一時五十五分を指していた。

「三時がボーゲンビルだって」

カミがつぶやいた。ブーゲンビルはボーゲンビルともいう。カミのあちゃ《おとうさん》が戦死した島だ。赤道よりむこうにあるということしか、ぼくたちは知らない。

「十時がフィリピン」

カミの家のイチみー《兄さん》が特攻戦死した島だった。

「これ、玉砕した島が描いてあるんじゃないのー」

「じゃあ、沖縄も？」

ぼくが訊くと、カミは頷いた。

「もう玉砕したってことだよー」

ぼくたちは、毎日毎日、朝から晩まで続いた沖縄の艦砲射撃の音と地響きを思いだした。今は嘘のように静まりかえっている。

「えらぶ《沖永良部島》がないねー」

「徳之島も大島《奄美大島》もないねー。この五分の間かねー。与論のほうが沖縄に近いから、与論が五十六分で、えらぶが五十七分とか」

学校には時計があったので、ぼくたちは時計の読み方を知っていた。

「あべー《大変だ》、いよいよだねー」

裏には、びっしりときれいな字が並んでいた。先生が黒板に書く字にそっくりだった。

皆様!! という呼びかけで始まる文章。真ん中に書かれた無条件降伏という言葉が、ぱっと目に入った。

カミはぼくの横からのぞきこんで、細かい文字を辿って読む。ぼくも一緒に読もうとしたけど、カミの、甘いような香ばしいような、金色に実った稲穂のような匂いがして、集中できない。

今日も朝から暑くて、お互いに草刈りだの水汲みだのに追われていたはずなのに、どうしてカミはいつも、こんなにいい匂いがするんだろう。

ぼくは自分の匂いがはずかしくなって、紙を譲り、カミから離れた。山羊がぼくのあとをついてくる。あの夜間空襲以来、山羊は砂糖小屋から離して飼うことで、かろうじて許してもらえた。夜は雨に濡れないよう、ガジュマルの木の下につないでやった。ハナみー兄さん《ハナみー》は何も知らず、毎日、ぼくがしぼった山羊の乳を、音をたてて飲み干してくれる。

七月になっても空襲はあいかわらずで、手々知名《てぃーちゃ》では爆弾が落とされ、何人もが犠牲になったということだった。いつもなら夏休みを楽しみにするころなのに、毎日が夏休みのような状況になると、学校に通っていたときが懐かしくてたまらない。

見回すと、畑の砂糖小屋に避難してだれもいないシマ《集落》に、紙が散らばっていた。飛行機は、隣りのシマでも紙を撒いたにちがいない。

紙は貴重品だった。どの家でも、用を足すときはハジキヌファー《オオハマボウの葉》を使っていた。焚きつけにもなるので、ぼくはガジュマルの葉っぱと一緒に紙を拾い集め、カミのヒャーギ《ざる》に入れた。

　砂糖小屋に戻って、紙を見せると、あま《おかあさん》は越山にウム《芋》や野菜を供出しにいくときに持っていき、守備隊の兵隊さんに聞いてきた。

「あれはビラっていうものだってー。自分たちが負けそうだから、あんなことを書いて、降伏をすすめているんだってー。だまそうとして撒いてるんだから信じちゃいけないってー」

　あまが、おそらくは兵隊さんから聞いた通りに、ぼくとあちゃ《おとうさん》に言った。

「思想戦なんだってー。日本の戦争をする気持をなくすために撒いてるんだってー」

「でも、本当に負けてるよねー」

　思わずぼくは言った。

「玉砕した島ばっかりだよねー」

「アメリカ軍は袋のねずみらしいよー。日本軍は負けた振りをして、アメリカ軍を日本におびきよせて、一斉にやっつけるんだってー」

　言いながら、あまは肩をすくめてみせた。

　あや《姉さん》は今晩も第三避難壕を掘りにいっているし、あまは供出の帰りに越山のふもとで機銃掃射を受けたという。

　ぼくには何が本当かよくわからなかった。ただ、だれもいないシマに戻って、ビラを拾い集め、あまに焚きつけに使ってもらった。ビラは、蘇鉄の枯れ葉より、さとうきびの皮よりも、ずっとよく燃えた。

春植えの稲が実り、シマ総出で稲刈りをした。

田植えのときは空襲が激しくて、草を背負って偽装したり、逃亡兵に手伝ってもらったりしたぐらいだったのに、そのころにくらべると機銃掃射による空襲がへったような気がする。久しぶりに、朝からあまもあちゃも田に出た。それでも空襲がこわいので、短時間ですませ、何日かかけて刈り取った。稲刈りのあとは、夏植えの苗を植える。

ところが、空襲を怖れ、また、どうせみんな死んでしまうんだからと、稲刈りはしても、田植えをしない家もあった。放置された田には、いつまでも、刈り取られた稲株が並んでいた。やがて、黄色く枯れた稲株から、また鮮やかな緑色の細い葉が生えてきた。

夏の田植えもすっかりすんだ夕暮れどき、トラグヮーがうちの砂糖小屋にやってきた。

「マチジョー」

空襲がひどくなってからは、トラグヮーもヤンバルも、日中砂糖小屋から出してもらえなくなっていた。久しぶりにぼくを呼ぶトラグヮーの声が嬉しくて、砂糖小屋を飛びだした。

「兵隊さんたちが、前の浜から特攻にいくんだってー」

トラグヮーの話はよくわからなかった。特攻といえば飛行機に決まっている。でも、この島にはもともと飛行機の一機もあるはずがなかったし、飛行機が飛びたてるような飛行場もなかった。西島伍長の九七式戦も、もうとっくにばらばらになっている。

「サバニで特攻にいくんだってー。沖縄へ」

サバニは漁師が使うくり舟《くりぶね》で、とても特攻に使えるようなものではない。半信半疑ながら、ぼくはトラグヮーと一緒に海まで走った。

前の浜では、アダンの茂みの中から、兵隊さんたちが二艘のサバニを引きだしていた。

前の浜のおじさんやおばさんたちが集まって、遠巻きに兵隊さんを見ていた。学校で同じ組の前の浜の子たちもいて、あとから来たぼくとトラグヮーに得々と語った。

「兵隊さんたち、何日もずっとここで、櫂《かい》でこぐ練習をしてたんだよー」

「もういっぺん、沖縄へ壮烈果敢な斬り込み特攻をするんだってー」

「沖縄からの逃亡兵なんだってー」

「兵隊さんたち、ずっとうちに泊まってたんだよー」

そう言われて、兵隊さんたちの顔をひとりひとり見たが、田植えを手伝ってくれた兵隊さんはいないようだった。九人の兵隊さんはみんなかっちりとした軍服を着ていて、ゲートルを巻いていた。

「隊長さんは少尉さんだよー」

「軍刀を持ってるねー」

「あ、鉄砲を積んでるよー」

九人は二艘に分乗していくらしく、荷物をどんどん積みこんでいく。ユニみー《兄さん》と同じくらいの若い兵隊さんもいた。

　そこへ別の兵隊さんがやってきた。この人も特攻隊員かと見ていると、九人の兵隊さんたちがあとから来た兵隊さんの前にさあっと一列に並んだ。隊長さんが叫んだ。

「これより藤堂《とうどう》少尉以下九名、沖縄奪還刳舟《くりふね》挺身隊先遣隊として出撃いたします！　われわれ先遣隊は目的を完遂するために死力を尽くします！」

　ものものしく挙手の礼をすませた兵隊さんたちは、それぞれのサバニ《くり舟》に乗って、海へ漕ぎだした。

「兵隊さあん」

「ちばりよー《がんばれー》」

前《メー》の《ヌ》浜の子たちは砂浜を駆けだし、サバニに向かって手を振った。

「おまえたちー」

若い兵隊さんがサバニから、あとを追って走る前の浜の子たちに向かって叫んだ。

「死ぬなよー」

ぼくは耳を疑ったが、たしかに兵隊さんはそう言った。

「戦争が終わるまで、死ぬなよー」

「ちばりよー」

前の浜の子たちの声と波の音に、兵隊さんの声はかきけされそうだった。

「大きくなれよー」

でも、ぼくの耳にははっきりと届いた。ぼくとトラグヮーは目を見合わせた。きっと、叫びつづけていた前の浜の子たちには聞こえていない。

二艘のサバニは、桃色に染まった空の下、珊瑚礁を越えていった。まるで落ち葉のように太平洋の波に揺られて、今にも沈みそうだった。

ぼくには、その光景が、この世界にあるべきものには思えなかった。

艦砲射撃をする軍艦に上陸用舟艇に潜水艦。戦闘機に爆撃機に重爆撃機。機銃弾に二百五十キロ爆弾に五百キロ爆弾にロケット弾に時限爆弾。そんなアメリカ軍の装備を前にして、二艘のサバニに乗った九人の兵隊に何ができるというのか。あちゃ《おとうさん》よりも老けて見えた隊長さんは、腰に提げた軍刀で何をするというのか。そもそも、沖縄まで辿りつけるのか。

大きくなれよー。

兵隊さんの叫びは、これから死んでいく人の叫びだった。死にたくないのに死んでいく人の。

せっかく沖縄から逃げてきたのに、あんなにまだ若いのに、彼らは用意された死に場所に向かって、海へ漕ぎだしていったのだ。

日が暮れてしまう前に、サバニ《くり舟》は二艘とも、波に消えて見えなくなった。


いつも夏休みに入ると、すぐに稲刈り、田植えの農作業に追われ、一段落ついたところで七夕となる。七夕の日はたいてい晴れるので、虫干しをすると決まっていた。大昔、世《よ》の主《ぬし》とともに戦った後蘭孫八《ぐらるまごはち》の着物や刀が、この日にだけ出され、後蘭《ぐらる》で虫干しされる。旧暦の七夕は八月の半ばになることが多く、いつも夏休みのまっただ中なのに、必ず登校した。学校で短冊を書いてから、みんなで後蘭まで見せてもらいに歩いていった。

広縁に並べられた羽織や袴は、びっくりするほどの大きさで、毎年見ているくせに、見るたびに驚く。そのころ、先生が「アメリカ人はこれくらい大きいらしい」と話していたのを思いだす。ぼくはグラマンに乗っていたアメリカ兵しか見たことがない。あのときはよくわからなかったが、本当にアメリカ人はそんなに大きいんだろうか。

空襲で学校がなくなって、今年は七夕といってもすることがない。

学校では短冊に願い事を書いたが、あれはヤマトゥ《本土》のしきたりだと、シマ《集落》ではだれもしない。前は「先生にぶたれませんように」とか「相撲《すもう》で一番になりますように」とかすきなことを書いていたけど、去年の七夕はみんな、「米英撃滅」とか「大東亜戦争に勝ちますようにと書くようになっていた。

「あちゃ《おとうさん》が帰ってきますように」と書いたカミは、先生に「方言でなく普通語で書きなさい」と注意され、「おとうさんが帰ってきますように」と書き直させられた。そのあと、今度は教練の盛先生にみつかって、「おとうさんがお国のために立派に戦えますように」と、もう一度、書き直しをさせられた。

でも、そのときにはもう、カミのあちゃはブーゲンビル島で亡くなっていた。七夕もお盆《ショーロ》も十五夜もすんでから、五月に戦死していたことを伝える戦死公報が届いた。

今年の七夕も朝からよく晴れて、空襲日和だった。

お昼前に飛行機が飛んできたが、うちのシマや隣りのシマには空襲はなかった。どこかにビラが撒かれただけだったという噂だった。

後蘭では、今年も後蘭孫八の着物を干したんだろうか。


翌日もよく晴れていた。

それでもやっぱり空襲がないと思っていると、昼下がりに飛行機の音がした。

ガジュマルの木にのぼって見ると、戦闘機が低空で、その上を双発機、またその上を重爆撃機が、編隊を組んで飛んでくる。いよいよ大空襲だとぼくは飛びおりて、砂糖小屋に駆けこんだ。

寝たきりのハナみー《兄さん》を運ぼうと、あちゃ《おとうさん》とハナみーを戸板にのせていると、飛行機は弾の一発も撃たないで、島の上を通り越していった。

その夜、第三避難壕を掘りに越山へ行ったあや《姉さん》が、壕掘りが中止になったと戻ってきた。

「今までの空襲で、アメリカは弾を撃ちつくして、もう弾も爆弾もなくなったんだってー。だからああして、脅しに飛んでいるんだってー」

あやは越山で聞いてきた話をしてくれた。

それから、毎日のように、アメリカの飛行機が何十機もの編隊を組み、低空でヤマトゥ《本土》へ飛んでいったが、本当に一発の弾も撃たず、ロケット弾も発射せず、爆弾も落とさない。

草でいっぱいにしたオーダ《もっこ》を担いでの帰り道、またアメリカの飛行機が編隊を組んで飛んできた。星のマークがはっきり見える。

背よりもはるかに高くなったさとうきびが、飛行機の風に揺さぶられ、なぎ倒されそうなほどだ。

ものすごい爆音の下で、ぼくは、低空で飛ぶ飛行機に向かって、思い切り石を投げた。

「ざまーみろ！」

もう二度と帰ってこないカミのあちゃとイチみー。体に大きな穴をあけられ、清められることなく、葬られたユニみー。

これまでだったら、きっと、トラグヮーもヤンバルも、一緒に石を投げてくれた。空襲のせいで、いなくなった友達。

「ざまーみろ！」

ぼくは、みんなのかわりに石を投げた。

手が届きそうにも思うのに、石はひとつも当たらない。

たとえ当たったとしても、こんな小さな石では、飛行機に傷もつけられないだろう。

それでもぼくは、石を拾っては投げた。

飛行機が見えなくなるまで、何度も何度も。


今年のお盆《ショーロ》は、うちではユニみーが亡くなり、カミの家ではイチみーが亡くなったから、特別にするはずだった。カミのあちゃも、本当はその前に戦死していたが、去年のお盆のときにはわからなかったので、今年のお盆で弔わないといけない。けれども非常時だということで、墓参りだけですませることになった。

今年亡くなった人は多かった。集落《シマ》でも半分近くの家で、だれかしらの戦死者を出していた。

それでも、草刈りから戻ると、あま《おかあさん》とあやが高粱餅《トージニムチ》を作ってくれていた。ぼくも芭蕉葉《ばしゃぬは》で包む手伝いをした。墓正月《ハカショーガチ》の田芋餅《タニムムチ》もおいしいけど、お盆の高梁餅《ショーロトージニムチ》のもちもちしたおいしさにはかなわない。お盆の昼ごはんはいつも、高梁餅と決まっていた。

蒸し上がったばかりの高梁餅を腹がはじけるほど食べてから、ひとりで墓に向かった。途中でバンシロ《グァバ》の匂いに気づき、見上げると、木にバンシロの白い実が生っていた。匂いをかいで初めて、去年バンシロを食べてから、もう一年がたったことを知った。ぼくは木にのぼり、葉っぱを裏返しては、熟した実をみつけてもいだ。

一番高い枝にも手をのばした。てっぺんに生っていたバンシロがもげたとき、ユニみー《兄さん》とイチみーと同じくらい高くのぼれた気がした。

腰の縄をきつくしばって、シャツの襟からいくつも入れた。胴回りをバンシロでいっぱいにして、墓へ行った。

まずユニみーの墓参りをして、バンシロをひとつ供えてから、カミの家の墓へ行く。

イチみーはフィリピンで特攻戦死し、髪の毛の一筋も戻ってこなかったので、埋葬してから三年待って改葬する必要もなく、すでに墓石が立てられていた。

今年亡くなった人は、そういう人が多かった。ユニみーは埋葬されたので、雨に濡れないよう、屋形《やぎょう》という家の形の覆いがあったが、それがなくて、もう墓石を立てられている真新しい墓が目についた。

その中でも、イチみーの墓石はつるつるして、一際大きくて、立派だった。海から運んできた珊瑚石の墓石もめずらしくないのに、高価な沖縄の石でできているという。名前だけでなく、海軍少尉という階級まで彫られ、ブーゲンビル島で戦死し、同じく遺骨がなかった父親の墓より、一回り以上も大きなものだった。

「町葬までしてもらったからねー」

カミのじゃーじゃ《おじいさん》は気まずそうに言った。

「マチジョー、いい匂いがするねー」

カミがぼくに耳打ちして、わらった。

ぼくはシャツの中に手を入れて、カミとナークにバンシロを二つずつ渡した。ナークは二つは持てず、たったひとつを両手で持って、声をあげてわらった。

「あいやー、みへでぃろー《ありがとう》」

カミのあまも《おかあさん》わらって受けとる。最後に、カミのあちゃ《おとうさん》とイチみーの墓石の前に、バンシロをそっと供えた。


お盆から何日かたって、小米《ふぐみ》港に三人の逃亡兵がやってきた。

逃亡兵などめずらしくもないのに騒ぎになったのは、三人とも、えらぶ《沖永良部島》から出征した若者ばかりだったからだ。ふたりは加計呂麻《かけろま》島から、ひとりは佐世保《させぼ》から逃げてきたという。

翌日になると、三人は復員兵で、戦争が終わったから、沖永良部島《えらぶ》に戻ってきたのだという噂にかわっていた。

そういえば、八月の半ばから、飛行機は島の上を飛ぶばかりで、まともな空襲がない。

「戦争が終わったらしいよー」

「勝ったのかねー、負けたのかねー」

久しぶりに朝から畑に出て、あま《おかあさん》とカミのあまが話しあっていた。

その日、あまたちは供出に行くのにも、墓道《はかみち》ではなく、久しぶりに広い道を、ウム《芋》や野菜を盛った大きなヒャーギ《ざる》を三つも頭の上に重ね、にぎやかにぺちゃくちゃしゃべりながら通っていった。

ところが、空っぽになったヒャーギを抱え、あまたちは墓道を通って、足早に戻ってきた。

「戦争は終わってないんだってー」

越山の兵隊さんが言ったという。

「わたしたちを油断させようとするデマだから、信じてはいけないってー。神風も吹かず、一億総特攻もなくて、戦争が終わるわけがないってー」

それから数日の間も、いろいろな噂が流れた。

越山で守備隊が書類を盛んに焼いているという。戦争に負けて、アメリカ軍が上陸してくる前に、重要書類を焼却して機密を守るためだという。

田皆《たんにゃ》では、守備隊が手榴弾を岬から何百個も投げこんで、魚が浮かび、近くのシマ《集落》の人たちは大喜びだという。これも敗戦で、武装解除が求められているためだという。

新型爆弾が広島と長崎に落とされ、一発で街は壊滅したという。ソ連が参戦し、満洲国は崩壊、中国からも朝鮮からも日本人が逃げだしてきているという。無条件降伏を受け入れ、日本は戦争に負けたという。ヤマトゥ《本土》はどこも空襲で焼け野原となって、食べるものもなく、一度は出ていった人たちが、続々とえらぶに戻ってきているという。

どれも噂でなく、本当のことだったとわかったのは、各地に配備された防衛隊員が集められ、越山で守備隊の発表があったからだった。

戦争はすでに、十三日も前に終わっていた。

戦争がひどくなることは考えたけれど、まさか終わることがあるとは、だれも思ってもみなかった。

大山から戻ってきたカミのじゃーじゃ《おじいさん》が見張り所で聞いてきたことを伝えに来てくれた。

無条件降伏。ポツダム宣言受諾。

じゃーじゃの口からは、これまでにない言葉が出てきた。

「小隊長さんが一番喜んでたよー」

砂糖小屋にハナみー《兄さん》を残し、青空の下でじゃーじゃ《おじいさん》の話を聞きながら、ぼくはどう受けとめればいいのかわからず、戸惑っていた。あちゃ《おとうさん》は腕組みをして、黙りこんだ。

あまー《おかあさん》が言った。

「あべー《あれー》、兵隊さんたちにだまされたねー」

「アメリカ軍のほうが本当のことを言ってたんだねー」

ぼくは、赤い字で書かれたビラを思いだした。

ビラにはたしかに、無条件降伏と書いてあった。ろくに読まなかったが、裏にびっしりと書かれていたことは、きっと本当のことだったに違いない。

ぼくたちをだまそうとしたのは、日本の兵隊さんたちのほうだった。

「みんな生きてるねー」

あやー《姉さん》がぼくたちを見回して言った。

「イチもユニも戦死したのに、みんな死ななかったじゃない。一億玉砕、一億総特攻じゃなかったのー」

あやは泣きだした。

「なんでユニたちだけが死ななきゃいけなかったのー」

あやは赤土の上に膝をついた。

「みんな死ぬはずじゃなかったのー」

昨日降った雨で、クルマンドー《砂糖車のある広場》の赤土はぬかるんでいた。あまがあやを起こそうとしたが、あやはあまの手を振りはらい、泣きつづけた。しまいには、あまもあやにかぶさって泣きだした。

「うちのものもみんなずっと泣いているよー」

じゃーじゃが言った。

「みんな死ぬと思っていたからねー、うちの息子が死んだときも、イチが死んだときも、しかたがないねーと思っていた。でも、みんな死なないで戦争が終わってしまうなんてねー。なんであの子たちだけなのかねー。悲しくて悲しくてしかたがないよー」

じゃーじゃの目も赤かった。

「嘘でもよかったのにねー。神さまとして祀られるっていうなら、納得できたのにねー」

星のマークのついた飛行機が、ゆっくりと、あやの頭の上を飛んでいった。

でも、あやもあまも、もう見上げることさえしなかった。

「だますなら、最後までだましてほしかった」

飛行機の下でうつむいたまま、あやが言った。

みんな、避難していた砂糖小屋からシマ《集落》へ戻った。

荷物を運び、抜いていた屋根の茅を葺き直すのにおおわらわだ。それでいて、普段通りの草刈りも水汲みもしなくてはいけない。

広い道を通っておばさんたちが頭に桶やヒャーギ《ざる》をのせ、意気揚々と歩く。すれちがうたびに、腰だけかがめてあいさつして、忙しいはずなのに話に花が咲く。

「戦争が終わったから、だんなさんが帰ってくるねー」

「あんたのところもねー」

「こんな小さな島で、大きい国に向かって戦争してもねー」

もう泣く人はいなかった。

九月になると、久しぶりに学校があった。

焼けないよう、屋根の茅をみんな抜いた校舎は、なんとか空襲に耐えて立っていた。唯一の遊具だった校庭の鉄棒はなくなっていた。ユニみー《兄さん》の持っていた竹槍は、ユニみーが死んだあと、どうなったんだろう。

校庭に並ぶと、校長先生はこれまで通りに教育勅語を奉読し、ぼくたちはうつむいて聞いた。

そのとき、白い運動靴が目についた。はだしの足の中で、運動靴は目立つ。靴を履いた知らないこどもが何人か、列の中にまじっていた。

授業どころではなく、まずは空襲で穴だらけになった校庭の穴を埋めないといけない。

前の浜《メーヌ》へ砂を取りにいくことになった。

学校のみんなと会えたのが、ただただ嬉しい。浜に出たとたん、駆けだすと、太陽に焼けた砂の熱さに飛びあがった。わあわあ悲鳴をあげながら波打ち際まで走る。ゆっくり歩いてくるのは、靴を履いた子たちだけだった。女の子も男の子もいた。

「あいつら、ヤマトゥ《本土》から引き揚《あ》げてきたんだって」

ヤンバルが言った。

ぼくたちは砂浜で競いあって風呂敷に砂を詰め、背負って戻った。だれの砂の山が一番大きいかくらべると、ぼくが一番だった。トラグヮーの山はみんなの半分もなかった。

「あべー《あれ》、風呂敷に穴があいていたよー」

「トラグヮーは道をきれいにしたねー」

ぼくたちはどんなことでもわらった。これまで一緒にわらってなかった分を取り戻すように。

靴を履いた子たちは、一言もしゃべらず、ぼくたちがわらうのを遠くから見ていた。見よう見まねでランドセルをひっくりかえし、穴だらけの校庭に砂をまく。その顔は驚くほどに白かった。

復員が始まり、出征していた人たちが戻ってきた。

ヤマトゥ《本土》の空襲はひどかったらしく、ずっと前に島を出ていった人たちも、焼けだされ、着の身着のままで戻ってきた。といっても、島には家も田畑もない。親類縁者を頼って、島なら食べていけると思い、何も持たずに一家で引き揚げてきたのだ。ヤマトゥでは配給が遅れ、食糧難で餓死する人もいるという。

うちのシマ《集落》にもたくさんの人たちが戻ってきた。トラグヮーの家には、トラグヮーのいとこ一家が神戸からやってきて、砂糖小屋に住みついた。

まもなく、食糧難が始まった。

戦地から戻ってきた人、ヤマトゥから引き揚げてきた人の分までは、米もウム《芋》も植えていない。

しかも、どの家でも、みんな死んでしまうと思いこみ、アメリカ軍に食べられてしまうくらいならと、豚も牛もつぶして食べてしまっていた。種付け用の家畜を残していた家はまだよかった。家畜を失った家は、今日の農作業にも困る。空襲を怖れて夏植えの田を放置した家は、慌てて水を張って田植えをしたが、他の田の稲に追いつくのは難しそうだった。そんな家は少なくなかった。米もウムも、今度の収穫はこれまでになく少なくなりそうだった。

うちのトーグラ《台所》の甕も、だんだん空になっていき、補われることがない。いつもなら、どの甕も、豚の塩漬けや味噌漬けでいっぱいになっているはずなのに。

物価がおもしろいように上がっていく。米も塩も黒砂糖《サタ》も、毎日のように値段が倍々とはねあがる。うちでは塩が買えなくなり、海水を汲んできて料理に使うようになった。

ぼくたちは草刈りのあと、蘇鉄山へ通っては、ヤラブ《蘇鉄の実》を取った。

雌蘇鉄の葉の真ん中には、薄茶色のふさふさした覆いに守られて、ヤラブが生っている。覆いはとげだらけだが、実が熟すと、もう取っていいよと教えるように、開く。うやほー《先祖》が教えてくれているんだと思う。中には真っ赤なヤラブが百以上も実って輝いている。

ちくちくとげにさされながら、ぼくたちは日が暮れるまでヤラブを取った。十五夜までに取らないと、人に取られてもしかたがないと言われている。

押切で赤い殻を割ると、真っ白な果肉がいっぱいにつまっている。押切でぱっかん割るのが楽しい。干して中の果肉をすっぽんとくりぬくのもおもしろい。

ヤラブは大事な保存食だが毒があるので、そのままでは食べられない。水にさらして、臼でついて粉にし、味噌にしたり、粥にしたりする。殻は乾かして焚きつけにする。

ぼくはヤラブケー《蘇鉄の実の粥》はきらいで、あまや《おかあさん》あや《姉さん》はいつもぼくにウムを炊いてくれるが、さすがにその余裕もなくなった。ヤラブケーが続き、夏植えの稲が実るまで、ウムが何よりのごちそうになる。

兵隊を出していた家の人は、毎日港へ迎えに行った。戻ってくるのは、ヤマトゥに行っていた人たちが多かった。沖縄へ召集されていった人たちは戻ってこなかった。

満洲《まんしゅう》からもまだだれも引き揚げてこない。満蒙《まんもう》開拓青少年義勇軍で行ったヤンバルのみー兄《さん》も、一家で大陸に渡った小さな家《シビリヤー》も。

そこへ追い打ちをかけるように、台風がやってきた。

これまでにないくらいに大きな台風で、みんな神風と呼んだ。あんなに待ちこがれていた神風が、今になって吹いてきたのだ。

「あべー、今ごろになって吹いても遅いねー」

あまが言《おかあさん》った。

一番高い山でも、大山の標高二百四十メートルしかない。平らな島は洗い流され、家々はなぎ倒された。ぼくのシマ《集落》では亡くなった人はいなかったが、崩れた崖や家に押しつぶされ、あるいは流されて、別のシマでは何人も亡くなったという。

空襲に耐え、かろうじて立っていた校舎も、倒壊した。

また学校はなくなった。

台風の高波で、磯にはたくさんの魚が打ち上げられていた。ナークよりも大きな魚が、海に戻れずに潮溜まりに泳いでいた。ティル《かご》に入りきらないほどの大漁だ。トラグヮーとぼくとで魚を担いで帰り、みんなで分けて食べた。

十五夜はいつも、シマの広場《トー》にみんなが集まり、夜が更けるまで唄って踊って遊ぶ。重箱ひとつとカラカラ《酒器》を持ってくる一重一瓶はかわらないが、中に詰められたごちそうがかわった。戦争中は豚の味噌漬けや卵焼きだったのに、ふだん草やウム《芋》のつるばかりになった。酒器の中も、酒ではなく、桑茶が入れられている。

見慣れない人たちが目についた。みんなきれいな服を着て、靴を履いているから夜目にも目立つ。踊りが始まると、そんな人たちでもシマで育ったらしく、大人たちは踊りの輪の中に入れるが、ヤマトゥ《本土》で生まれ育ったこどもたちは、親や祖父母の踊りに戸惑って、立ちつくしていた。

シュンサミ　シュンサミ
シュンサミ　シュンサミ

シュンサミ節だ。みんなが声をそろえて囃す。

カミがひとりの女の子のそばに寄っていって、手を取った。うつむいていた女の子の顔は、わらった顔になって、月の光に白く浮かびあがった。

カミが踊り、女の子に教える。カミの手が空をひらめき、米を作った祝いの唄の意味を伝える。黒い髪が揺れて、唄いながらわらう口もとを、隠したり見せたりする。

カミが踊るのを見るのは、西島伍長が不時着したあの夜以来だ。

「きれいな子だねー」

トラグヮーがうっとりして言った。トラグヮーはヤマトゥ《本土》から来た女の子を見ていた。見よう見まねで、たどたどしく踊る手は、目が覚めるほどに白い。

でもぼくは、カミのつやつやした黒い肌のほうが、ずっときれいだと思った。

やがてもうひとり、背の高い男の子が、女の子のうしろでカミの真似をして踊りだした。

「あれ、ぼくのいとこだよー」

トラグヮーが言った。

「神戸から来たんだって。いとこと言われても、会うの初めてだし、ヤマトゥ言葉でしゃべるから、ちんぷんかんぷんだよー」

トラグヮーのいとこも白い顔をしていた。カミはいとこを見上げてわらいながら、踊って見せる。いとこもわらいながら、カミをみつめて踊る。

ぼくは月を見上げた。

月は真ん丸で大きくて、今晩は、ちっちゅがなしぬはじきりちゅー《月の中の足の切れた人》もよく見える。

とーとぅふぁい《お月様》　とーとぅふぁい《お月様》
わぬ《ぼくを》　ふでぃらちたぼーり《大きくしてください》

いつも願い事はたったひとつなのに。

お月様は、なかなかぼくの願いを叶えてくれない。


それから一週間ほどして、久しぶりにまた学校に来るように言われた。トラグヮーは、いとこを連れてきた。いとこは白い靴下と、白い運動靴を履いていた。

「おはよう」

いとこははっきりとしたヤマトゥ言葉でぼくたちに言った。ぼくたちは顔を見合わせた。

「先生みたいだねー」

ヤンバルがぼくに耳打ちした。

「先生グヮー《小先生》だ」

ぼくたちはいとこから離れて歩いた。いとこはぼくたちのあとからついてきた。

校庭に並ぶと、校長先生は厳しい顔をして、「御真影ホーセン式を挙行する」と言った。なんのことやらわからず、トラグヮーと顔を見合わせた。

いつものように宮城遥拝をして君が代を歌い、頭を下げて教育勅語を聞く。空襲があったときはまっさきにイョー《洞窟》に運びこまれていた御真影は、戦争が終わるといつの間にか奉安殿に戻されていた。

頭を下げて目だけ上げて見ながら、普段とかわらないと思っていると、校長先生が奉安殿から白い布に包んだ御真影を持ちだし、ぼくたちの列の前を歩きだした。はじめて御真影を見られるのかと期待したが、そうではなかった。校長先生は怒ったような顔をしていた。校長先生のうしろを、先生たちがついて歩いた。先生たちは泣いていた。つられて泣きだす子もいて、あちこちからすすり泣く声が聞こえた。ぼくとトラグヮーはどうしていいかわからず、また顔を見合わせた。

先生たちが行ってしまって、式が終わると、家に帰ってよいことになった。トラグヮーのいとこのまわりに女子が集まっていた。いとこは、地面に木切れで文字を書いていた。

「これってどういう意味なの？」

カミがヤマトゥ言葉《本土》でたずねている。日本語の先生になりたいというだけあって、カミはヤマトゥ言葉がうまい。

ぼくたちも女子の頭の上からのぞきこんだが、書かれた二文字のうち、あとの一文字は見たこともない字だった。

「奉遷の奉はたてまつるっていう敬語、遷は移すっていう意味だから、どこかに持っていくっていうことだと思うよ」

いとこはヤマトゥ言葉で滔々《とうとう》と説明した。わあっと歓声が上がる。

「ヤマトゥから来た子は、なんでも知ってるねー」

　すると、ヤンバルが輪から離れ、いとこに向かって叫んだ。

「先生グヮー《小先生》」

「ヤンバル、やめりよー《やめなさいよー》」

　即座にカミが甲高い声でとがめる。いとこは顔を上げてヤンバルの顔を見た。ヤンバルの言った言葉の意味がわからないらしく、その顔には戸惑った表情しかない。

「先生グヮー」

　ヤンバルはもう一声叫ぶと、走って逃げた。ぼくとトラグヮーもあとを追い、走って逃げて帰った。

「ヤンバル」

　カミのとがめる声だけが、ぼくたちのあとを追いかけてきた。

　その日、島中の学校におさめられて、命よりも大事だと教えられていた御真影と教育勅語は、越山の守備隊に運ばれ、焼かれた。

　結局、ぼくは最後まで御真影を見られなかった。

　大隊長によって火が放たれ、君が代と海行かばを歌って送ったが、その煙は青かったと、あとで教練の盛先生が泣きながら話した。

ウム《芋》の収穫がすんで、戻ってきてから、畑に鎌を忘れてきたことに気づいた。また畑に戻るのが面倒で、先延ばしにしているうちに、夕飯もすんで日が沈んでしまった。

「明日、草刈りに困るでしょー。月が出ているうちに取ってきなさいねー」

あまに《おかあさん》叱られ、ぼくはウム畑に行った。十五夜を過ぎたばかりの月はまだ明るく、松明はいらなかった。

ところが、収穫が終わり、だれもいないはずのうちのウム畑に、だれかいた。月の光に、ふたりの人の影が浮かびあがっている。

ぼくは足音をしのばせ、蘇鉄やフバの木に隠れながら、そうっと近づいた。

ひとりはフバ笠をかぶり、もうひとりはうちゅくい《びろう頭にかぶる布》をかぶっていたが、ぼくにはすぐわかった。

東の家《アガリヌヤー》のじゃーじゃ《おじいさん》とあじ《おばあさん》だ。

うちの畑を掘り返し、収穫後に取り残された、親指くらいの小さな芋、ムイジャウム《掘り残しの芋》を取っている。

金持ちの家のウムは大きい。十分大きくなるまで待ってから、一斉に収穫するからだ。ウムが大きくなるまで待てない普通の家では、大きくなったウムから少しずつ掘ってきては食べる。それでも、収穫後に残されたムイジャウムは小さすぎて、普通は食べない。だから、よその家の畑のものでも、ムイジャウムは取ることを許されている。だれも東の家のじゃーじゃを責めたりはしない。

それでも、じゃーじゃとあじは、夜中にフバ笠とうちゅくいで顔を隠して、うちの畑を掘り返していた。いくら隠しても、曲がった腰で、だれだかすぐにわかってしまうのに。

もう、アメリカからの食料品が流れつくことはない。そういえば、十五夜が過ぎても、東の家のじゃーじゃだけは、取り残されたヤラブ《蘇鉄の実》を探して、曲がった腰で蘇鉄山を歩きまわっていた。

戦争が終わってから、東の家のウム畑は飛行機畑と呼ばれるようになった。西島伍長の飛行機が不時着したからだ。空襲を避けて夜な夜な植えたウムだったのに、あのとき荒されたせいで、ろくな収穫がなかったにちがいなかった。

なぜ、伍長の九七式戦は、よりによって東の家のじゃーじゃの畑に落ちたんだろう。たったひとりの息子は戦争が終わっても帰ってこず、シマ《集落》で一番貧しい家の畑に。

ぼくが鎌を持たないで帰ると、またあまに叱られた。ぼくは疲れて眠いふりをして、すやすや眠るハナみー《兄さん》の横にもぐりこんだ。

あくる日、学校もなかったので、トラグヮーとヤンバルに頼んで、収穫が終わったふたりの家の畑のムイジャウムを掘ってもらった。集めたムイジャウムは夜になるのを待って、東の家のトーグラ《台所》の軒下に運びこみ、こっそり積んでおいた。

授業はまた、青空のもと、校庭で受けることになった。もう男子組女子組と分かれず、男女一緒の組になった。

ガジュマルの下に黒板を持ちだして、先生が教える。授業は午前中だけで、午後は浜へ砂運びに行き、校庭を整備する。雨の日は休みになった。学校へ上がる細い道は、雨が降ると水がごうごうと流れるし、傘を持っている子なんて殆どいないからだ。

弁当はどの家もたいていウム《芋》だった。三つ四つばかりのウムと塩を手拭いに包み、腰にぶらさげていった。ウムすらない家の子は、ヤラブケー《蘇鉄の実の粥》を食べに家に帰っていた。ぼくも時々は走って家に帰ることがあった。

前から学校ではヤマトゥ《本土》言葉をしゃべるように厳しく言われていたが、ますますうるさく言われるようになった。

「みんなは日本人なんだから、日本語をしゃべりなさい。日本語がしゃべれない人間は日本人ではない。方言はしゃべっちゃだめだ」

先生はそう言って、島ムニ《言葉》でしゃべった子を竹の笞で叩いた。あんまり叩くので、笞は十日ももたず、割れて使いものにならなくなった。するとすぐに、だれかが代わりの笞を切って持ってくる。黒板が掛けられたガジュマルの幹には、いつも竹の笞が下がっていた。

島ムニを使ったという札も作られた。学校で島ムニでしゃべると、日直がそれを暴く。すると、方言使用者と書かれた札を首から下げられ、水を入れたバケツを持たされ、黒板の横で立たされた。当然ながら、ヤマトゥから戻ってきた子たちは一度も立たされない。ぼくは気をつけて、島ムニをしゃべらないようにしていたが、授業中にトラグヮーがぼくの前でおならをしたとき、思わず「屁《ひ》をへるな《ひるな》」と言ってしまい、立たされた。くやしくてたまらず、それからは、わざと「方言で言えば」と、先生や日直の前でヤマトゥ言葉で言ってから、島ムニでぺちゃくちゃとしゃべることにした。

放課後に草刈りへ行って、雌のやまだ《ギンヤンマ》をつかまえて木の枝の先に糸で括って結び、飛ばしながら唄う。

やまだー　ごいごい《こいこい》
てんとー《オニヤンマ》　ごいごい

すると、尻が光っている雄のやまだが飛んできて、おもしろいように取れる。雄のやまだの腹に泥を塗って雌に見せかけても、雄のやまだはだまされて、飛んでくる。

みんなで大声で叫んでいるうちに、これは島ムニじゃないかとヤンバルが言いだした。

「じゃあなんていって唄えばいいんだ？」

結局、やまだもてんとーも、ヤマトゥ言葉でなんというのか、だれにもわからなかった。

稲刈りをひかえて、泥棒がはやりはじめた。

畑が荒らされ、朝になると、ウム《芋》や野菜が引き抜かれ、穴だけが残されていた。

シマジマ《集落ごと》で自警団を作って、夜になると見回るようになった。

ぼくも一人前の顔をして、あちゃ《おとうさん》とカミのじゃーじゃ《おじいさん》と一緒に見回った。大手を振って夜更かしができることも嬉しかったが、ぼくはひそかに、泥棒は東の家《アガリヌヤー》のじゃーじゃではないかと心配していたのだ。

暗闇だと見えないから、泥棒もできない。泥棒はたいてい、月の夜にやってくる。

月の明るい夜、カミの家のウム畑まで来たとき、じゃーじゃが急にヤマトゥ言葉で叫んだ。

「このへんは、泥棒がよく出るらしいねー。あっちによく出るらしいから、こっちから回っていこうねー」

ぼくは驚いて、じゃーじゃが叫んだ先を見た。畑の隅にだれかがいた。ウムのつるをひっぱっていたらしい。

立ちあがった姿が月の光に浮かびあがる。男の人だということは体つきでわかるが、知らない人だ。シマの人でないことに、思わずほっとする。東の家のじゃーじゃでもない。

泥棒は走って逃げだした。

「泥棒だー。あっち へ逃げたぞー」

じゃーじゃはまた、ヤマトゥ言葉で叫んだ。ぼくが追いかけようと走りだそうとしたら、じゃーじゃに腕をつかまれた。叫ぶだけで、追いかけもせず、ただ足踏みをして、音を立てる。あちゃもほかのおじさんたちも足音を立てるだけで、追いかけずに、ただ叫ぶ。

「泥棒だぞー。泥棒だぞー」

「つかまえろー」

泥棒は抱えられるだけウムを抱え、それをぼろぼろ落としながら、懸命に逃げていく。おじさんたちは腹を抱えてわらった。

「なんでつかまえないのー」

ぼくはじゃーじゃに訊ねた。

「かわいそうだからねー。だれだって泥棒なんてしたくないよー。食べるものがなくて、飢えているから盗むんだからねー」

よく耕されたウム畑は、土が柔らかい。特に働き者のじゃーじゃの畑は、入るとくるぶしまで土に埋まる。泥棒がいた畑の隅に行ってみると、見事にすぽんと引き抜かれたウムが散らばっていた。

「ほかのシマではつかまえてぶんなぐったとか聞いたけどねー。お互いに飢えているんだからねー。この食糧難に子だくさんじゃ、畑がなくちゃとてもやっていけないよー」

じゃーじゃ《おじいさん》が言った。

島で畑を持っていない人はいない。じゃーじゃが泥棒に、わざとヤマトゥ《本土》言葉で叫んだ意味がやっとわかった。親類縁者を頼ってヤマトゥから引き揚げてきた人たちは、家も畑も持たず、年寄りやたくさんのこどもたちを抱えていた。

「二、三個は盗《と》っていけたかねー」

じゃーじゃはウム《芋》を埋め戻しながら、つぶやいた。


トラグヮーのいとこは貴之《たかゆき》といった。

でも、ぼくたちは先生グヮー《小先生》としか呼ばなかった。学校の行き帰りも離れて先を歩いた。貴之は組のだれよりも背が高く、勉強もよくできた。先生はいつも貴之をあて、貴之がヤマトゥ言葉で答えると、「きれいな日本語だ」とほめては、「おまえたちも貴之を見習え」と、ぼくたちを叱った。

神戸ではひどい空襲があり、着の身着のままで逃げてきたという話だったが、その割に、貴之は白い運動靴を履き、ランドセルを背負っていた。

休み時間も、ぼくたちは貴之を誘わなかった。貴之は校庭の隅でぼくたちが遊ぶのを見ていた。

どの家も子だくさんなので、うとぅー《弟妹》を背負って登校している子がいる。その子たちも遊びの輪に入れないので、校庭の隅でみんなが遊ぶのを見ていた。ナークを背負ったカミもそのひとりだった。十五夜のときにカミが踊りを教えていた子がそばにいて、おしゃべりをしていた。やはり神戸から引き揚げてきた子で、美奈子《みなこ》といった。あの夜以来、カミはすっかり美奈子と仲よくなっていた。

貴之はその子たちと一緒にいたが、そのうち、ゴム跳びをしていた女の子たちに声をかけて、一緒に遊ぶようになった。ゴムを低くして、連れてきた小さいうとぅーを背負ってどれだけ跳べるかの競争にかえたのだ。そうなると、みんなが小さい子を交代で背負うようになる。

いつもナークを背負って、みんなが遊ぶのを見ていただけだったカミが、いつの間にかみんなと一緒に遊んでいた。ゴムを地面につけて、やっと歩けるようになったナークにまでまたがせてみせて、嬉しそうに手を叩いてわらっている。

歩けるうとぅーも大喜びだ。そのうち、ゴムを二段にして交差させ、「うーえかしたか、まんなかか」と目隠しをさせて選ばせ、下をくぐったり、間を通りぬけたりする遊びも始めた。これなら、高く跳べない子も一緒に遊べるし、背の低い子のほうが有利になるときもある。

「あいつ、生意気だな」

ヤンバルが鬼ごっこの途中で足をとめて言った。

「投げとばしてやる」

学校の相撲場の整備が終わったら、相撲を取ることになっていた。ぼくたちがふだん、あまりけんかをしないのは、なにかというと相撲を取って遊んでいたので、だれが自分より強くて、だれが自分より弱いか知っていたからだ。

「おれだって、先生グヮー《小先生》には負けないぞ」

トラグヮーも言った。

「あいつ、いつも美奈子と一緒にいるんだぞ」

同じ神戸から引き揚げてきたせいか、貴之は美奈子とよくしゃべっていた。でも、そんなときはたいてい、カミも一緒にいることをぼくは知っていた。

相撲場が直り、土俵に白い砂が撒かれてきれいになると、授業で相撲を取ることになった。ヤンバルもトラグヮーも貴之をやっつけようと意気込んでいたが、最初に貴之とあたったのは、ぼくだった。

「マチジョー、頼むぞ」

「先生グヮーなんてやっつけてやれ」

ヤンバルとトラグヮーはそう言ってくれたが、実のところ、ぼくはそんなに相撲は強くない。トラグヮーにはよく勝つけれど、ヤンバルには負けてばかりだ。

「よりによって、マチジョーか」

「マチジョーじゃ勝てないな」

「おれが出ればこてんぱんにするのに」

そんなあきらめの声のほうが大きかった。きっとヤンバルもトラグヮーも、本音は同じだったにちがいない。その声の中で、カミの声が聞こえた。

「マチジョー、手加減してねー」

ふりかえると、カミがぼくを見て、手を振っていた。

運動靴を脱いで、土俵に上がってきた貴之は、体が大きいだけあって、力が強かった。組み合うと、力では押し切れない。ただ、背が高いせいか、重心が高い。相撲はそれほどしなれてないのだろう。ぼくは足を払い、あおむけに押し倒した。

貴之は土俵に頭を打ちつけ、しばらく起きあがれなかった。

「手加減してって言ったのに」

土俵から降りると、カミがぼくをにらんだ。

貴之は弱いという評判になり、みんなが貴之と相撲を取りたがって、休み時間は相撲ばかり取るようになった。

ところが、弱いはずの貴之はそれほど弱くなく、意気込んで組みついたトラグヮーをあっさり投げとばした。ヤンバルとさえいい勝負で、なかなか決着がつかず、そのうち、貴之を応援する男子も多くなってきた。気がつくと、いつも貴之はみんなの遊びの輪の中にいるようになっていた。

「ユキ、もういっぺんやろう」

ある日、ぼくは、貴之に二度目の勝負を挑んでみた。

「ユキ?」

貴之はふしぎそうな顔をしてぼくを見た。

「おまえのわらびなー《童名》だよー」

ヤンバルが気をきかせて教えた。

「がっこなー《学校名》だけじゃ、おかしいだろー」

「呼びにくいしなー」

トラグヮーも頷き、えらそうに貴之に教えた。

「おまえは色が白いからなー」

ぼくとヤンバルは吹きだした。

「貴之のユキだよー」

「なんだ、そうか」

貴之も一緒にわらった。ナークを背負って、みんなと一緒に遊んでいたカミも、嬉しそうにこっちを見ていた。

その日から、貴之はユキになった。


どの家でも、学校に行く前と帰ってきてからの二回、こどもは牛に食べさせる草を刈る。戦争中に牛を売ってしまったトラグヮーの家も、機銃掃射に遭ってつぶして食べてしまったヤンバルの家も、農作業に欠かせない牛を買った。値上がりがものすごく、ヤンバルの家は畑を売って牛を買ったという。

「大事な牛だからって、うるさくてしかたがないよー」

ヤンバルは言った。オーダを《もっこ》いっぱいにするだけではだめで、毎回父親にオーダの重さまでたしかめられるという。ぼくはヤンバルの草刈りを手伝った。また三人で草刈りに行けるようになって、嬉しくてしかたがなかった。

そのうち、牛を飼いはじめたユキも一緒に来るようになった。

ユキは何を見てもめずらしがる。

「見て。田んぼで洗濯をしているよ」

雨が降ったあとの田んぼで洗濯をするのはあたりまえのことだった。ぼくたちにとっては、桃太郎のおばあさんが川で洗濯をしていることのほうがめずらしく思えた。ヤマトゥ《本土》

では、それほどあちこちに川が流れているらしい。

「水道がないから大変だよね。うちは木に縄をかけて、甕を置いて、雨水をためて使ってるよ」

どの家でも、大変な水汲みを補うために、大きな木の下に天水甕を置いて、雨水をため、洗いものやウム《芋》を炊くのに使っていた。畑に掘った穴にたまった雨水も使う。ユキに聞いて初めて、島の外では水道というものがあることを知った。

さとうきび畑の間の道を通っていく。いつの間にか、さとうきびの花が咲いていた。大きな銀色の穂を、天に向かってまっすぐにつきたてている。

「この島のすすきは強そうだね。島は風が強いから、こんな風に進化したのかな」

「これはさとうきびだよー。すすきじゃないよー」

トラグヮーがわらう。

「すすきじゃないの？　道理で首がたれていないと思った」

海を見下ろす草原まで来ると、ユキは歓声をあげた。

「船が来た」

ちょうど、船がこちらにやってきていた。

「きれいだねえ。海が透き通って、船が空に浮いてるみたいだ」

透き通った海が、空の色と一緒になって、船が宙に浮いているように見える。

ぼくたちには見慣れた風景だった。めずらしくもないので、特にきれいだと思ったこともない。ヤマトゥ《本土》から引き揚げてきた子たちは、砂が白いと言っては驚き、土が赤いと言っては驚く。海も砂浜も畑も、島の景色の何もかもが美しく見えるらしい。西島伍長が「ここは天国のようだ」と言っていたことを思いだす。

草刈りを始めたが、ユキは鎌を扱えず、なかなか草を刈れない。お互いに刈った草を山にして鎌を投げ、うまく鎌がささったら、一番大きな山を取れる鎌投げをすることにした。

一番大きな山を作っていたヤンバルの鎌がささりそこね、ヤンバルはユキの一番小さな山をもらった。それでもヤンバルはオーダ《もっこ》をすぐにいっぱいにした。ぼくは、ヤンバルがわざと鎌をはずしたことに気づいていたが、黙っていた。

ユキはその間にも鎌で指を切った。草刈りで指を切るのはしょっちゅうだった。鎌は右手で持つので、切るのはきまって左手だ。ぼくたちの左手はいつも傷だらけだった。

ユキが血が止まらないと騒ぐので、ぼくたちはよもぎを取ってきて、つばでもんでつけてやった。

「ヨードチンキはないの？」

ユキは指を緑色に染めて訊いた。

「なんだそれ」

ぼくたちはあきれて、ユキに自分たちの手を見せてやった。きっともう二度と消えることのない傷が、ぼくたちの左手にはいくつも刻まれていた。

オーダに草《もっこ》を詰める段になると、今度はオーダの仕組みに感心する。

「これを発明した人は天才だね。普通の袋は四角に編んで、四角の網状の袋にするのに、これは端っこに三角をいくつか入れているから、丸くなる。だから、持ち手になる二つのみみは、どこをひっぱっても口がきちんと閉まるようになってるんだ」

ぼくたちはオーダについてこれまで考えたこともなかった。オーダに四角い網の部分と三角の網の部分があるということも、ユキに言われて初めて気づいた。

「これは、ほかの島にはないんだって」

ぼくは、いつだったか、ハナみー《兄さん》に教えてもらったことを言った。

「与論とえらぶ《沖永良部島》だけにしかないんだって」

「じゃあ、きみたちの先祖は天才だね」

うやほー《先祖》をほめられて、ぼくたちはなんだか嬉しくなった。

「でも、おれたちの先祖ってことは、ユキの先祖でもあるんじゃないの?」

しばらくして、ヤンバルが言った。

「たしかに」

ぼくたちはわらった。

ぼくたちは、ユキのオーダに草をぎゅうぎゅうに詰めてやった。でも、ユキは途中で持ちきれなくなってへばってしまった。

道ばたですわりこんでしまったユキに元気を出させようと、ぼくたちはやまだ取《ギンヤンマ》りをしてみせた。二股になっている枝に蜘蛛《くも》の巣をからめとって、まず雌のやまだを取ると、ユキはまた感心して言った。

「虫取り網のかわりか。よくそんなこと思いついたね」

そして、ぼくたちが虫取り網というものを知らないことに驚き、雄のやまだをおびきよせてつかまえても驚いた。ユキは、やまだはヤマトゥ《本土》言葉でギンヤンマだと教えてくれ、夢中になって、雄のやまだを何匹もつかまえた。

それで結局、ユキはつかれきってしまい、ぼくたちは交代で、ユキのオーダを砂糖小屋まで運んでやる羽目になった。


十一月になって、いよいよ、越山の守備隊が引き揚げるという。

初めて守備隊の兵隊さんがやってきたときのことは、よくおぼえている。島を守ってくれる兵隊さんたちが来るということで、先生に引率され、全校生徒で港へ行き、出迎えた。兵隊さんたちはみんな背嚢を背負い、靴を履いて、ゲートルを巻いていた。その姿に憧れて、みんなうっとりして眺めたものだったが、兵隊さんたちが校舎を兵舎としたので、今と同じように、ぼくたちはガジュマルの木の下で授業を受けることになったのだった。

引き揚げのときも見送るのだとばかり思っていたが、夏植えの稲刈りと重なった。それでも戦時中なら、兵隊さんの見送りを優先しただろう。そんなことにも戦争が終わったことをあらためて思い知る。

学校は稲刈り休みになり、大人もこどもも田んぼへ出た。

ぼくも鎌を持って家を出ると、東の家《アガリヌヤー》のあじ《おばあさん》とすれちがった。頭には大きなヒャーギ《ざる》を二つも重ねている。

「どこへ行くのー」

ぼくは思わず訊いた。つい最近じゃーじゃ《おじいさん》が亡くなり、ずっと待っていたひとり息子はフィリピンで戦死していたことがわかり、東の家のあじには身寄りがなくなってしまっていた。

「飛行機畑へ行くよー」

あじは、案外にしっかりとした口調で答えた。

「ぼくも一緒に行くよー」

ぼくはあじの頭の上のヒャーギをひとつ持った。てっきりウム《芋》が入っているとばかり思ったヒャーギには、見慣れない球根が盛られていた。

「これはなにー」

「ユリダマ《百合の球根》だよー」

　あじはわらいながら言った。

「じゃーじゃがねー、非国民と言われてもスパイと言われても、戦争中もずっと守りぬいた百合だよー」

　飛行機畑につくと、あじは慣れた手つきでユリダマをひとつひとつ、赤土の中に埋めていった。

「ここは百合畑だったんだよー」

　あじは話しながらも手をとめなかった。

「戦争が終わったらねー、必ずまた、百合が売れるようになるって、じゃーじゃはいつも言ってたよー。じゃーじゃは死んでしまったし、もう息子も帰ってこないし、わたしも生きて見られないかもしれないけど、この百合はねー、わたしたちが生きた証だよー」

　ぼくはただ、何度も頷いた。

「またいつかきっと、えらぶ《沖永良部島》は百合の島になるよー」

　あじの言葉は予言だった。

「みへでぃろー《ありがとう》、あんたの家は稲刈りでしょー、もう田んぼに行きなさいねー」

　あじにうながされ、ぼくは畑を離れた。しばらく歩いてふりかえると、広い飛行機畑に、あじの小さな背中だけが休みなく動いていた。

ぼくは田んぼまで走っていった。

稲穂は黄金色に実り、風が吹くと金の波を打つ。

田んぼを持っている家はどの家も家族総出で働く。みんな鎌を持って稲を刈る。刈った稲を束ねていて、あや姉《ねえ》がいないことに気づいた。ハナみー兄《にい》の世話に戻ったのかと思ったが、いつまでも戻ってこない。

あま《おかあさん》に訊くと、あやは兵隊さんの見送りにいったという。

「兵隊さんたちに、よくしてもらってたんだってー」

稲束を畦に広げたり、竹で作ったやぐらに掛けたりして干していると、やっとあやが戻ってきた。あやの目は真っ赤だった。

守備隊がいなくなったので、アメリカ軍の駐留が始まるという噂が立った。まずは、大島《奄美大島》にアメリカ軍がやってきたらしい。

戦争が終わっても、相変わらず電気も通ってないシマ《集落》には、ラジオも新聞もない。守備隊がいなくなったので、虚実ないまぜだとしても、信じるべき情報がなくなった。

これからアメリカ軍が奄美群島をくまなく調査して、日本に入れるか、沖縄に入れるか決めるという噂も立った。

カミのじゃーじゃ《おじいさん》は朝早くから墓へ行くようになった。

ぼくが草刈りに、カミが水汲みにいくとき、じゃーじゃはいつもイチみーの墓にいた。

じゃーじゃはイチみーの墓石に書かれた文字を削っていた。

シマの墓地の中でひときわ大きいイチみーの墓には、裏に戦死した経緯が書かれていた。じゃーじゃが削りとったのは「神風特別攻撃隊」や「功ニ依リ海軍少尉特進」のくだりだった。

「特攻隊員だったことがわかったら、センパンにされてしまうかもしれないからねー」

じゃーじゃが言った。

「センパンってなに？　英語？」

カミが訊いた。これまで聞いたことのない言葉だった。戦争が終わってから、聞いたことのない言葉が一気に増えた。それは、これまで使ってはいけなかった英語か、ヤマトゥ《本土》から戻ってきた人たちが使うヤマトゥ言葉であるときが殆どだった。

「日本語だよー、戦争犯罪人っていってねー、戦争でわるいことをした人だよー」

じゃーじゃの答えに、ぼくは納得できなかった。

戦争でわるいことってなんだろう。人を殺したことだろうか。でも、敵をたくさん殺せば殺すほど、その兵隊さんはほめたたえられてきたはずだった。だいたい、人を殺さない戦争なんてあるんだろうか。

「アメリカ軍が上陸してきたらねー、じゃーじゃ《おじいさん》はあんたたちを殺そうと思っていたんだよー」

じゃーじゃがごりごりごりごりと、墓石を削る手をとめず、まるで夕飯の話でもするように言った。

「戦争で負けたら、ひどい殺されかたをするからねー、アメリカ軍にあんたたちを殺されるくらいなら、ひどい殺されかたをするくらいなら、いっそのこと、じゃーじゃが殺そうと思ってねー、家中の包丁と鎌をよく研いでねー、用意していたんだよー」

そういえば、みんなで第三避難壕へ行く準備をしていたころ、じゃーじゃはいつも、包丁や鎌を研いでいた。背中を丸めて、口もきかず、ごりごりごり。

「いつアメリカ軍が上陸してもいいようにねー」

その丸い背中を見て、てっきり息子と孫息子を亡くした悲しみを紛らわそうとしているんだとばかり思っていた。

じゃーじゃは昔、中国に戦争に行ったことがあったことを思いだす。ひどい殺されかたってなんだろう。訊きたかったけれど、こわくて訊けなかった。

「戦争が終わってよかったよー」

じゃーじゃは、毎朝イチみー《兄さん》の墓に通い、少しずつ、石を削った。ほかの墓石と同じ珊瑚石なら、すぐに削りとれただろうが、沖縄から取り寄せたという石は固く、なかなか削りとれなかったのだ。

刈り取って、畦に干した稲束は、三、四日すると、ひっくり返す。

あちゃ《おとうさん》とふたりで、田んぼにひっくり返しにいくと、稲穂が切り取られて、なくなっていた。空襲に怯えながら、何日もかけて植え、やっと収穫できた米だったのに。

「しかたがないねー」

あちゃはさみしそうに言った。

「わたしたちより食べるものがなくて、こういうことをするんだからねー」

幸い、やぐらに掛けておいた稲束は無事だった。

「昨夜は月が出たからねー。こっちが無事なら、なんとかなるよー」

中の家《ナカヌヤー》に稲束を運び、脱穀機で脱穀してもらう。ぐあんぐあん響く脱穀の音に、すべての音がかき消される。それでももう、飛行機の音を聞いてと頼まれることはなかった。

あまと《おかあさん》あや《姉さん》が丸い箕《み》でふるってごみを飛ばす。風がよく吹くよう、あやがハジ《口笛》を吹く。ハジ《口笛》はハジ《風》でもあった。ハジ《口笛》を吹けば、ハジ《風》が吹くと言われている。だから、船に乗ったときには、決してハジ《口笛》を吹いてはいけない。

戦争が終わってから、あやはまた前のように、よく働くようになった。うちの仕事やハナみー《兄さん》の世話だけでなく、じゃーじゃ《おじいさん》が亡くなって、ひとり暮らしになった東の家《アガリヌヤー》のあじ《おばあさん》のためにも水を汲み、ウム《芋》を炊く。百合の植えつけも手伝っているらしい。あちゃ《おとうさん》が見かねて「あんたは鉄で作ってないからねー」とあや《姉さん》に言ったほどだ。

「血で作ってあるからねー。無理をしてはいけないよー」

あやの口笛を聞きながら、ぼくはハナみーにヤラブケー《蘇鉄の実の粥》を食べさせていた。朝晩が肌寒くなってきたこのごろ、目に見えてハナみーの食欲が落ちてきた。寝付いてからは筋肉も落ち、やせてはいたが、食欲がなくなってから、骨が浮きあがって見えるようになった。

あま《おかあさん》とあやが山羊の乳に黒砂糖《サタ》を溶かしたり、卵をもらってきて飲ませたりするが、ハナみーは飲みこむのがつらいようで、口に入れても吐きだしてしまう。

三番鶏の声を聞いて目をさますたび、ぼくはまず、今朝もハナみーが生きているかどうかをたしかめた。呼吸とともにかすかに上下する肩は、すっかり骨ばってとがっていた。トーグラ《台所》からは、いつも一番に起きているあまの唄声が聞こえてくるようになった。

　なしぐゎー《生んだ子を》　むるとぅむに《みんな》
　育てぃゆんでぃ《育てようとした》　しゃしが《けれど》

いちか節だ。島の人たちは、唄遊び《とーあしび》の締めくくりに唄い、悲しいときやつらいときに唄う。一番の難曲で、いちか節が唄えるようになったら一人前の唄者《唄い手》だ。

いろんな歌詞で唄うし、即興でも唄うが、唄遊びで唄うときは、歌詞はだいたい決まっている。あまの唄はこれまで聞いたことのない歌詞だった。

　てぃんぬ《天の》　う定みぐゎ《定めで》
　育てぃならむ《育てられなかった》

ユニみーが空襲で死に、ハナみーも一日ごとに弱っていく。

せっかく戦争を生きのびた山羊の乳も、ハナみーは飲み下せなくなってきた。

あまの唄う気持が、ぼくには痛いほどわかった。

稲刈りがすんだのに、食糧難はいよいよひどくなった。食料品の値段はうなぎのぼりだった。

せっかく収穫した米は、あちゃがみんな売ってしまった。結局、一粒もぼくたちの口には入らず、ウムやヤラブケーで暮らすしかなかった。それも次の収穫まで持たせなければいけない。

蘇鉄は一年に一度しか実をつけないので、切り倒して幹まで食べるようになった。固い皮を斧で削り、中の白い芯を腐らせて、臼でついて、だんごにして食べる。こんなもの、ふだんなら、牛や馬だって食べない。

そこへ、アメリカ軍のストック品が配給された。缶詰や衣類が主だった。あちゃ《おとうさん》が班長会でもらってきたのは、グリンピースや肉の缶詰、Kレーションという携帯食のセット、ハジキヌファー《オオハマボウの葉》でくるんだラード、それからアメリカ軍のズボンだった。

食べものは見覚えがあるものばかりだった。特に、Kレーションは、戦争中、何度か浜で拾ったものだった。中に缶詰やビスケット、たばこやチューインガムが入っているのも同じだった。ラードは大きな缶詰に入っていたものを、ひとりにつきひと掬いずつ、シマ《集落》で分けあったのだという。あま《おかあさん》もあや《姉さん》も大喜びだった。

「マチジョーにはガムがあるよー」

あやが真っ先にぼくにくれた。

「これ、シマ中に配られたのー」

ぼくがあちゃに訊くと、あちゃはたばこを手にして頷いた。

「ガムはあやがかんでいいよー」

ぼくはそう言って、あやに戻した。どの家にも配られたなら、もうカミとガムを半分こすることはない。

「いつもぼくばかりもらってるから」

けげんそうな顔をしたあやとあまに、ぼくは言い訳のように言った。

「あんたは優しいねー」

あまは嬉しそうに目を細めてぼくを見た。ぼくは目をそらした。

ぼくは、食料品よりも、靴がほしかった。ヤマトゥ《本土》から来た子はみんな、運動靴を履いていた。でも、配給の食料品に喜ぶあまとあやの前では言えなかった。

アメリカ軍のズボンは、びっくりするほどに大きかった。広げると、片足にぼくの体がすっぽり入るくらいだった。後蘭孫八《ぐらるまごはち》の着物を思いだす。あのとき先生が言ったことは本当だったらしい。

「あべー《あれー》、これは着れないねー」

「こんなの、だれが穿《は》くのー」

みんなで手を打ってわらった。そのままで穿ける人はいなくても、貴重な布地であることにはかわりなかった。このズボンも、あちゃがどこかへ売って、金にかえてしまった。

越山の守備隊が引き揚げたので兵舎が払い下げられ、学校の校舎にすることになった。校区のシマの人たち総出で越山にのぼり、兵舎を解体して学校へ運ぶ。ぼくも、壁の一部らしい板を運んだ。ヤンバルとユキはふたりで柱を運んでいる。ヤンバルはさりげなく先に立って、下り坂では重さがかかる方を持ってやっていた。

物不足は深刻だった。どんな木切れも無駄にはできない。東の家《アガリヌヤー》のウム《芋》畑に落ちた西島伍長の九七式戦の残骸も、ジュラルミンを叩いて、鍋《ナビ》やコップになった。

できあがった校舎は以前とそれほどかわらない、大きな茅葺きの校舎だった。床がなく、でこぼこした土間で、やっぱり前と同じように、雨が降ったら教室に吹きこんでくるんだろう。

ヤマトゥ《本土》から来た子たちは、床がないことだけでなく、入り口に戸がないとか、窓にガラスが嵌まっていないとか、そんなことにまで驚いている。ヤマトゥの学校は、床があって、入り口には戸があって、窓にはガラスが嵌まっているらしい。そもそも茅葺き校舎ではなく、コンクリート製で、そうでなくても木造だという。

「寒くなる前に校舎ができて、よかったねー」

みんな嬉しそうに机と椅子を運びこむ。黒板が置かれると、すっかり教室らしくなった。だれが切ってきたのか、竹の答も忘れずに、黒板の横に吊りさげられた。

ずっとカミの背中にいたナークは下りたがって、むずかった。ナークはこのごろ、しきりに自分で歩きたがる。

「ナークだって、大きくなったんだもんな」

カミの背中から、ナークを抱きとりながら、ユキが言った。

土間の赤土の上に下ろされたナークは、嬉しそうに机の間を歩きまわる。

「ユキは小さい子に優しいねー。妹も弟もいないのにねー」

カミがおんぶ紐をくくりながら言った。

「いたよ。妹がふたりと、弟がひとり。空襲があってね、みんな死んじゃったんだよ。おかあさんも一緒に」

ユキの言葉は思いがけなかった。

「いや、死んじゃったんだと思う。死体はみつからなかったから、わからないんだ」

ぼくもカミも何を言っていいかわからず、ただ、ユキの顔をみつめた。

「ぼくは疎開してたから、助かったんだ。疎開から戻ったら、神戸は焼け野原でね、家も町も何もかも、なくなってた」

ユキはナークをみつめていた。ナークは教室をひとめぐりし、けたけたとわらいながら、戻ってきた。

「ナークを見てると、弟を思いだすよ。ちょうど同じくらいだった。ぼくもよく弟をおんぶして学校へ行ったよ」

そのとき、ナークが転んで泣きだした。

「ふぁーとぅぬとぅだん《鳩が飛んだよ》」

カミがあわてて言って、上を指さした。教室の中で鳩が飛ぶわけがない。見上げたナークはまた泣きだした。

カミはナークを抱き、ゆすってあやしながら、子守唄《くゎーむいうた》を唄いだした。

いーし《石》ぬ《の》うい《上》に《に》　みちゃ《土》う《置》い《い》てぃ《て》
みー《土》ちゃぬ《の》うい《上》に《に》　はな《花》う《植》い《え》てぃ《て》
うー《そ》ぬ《の》はな《花》ーぬ《が》　さー《咲》か《い》ー《た》ばー《ら》
わーくわーに《わたしの子に》　くーりーらー《あげるよ》

まわりにいた女の子たちも一緒に唄いだす。つられて、トラグヮーやヤンバルも唄いだす。みんな、あやや《姉さん》みー《兄さん》にこの子守唄を唄ってもらって大きくなったのだ。

「子守唄なんだよ、えらぶ《沖永良部島》の」

ユキは島ムニ《言葉》がわからない。戸惑うユキを気の毒に思って、ぼくはそっと説明した。

「知ってる、この唄」

ユキはそうつぶやくと、みんなと声をそろえて唄いだした。

いつの間にか、ヤマトゥ《本土》から引き揚げてきた、靴を履いた子たちも唄っていた。

驚くぼくたちに、ユキは言った。

「おかあさんが唄ってくれた唄だよ」

靴を履いた子たちも、ユキの言葉に頷いた。


越山の戦車壕の埋め戻し作業に、男子だけが参加することになった。そのほか、国民学校高等科、高等女学校、青年学校の生徒たちも参加して、越山にのぼった。

ぼくは、途中の道で、戦争中、結局一度も見たことがなかった第三避難壕を初めて見た。

「中には床も敷かれていてねー、水もあるから、何ヵ月でも住めたと思うよー」

トラグヮーとヤンバルが指をさして教えてくれた。入り口に草が生い茂り、中は見えなかった。

「あと少しで完成したのにねー」

ユニみーもあやも、みんなで第三避難壕を掘っていた。自分たちの死に場所として。カミのじゃーじゃ《おじいさん》は、そこでぼくたちを殺そうと準備をしていた。

あと少しで完成するというとき、戦争が終わった。

「みんなだまされたねー」

ヤンバルが言った。

だまされた。

兵隊さんたちにだまされた。

戦争が終わったと知ったとき、何度も聞いた言葉だった。

ぼくはこの言葉がずっと気になっていた。

だまされたといってすましてしまったら、一度だまされたぼくたちは、きっとまた、だまされる。

何度でもだまされる。

ぼくは、掘りかけたまま放置されて、草に埋もれていく第三避難壕を通り越し、戦車壕までのぼっていった。

ユニみー《兄さん》が召集されて、掘っていた戦車壕。ユニみーが撃たれた場所はどこかわからない。とにかく、この穴のどれかを掘っていて、ユニみーは撃たれた。

戦車壕はシダとクワズイモに覆われていた。大人の背の高さほどの深さがあり、飛びおりたらのぼりかえすのも大変なほどに、大きくて深い穴だった。

そして、この戦車壕に囲まれて、守備隊の兵舎はあった。

ぼくは土を運び、穴に放りこんだ。

クワズイモが苦しいとでも言いたげに、大きな葉を揺らし、我が身に降りかかる土を払い落とした。その上に何度も何度も土を掛ける。やがてクワズイモの葉は土に埋もれて、見えなくなった。

それでも地面と同じ高さになるまで、ぼくたちは戦車壕に土を落としつづけた。

もう、始まっているのかもしれない。

十二月だというのに、ぼくはびっしょりと汗をかきながら、思った。

一度だまされたぼくたち。

また、ぼくたちはだまされているのかもしれない。また、だまされはじめているのかもしれない。

今もう、すでに。

衣料切符の配給で、ぼくに靴が回ってきた。

先生の配慮で、靴のないものから順番にということだったが、島の子の殆どは靴を持っていない。公平にするため、くじ引きをして、ぼくが当たったのだ。

新品の運動靴だった。みんなが履いてみろというが、赤土に汚れた足では履きたくない。ぼくは風呂敷に包んで、大事に家に持ち帰った。

天水甕の水で足を洗ってから、そっと靴を履いてみた。ヤンバルもトラグヮーもユキもついてきた。あや《姉さん》もあま《おかあさん》もトーグラ《台所》から出てきて、見守った。ユキが靴の紐を結んでくれた。

みんな、わあっと歓声を上げた。

「似合うねー、マチジョー」

「ヤマトゥ《本土》の子みたいだよー」

「ちょっとマチジョーには大きいかもしれないね」

ユキはそう言ったが、大きいか小さいかなんて、ぼくにはわからなかった。どうでもよかった。ただ、たしかに歩くと、一足ごとにかかとがぬげた。

「でも、まあ、きっとすぐに大きくなるよ」

ユキはそう言ってとりなしてくれた。

汚したくなくて、草刈りにははだしで行った。

「せっかく靴が当たったのにねー、履かないんだねー」

トラグヮーもヤンバルもわらった。

「草刈りに履くなんて、もったいないよー」

ぼくは言い返した。

明日、学校に靴を履いていったら、カミはなんて言うだろう。ヤマトゥの子みたいだと言うだろうか。

明日になるのが待ちきれないでいると、夕飯のときに、あまが言った。

「マチジョー、靴は売らしてもらえないかねー」

ぼくはあまの言う意味がわからなかった。

「靴を売ってねー、ウム《芋》を買いたいんだよ」

そういえば、このごろはずっと、ヤラブケー《蘇鉄の実の粥》か蘇鉄のだんごだった。桑の葉がおかずに出たこともあったが、ひどくまずかった。

「ごめんね、マチジョー」

あやが謝った。

「ごめんね」

あまも頭を下げてくれた。あちゃ《おとうさん》は腕組みをして、うつむいていた。そのうしろでは、ハナみー《兄さん》が横たわっている。このごろ、ハナみーに卵も食べさせてあげてない。

ぼくは頷いた。頷いた勢いで、ヤラブケーに涙が一粒落ちた。ぼくは口をつけてすすって、残りを一口で飲みほした。

翌朝、トラグヮーとヤンバルが、ぼくの剥きだしの足を見て、わらった。

「マチジョーはけちだなー、学校へは履いていけよー」

ぼくはわらいながら言った。

「あの靴は大きすぎたからなー、あまが売ったんだよー」

「もったいないなー」

「すぐに大きくなるだろー」

トラグヮーとヤンバルの言葉を、ユキが打ち消した。

「いや、あれはマチジョーには大きすぎたよ。大きい靴はあぶないからね」

一度も学校へ履いていくこともないまま、靴は売られた。その夜の夕飯は、久しぶりにヤラブケー《蘇鉄の実の粥》ではなく、ぼくのすきなウム《芋》だった。

下の家《シモヌヤー》の鶏が、とぅぶら木《とまり》で夕鳴きをした。

聞こえるはずのない時間に鶏の鳴き声がするのは、縁起がわるいことだと知らなかったとしても、気味のいいものではなかった。

もう一度夕鳴きしたら、鶏をつぶすと下の家のおじさんが言った。

次の日の夕暮れ、鶏は夕鳴きしなかったが、ハナみー《兄さん》が死んだ。

戦争が終わってから、あや《姉さん》はいつもハナみーのそばにいた。あやに看取られ、ハナみーは静かに息を引き取った。あやが見ていなければ、だれも気づかなかったかもしれないほど、静かにこの世界から去っていった。

「にじょさいよー《かわいそうに》、にじょさいよー、はなしゃぐゎーよー《愛しいわが子よ》」

あちゃ《おとうさん》がハナみーにすがりつき、泣きながら言った。あちゃにとって、ハナみーは最初の子だった。愛しい気持をわらびなー《童名》に込めていた。

「はなしゃぐゎーよー」

あまもあや《おかあさん》も泣いた。ぼくも泣いた。いくら泣いても、ハナみーの肩はもう、動かなかった。

すぐにカミの家の人たちも、シマ《集落》の人たちも集まってきてくれた。

竹床《デー》の部屋で水をざあざあ掛けながら体を清め、白い帷子《かたびら》を着せる。ユニみーのときには、体がばらばらになるからと、これができなかった。

左手に、草刈りでできた傷がいくつも残っていた。ハナみーが家族のために働いてきた証だった。そもそも神戸に出稼ぎに出たのも、働いてぼくたちに金を送るためだった。

「うらわよー《あなたはねー》、神戸まで行ってみんなのために働いて、とても働き者だったのに、こんなに早く、別れるときがきたねー」

カミのあじ《おばあさん》がひときわ大きな声で泣きながら言った。カミのあまもわあっと声を上げて泣いた。やってきたシマの人たちも、泣き声につられてすすり泣きをしていた。

まだ体が柔らかいうちに、足を曲げてすわった形にし、足を縄でぐるぐると縛って、棺桶に入れる。歩いて戻ってこないようにするためだという。

どこにこんなにあったのかと思うほどに、ごちそうが並べられた。来てくれた人たちが驚いて、ささやきあう声が聞こえた。

「身の丈に合わない弔いだねー」

今までは、シマ《集落》で葬式があるのが楽しみだった。白いごはんが食べられると待ち望んでいた。代掻きから始まり、田植え、草取り、稲刈りと働いても、ぼくたちの口には一粒も入らなかった白い米が炊かれ、ふるまわれた。

ハナみー《兄さん》の枕元には、山盛りに盛られた真っ白なごはんがそなえられ、お膳には豚肉、豆腐、大根などが二切れずつ並ぶ。ひとつにすると、またもうひとりを呼ぶからといって、必ず二切れずつ盛る。

ぼくは戦争が終わって初めて、腹いっぱいごはんを食べた。


明くる日の夕方、四人の担ぎ手に運ばれ、ハナみーの棺は墓道を通って墓地へ向かった。担ぎ手は「軽い、軽い」とくりかえした。最後は何も食べられなくなったハナみーは、骨と皮だけになっていた。

棺にかぶせる屋形《やぎょう》という屋根も、見たことがないほどに立派なものだった。削られたばかりの白木が日の光に輝いている。「身の丈に合わない弔い」という声が、また、あちこちからささやかれる。

墓につながる細い墓道を通るのは、空襲のとき以来だった。戦争が終わってからは、だれも通らなくなっていた。

墓地まで来ると、シマ見せ場《シマミシドー》で、シマ見せ《シマミシ》をした。角提灯を持った人を先頭に、ほうきで地面を掃く人、杖や草履や旗を持つ人に続いて、棺桶を左回りに三回、回すのだ。帰り道をわからなくさせ、家に戻ってこないようにするためだという。

イチみーの葬式のときも、ユニみーの葬式のときも、同じだった。ぼくはそっとカミのじゃーじゃ《おじいさん》に訊いた。

「どうして家に戻れないようにするの？　ぼくはハナみーに、戻ってきてほしいと思うのに」

じゃーじゃはほほえんだ。

「戻ってきてほしいのは、残されたわたしたちだけの気持だよー。ハナみーがぐしょー《あの世》に行けなくて、永遠にさまようことになってしまうよー」

じゃーじゃはそう言うと、ぼくの頭をなでた。

棺桶は、前もって掘ってもらっておいた墓穴に入れられた。ユニみーの屋形の隣りだった。

そのとき、あちゃ《おとうさん》が墓のまわりを囲む珊瑚石の石垣から飛びおりて、三味線を弾きだした。

「弔いだよー、三味線は弾くもんじゃないよー」

あまが《おかあさん》あわてて言ったが、あちゃはやめない。カミのじゃーじゃもあじ《おばあさん》も、そっとあまの袂《たもと》を引いて、とめた。

いちか節だった。

なしぐゎー《生んだ子を》 むるとぅむに《みんな》
育てぃゆんでぃ《育てようとした》 しゃしが《けれど》
てぃん《天》ぬ《の》 う定みぐゎ《定めで》
育てぃならむ《育てられなかった》

あま《おかあさん》がこのごろ、いつも唄っていた唄だ。

あまは泣きだした。

「すみません。許してやってくださいねー。この人は三味線でしか語れないんですよー」

あまは集まっていた人たちに頭を下げて断った。

あちゃ《おとうさん》の三味線は、芭蕉のシブ《樹液》で紙を幾重にも張ったシブ《樹液》サンシル《三線》だ。自分で作ったものので、あちゃはシブサンシル作りの名人でもあった。沖縄の蛇皮を張った三味線とは音がちがう。シブサンシルの音は、一里先まで聞こえると言われる。冬には紙が乾燥して、ますますよく響く。

山から冷たい風が吹きおろしてくる。シブサンシルの音は、あちゃの唄声をのせ、海に向かって響きわたる。

いちか節は泣くように唄い、泣くかわりに唄うものという。あちゃの声は泣いているようだった。

「弔いで三味線を弾くなんて」と、はじめはあきれて驚いていた人たちも、「身の丈に合わない弔い」とささやいていた人たちも、あちゃがくりかえして唄い、あやが《姉さん》それに和して唄いだすと、一緒になって唄いだした。

なしぐゎー《生んだ子を》　むるとぅむに《みんな》
育てぃゆんでぃ《育てようとした》　しゃしが《けれど》
てぃんぬ《天の》　う定みぐゎ《定めで》
育てぃならむ《育てられなかった》

声をそろえて唄いながら、だれもかれも泣いていた。

ユニみー《兄さん》が死んだときは泣けなかった。担ぎ手も足らず、空襲も怖くて、早々に埋めてしまった。戦争中とはいえ、あんな弔いしかできなかったことを、あちゃとあまはずっと悔やんでいた。

墓地は新しい墓だらけだった。戦争中は名誉の戦死だと、泣くことさえはばかられた。遺体も遺骨もなく、形ばかりの弔いで墓を立てるしかなかった。シマ《集落》のだれもが、あちゃとあまと同じ思いを抱えていた。

息子や夫、孫や親戚の戦死のときに泣けなかった分を取り戻すように、みんな泣きながら唄い、唄いながら泣いた。

それから毎日、墓には白い旗を立てた。死者は日を嫌うといって、日の出ないうちに墓に通う。

そして、初七日にはまた盛大にふるまいをした。これから、七日ごとにふるまいをして、七回目の四十九日で忌明け《イミハリ》をして、弔いは終わる。

シマ《集落》一番の財産家のカミの家でも、これほどの弔いはなかなかできない。「身の丈に合わない弔い」と揶揄されるのも当然だった。

それでも、カミの家だけは、豚をつぶし、応援してくれた。

「ほんとなら、うちもしたかったんだよー。弔いで、あの子たちにすがりついて、泣きたかったんだよー」

カミのじゃーじゃ《おじいさん》は言った。

「だから、気にしなくていいよー」

カミのあじ《おばあさん》もあま《おかあさん》も、毎日のように手伝いに来てくれた。

お客さんが来ると、じゃまになるので外へ出て、トラグヮーたちと遊んだ。家のまわりにはガジュマルやアコウの大木がうっそうと茂っている。地面に下りず、木から木へ飛びうつって鬼ごっこをした。

「猿みたいだねー」

頭の上に水の入った桶をのせて通りかかったカミが、木の上のぼくたちを見上げ、あきれたように言った。

ぼくが初めて木にのぼったときにも、カミは木の下からぼくを見上げて、そう言った。そして、そのとき、ぼくを肩車して枝にのせて木登りを教えてくれたのは、背が高かったハナみー《兄さん》だった。折れやすい木もあって、知らずに手や足をかけると、すぐにぽきんと折れて危ない。この木は大丈夫、この木は危ないと、指さしながら教えてくれた。あのころ、ハナみーは見上げるほどに大きかった。

ぼくはいつか、ハナみーと同じくらい大きくなるはずだった。それなのに、ぼくが大きくなる前に、ハナみーはいなくなってしまった。

あちゃ《おとうさん》が、ハナみーの弔いのために、わずかに残ったうちの田んぼをみんな売ってしまったことを知ったのは、初七日がすんだ後だった。


長い製糖作業が始まり、二月になって、信じられないニュースが飛びこんできた。

北緯三十度以南の奄美群島は、日本本土より行政的に分離したという。つまり、えらぶ《沖永良部島》は日本ではなくなり、アメリカの一部になったのだ。

それも、来月からとか、来年からとかいう話ではなかった。もうすでにアメリカの一部になって、日本ではなくなっているというのだ。連合国軍最高司令官がラジオで宣言したというが、電気も通ってない島にはラジオはない。終戦のときも、ヤマトゥ《本土》では無条件降伏がラジオで伝えられたといい、ユキは天皇陛下の声を聞いたと話していた。

そのラジオの放送日にちなみ、決定は、二・二宣言と呼ばれるようになった。えらぶを含む奄美群島は、アメリカ海軍の管轄下におかれ、ヤマトゥへの渡航は禁止された。

「家も畑もみんな売って、神戸に行こう」

その夜、あちゃ《おとうさん》が口にした言葉は、思いがけないものだった。

「食糧難はひどくなる一方だよー。畑だけじゃとてもやっていけない」

「勝手に売ったのはあなたでしょー」

さすがにあま《おかあさん》が怒った。

「あなたはうやほー《先祖》になんて言い訳するのー。田んぼをみんな売ってしまって、それだけじゃなくて、畑も家も売って島を出ていくっていうのー。ぐしょー《あの世》に行ったら、うやほーに怒られるよー。うやほーに合わす顔がないよー」

「ぐしょーには行けなくていいよー」

「じゃあ、この世ではどうやって生きていくつもりなのー」

「だから、家も畑も売って、神戸で暮らすんだよー。神戸ではいい働き口があってねー」

「だれがこんな大変なときに、家や畑を買ってくれるのー」

「新家《シンヤ》が買ってくれるよー」

ユキの家は、新家と呼ばれるようになっていた。神戸から引き揚げてきた新家は、今もトラグヮーの家の砂糖小屋に住んでいた。

「高い値段で買ってくれるって言ってくれたよ。ナビもここで産んで育てるよりいいよー」

ぼくはあちゃの言う意味がわからず、ナビあや《姉さん》を見た。

「ここに赤ちゃんがいるんだよー」

あやはわらいながら、おなかをさすった。

「この子はねー、ユニの生まれかわりだよー」

ぼくはまじまじとあやのおなかを見た。

おなかをさするあやの指には、薬莢で作られた指輪が嵌まったままだった。

ハナみー《兄さん》の忌明け《イミハリ》が終わり、墓に立てていた白い旗をかたづけた。

製糖作業は続く。牛を追うカミの唄声が聞きたくて、ぼくはせっせと砂糖小屋へ通った。

ちばりよ《がんばれ》　牛よ
さったー《砂糖を》　なみらしゅんどー《なめさせてあげるよ》
ふぃよー　ふぃよー

この唄は、製糖作業のときにしか聞けない。北風にのって届くカミの唄を聞くのは、久しぶりだった。

ふぃよーの掛け声に合わせて、ぼくも笞を振るった。笞は、学校の黒板の横に下げられているものと同じだ。

カミの声はあいかわらず、透き通っていた。

あま《おかあさん》とあや《姉さん》が向かいあって、牛が回す歯車にさとうきびの束を入れ、汁をしぼる。あちゃ《おとうさん》がそれを砂糖小屋でぐつぐつと炊いている。

今年の砂糖の出来はどうだろう。

製糖が終わったら、ぼくたちは島を出ていくことになっていた。ぼくたちは懸命に働いた。少しでも、砂糖で稼いでおきたかった。

新家《シンヤ》のあちゃに言われたらしく、ユキが手伝いに来てくれた。まだ農作業に慣れず、やわらかそうな手で、さとうきびを懸命に運んでくれた。でも、ぼくの半分も持てていない。

あやが気の毒がって、できたての砂糖の汁を少しだけくれた。

「一休みしていいよー」

ぼくとユキは、板の上で砂糖をのばし、こねて丸め、飴玉を作った。

その間も、カミの唄声が聞こえてくる。

ちばりよ　牛よ
さったー　なみらしゅんどー
ふぃよー　ふぃよー

カミの唄が途切れたとき、ユキがつぶやいた。

「カミの声はきれいだねえ」

ユキは飴玉でほっぺたをふくらませて、隣りのカミの砂糖小屋をみつめていた。ぼくはなんと言っていいかわからず、黙っていた。

「この前、学校で子守唄を聞いたとき、おかあさんが唄ってるのかと思った」

ユキはそう言うと、ぼくを見て、照れたようにわらった。

「カミには言うなよ」

来年、ぼくはもう、カミの唄を聞けない。それなのに、ユキは聞ける。

ユキが羨ましくてたまらなかった。

ぼくは、カミの唄を一回たりとも聞きのがしたくなかった。砂糖車《サタグルマ》のまわりをぐるぐる回って、牛を追う間ずっと、耳をすませて、そっと赤土を踏んで歩いた。

三月になると、ヤマトゥ《本土》やよその島から来ていた人たちが島を出ていきはじめた。役場の人も、学校の先生もいた。ヤマトゥとの交通が遮断される前に故郷に帰らないと、もう帰れなくなる。教練の盛先生は、いの一番に島を出ていった。

ぼくたちもヤマトゥへ行くなら、早く出ていかなければいけなかった。でも、製糖が終わらない。

そこへ、熊本から、あや《姉さん》あての手紙が届いた。あやに指輪をくれた人は、守備隊の兵隊さんだった。

だんなさんが出征している間に空襲病にかかった人は、だんなさんが復員してから子どもが生まれて、大騒ぎになったという。あたりまえでない空襲病にかかった人たちは、戦後、その始末をつけなくてはいけなかった。

もちろん、なかったことにすることもできた。戦争が終わってからは、どんなことも戦争のせいにできた。戦争のせいにして、ごまかして、忘れてしまえた。

あやに手紙をくれた人の誠実さが、ぼくには嬉しかった。

あやのおなかはどんどん大きくなった。いつ、ヤマトゥへの船が出なくなるかわからなかった。ぼくたちは製糖を急いだ。でも、製糖が終わったら、この島を出ていかなくてはいけない。

ちばりよ《がんばれ》　牛よ
さったー《砂糖を》　なみらしゅんどー《なめさせてあげるよ》
ふぃよー　ふぃよー

製糖が終わらないことをぼくは祈った。

ずっと、この唄を聞いていられるように。


ぼくの祈りは届かず、やがて製糖は終わった。今年も製糖終了祝《サタジョージ》いはできなかった。

そして、今年も、あちゃ《おとうさん》の砂糖は一等を取れなかった。それでも、戦後の物価高で、黒砂糖《サタ》の値段は戦争中の五十倍にまではねあがっていた。

牛は黒砂糖と一緒に売った。戦争中も売らずに、毎日ぼくが草を刈って食べさせてきた牛と別れた。牛は何もわかっていないらしく、市場へ向かうあちゃ《おとうさん》のあとを、おとなしくついていった。

ぼくは草刈りをしなくてもよくなった。下の家《シモヌヤー》から三番鶏の声が聞こえると、トラグヮーとヤンバルとユキが連れ立って、草刈りに走っていくのがわかる。

ぼくはむしろの上で寝返りを打った。つらいときに横にもぐりこんでは、その体の温りになぐさめてもらっていたハナみー《兄さん》は、もういなかった。

ゆっくりヤラブケー《蘇鉄の実の粥》の朝飯を食べ、ひとりで学校へ行くと、ユキがはだしで来ていた。

「靴はどうしたのー」

カミがいつものように、きんきん響く声で訊いていた。ユキがなんと返事をしたのかは聞こえなかった。

いつも靴で守られていたユキの足は真っ白だった。鬼ごっこをしても、足の裏が痛いらしく、ろくに走れない。帰り道でも遅れがちだった。歩くのもつらいらしい。白いニャーグ《石灰岩片》道の砂は硬くて尖っていて、きれいだけれど痛い。

「草刈りなんか、痛がってなんにもできなかったんだよー」

「靴履いてこいよー」

ヤンバルとトラグヮーが言った。

「おれもえらぶ《沖永良部島》の男だから」

ユキがその白い顔に似合わないことを言ったので、ぼくたちはわらいころげた。

放課後の草刈りにも、ぼくだけは行かないで家にいたら、ユキがやってきた。手には、いつも履いている運動靴を持っていた。

「これ、おまえにやるよ」

ユキは運動靴を突きだしてきた。洗ったらしく、赤土の汚れもない。朝からユキがはだしだった理由がやっとわかった。ただ、靴の底やあちこちが黒くなっていた。

「いくら洗っても取れなかったんだ。神戸は空襲で、どこもかしこも焼けて、すすだらけだったから、ごめん」

ユキはぺこっと頭を下げてから、続けた。

「内地では、靴を履いてないと、いじめられるよ」

「だって、おまえだってこれ一足しかないんだろー」

「いいんだよ。これでおれもみんなと同じになれる」

いくら断っても、ユキは引かなかった。しまいに縁側に靴を投げこんで、帰ってしまった。気持は走ろうとしているようだったが、足の裏が痛いらしく、ぴょんぴょんとびはねるようにして歩いていった。

運動靴は、ぼくの足にぴったりだった。ぼくは夜の間にわらで草履を編んで、学校へ持っていった。

「おまえには、はだしはまだ無理だよ」

ぼくが言ってユキに渡すと、トラグヮーもヤンバルもわらった。

ふたりとも同じことを考えたらしく、ユキはその日、これで三足目の草履を受けとったのだった。

カミも美奈子もわらっていた。

ユキだけはわらわずに、ぼくの編んだ草履を、両手でしっかりと受けとってくれた。


山羊はカミの家に買ってもらうことになり、ぼくは山羊をつれて、カミの家に行った。

砂糖小屋では隣り同士だったのに、シマ《集落》では三軒離れていて、行き来がしにくくなった。空襲もなくなって、ぼくがカミを守る必要もなくなった。

家にはカミはいなかった。水甕《ミジガミ》の水はふちまでいっぱいになっていたが、桶がなかった。

あや《姉さん》がいなくなるので、一人暮らしの東の家《アガリヌヤー》のあじ《おばあさん》のための水汲みを、シマの女の子たちが交代ですることになっていた。あじが飛行機畑に植えた百合はすくすくとのびて、つやつやした葉っぱを無数に広げていた。シマのだれもが真っ白な花が咲くのを待っていた。カミはあじのための水汲みに行ったにちがいなかった。

ぼくは山羊を追いながら、ホー《水汲み場》へ向かった。途中で会うかと思っていたが、なかなか会わない。そのうちに、ホーに着いてしまった。

あの子はひとりで桶を頭にのせきらんで、いつもだれかが手伝ってくれるのを待ってるんだよー。

あやがそう言って、カミのことをわらっていたことを思いだす。

山羊を紐で繋いでおいてから、ホーに入った。いつもなら、水汲みだけでなく、洗いものをしたり、水浴びしたりする人たちでにぎわっているのに、今日はだれもいない。

一番奥で、カミが桶に水を汲みこんでいた。

声をかけようとして、やめた。

柄杓で無心に水を汲みこむカミの横顔は、はっとするほどきれいだった。いつまでもながめていたかった。

カミはぼくがいることに気づかないまま、桶をヌケ石《のせ》に置いた。水でいっぱいにした桶は、自分では頭の上にのせられない。だれかいれば、頭に桶をのせてもらえる。だれもいないときは、ヌケ石の上にのせてから、前のめりになってかがんで、少しずつ桶の底を頭の上にのせていく。ふちまで水でいっぱいになった桶を、かがんで頭にのせるのは大変だ。

ぼくはそばに行って、桶を持ちあげ、かがんでいたカミの頭にのせてやった。

「みへでぃろどー《ありがとうございます》」

カミはぼくに背を向けたまま、丁寧にお礼を言った。桶が頭にのると、もうふりかえることができない。どこかのおばさんが手伝ってくれたと思ったのだろう。

「ぼくだよー」

「マチジョー？」

カミは驚いて、桶を落としそうになった。ぼくはあわてて、桶をおさえた。けれども重たい桶は大きく揺れて、頭からぼくに水を浴びせた。

カミはびしょぬれになったぼくを見てわらった。ぼくもわらった。

「マチジョーがびっくりさせるからだよー」

カミは言って、頭に桶をのせたままかがんで、ぼくに柄杓を取らせ、いっぱいになるまで水を汲み入れさせた。

ふちまでいっぱいになると、そろそろと立ちあがり、歩きだした。ぼくはあとを追ってホー《水汲み場》を出た。山羊を連れ、カミと並んで、来た道を戻る。

「あいかわらず、水汲みがへただねー」

「マチジョーがじゃましたからだよー」

カミが言い返すので、ぼくはわらった。カミもわらうと、ますます桶から水がこぼれた。

「あべー《あれー》、もういっぺん行かないといけないねー」

カミはわらいながら言った。

「それなら、もういっぺん一緒に行くよー」

ぼくは言った。

「なんべんでも一緒に行くよー」

ふりかえると、真っ白なニャーグ《石灰岩片》道に、カミの頭の上の桶からこぼれた水が、黒く斑点になって続いていた。

でも、それだけではなかった。その横には、濡れたぼくの足跡が、ずっと並んで続いていた。カミとぼくの歩いた跡だった。

四月になった。

早朝、ぼくたちは家を出た。

ハナみー《兄さん》の忌明《イミハ》け《リ》と製糖をすませ、家や畑の始末をつけおわったころには、ヤマトゥ《本土》への船はなくなっていた。えらぶ《沖永良部島》を含む奄美群島は完全に米海軍の統治下となり、ヤマトゥへは行けなくなった。闇船と呼ばれる密航船を頼むしかなかった。大島《奄美大島》には米軍がいて、ヤマトゥへの密航を厳しく見張っているという。密航という言葉がおそろしかった。ほんの一ヵ月ほど前までは、自由に行き来できていたのに。

まだ薄暗い中を、シマ《集落》の人たちが見送ってくれた。

口べたなあちゃ《おとうさん》は一言もしゃべらず、ただ、頭を深々と下げた。

　ぼくたちも頭を下げて、歩きだした。荷物はもう船に積みこんでいた。

　家を囲む石垣を通り過ぎながら、目印にしている白い珊瑚石で、いつものように背を測る。これで最後なのに、やっぱりぼくの背丈はかわらなかった。

　あちゃ《おとうさん》は先に立って歩いた。

　これから行く先には、三味線を弾く場所もなく、三味線を聞いてくれる人もいない。あちゃから三味線を取ったら、何が残るのか。砂糖ひとつ、上手く炊けない不器用な人なのに。

「マチジョー」

「マチジョー」

　密航だから騒いではいけないと、カミのじゃーじゃ《おじいさん》から注意されていたはずなのに、トラグヮーとヤンバルが、ガジュマルの木の上から叫んだ。ユキも一緒だった。ユキはぼくたちが編んだ草履を履いていた。それで木にのぼれるなら十分だ。

　もうひとり、ガジュマルの木の上に立っている子がいた。

　ぼくは目を見張った。

　カミだった。

　あんなに臆病で、口ばっかりだったカミが、ガジュマルの木にのぼっていた。ぼくが葉っぱを取ったり、みみぐい《木くらげ》を取ったりしていたとき、カミはいつも木の下からぼくを見上げるばかりだったのに。

みんな、ちぎれるくらい手を振ってくれた。

でも、カミだけは、手を振っていなかった。ただ、じっとぼくを見ていた。

手を振ったら、別れることを認めてしまうことになる。送りだしてしまうことになる。

だから、手は振らない。

わかるよ、カミ。

ぼくは、心の中でカミに言った。

ぼくも振らない。

ぼくはまばたきもせず、ガジュマルの木の上に立つカミの姿を目に焼きつけた。


密航船は、艀《はしけ》よりも小さかった。

いくら島伝いに渡っていくとはいえ、これで本当にヤマトゥ《本土》まで行けるんだろうか。

太平洋に出ると、案の定、船は木の葉のように揺れた。別に嵐でも時化でもなんでもない。これがふつうだという。あのいつでも穏やかなえらぶ《沖永良部島》の海のまわりに、こんなに強い波が打ち寄せていたとは、信じられなかった。島を囲む珊瑚礁が、これほどの波をとどめてくれていたのだ。

ぼくは艫《とも》にすわって、えらぶを見た。

初めて見たえらぶ《沖永良部島》は、だんだん小さくなっていった。信じられないほどに小さくて、平べったい島。珊瑚礁にぐるりを守られた黄金島《くがにじま》。

手のひらで包めるくらい。

西島伍長が言ったのは本当だった。

大きな波が来ると、波に隠れて見えなくなってしまうほどの小さな島。

別の国になる島。カミとぼくとは、別の国の人になる。

生まれたときからずっと、同じものを見て暮らしてきたのに、これからは別々の場所で、別々のものを見て暮らす。

カミはこの島で、これから何を見るんだろう。日本ではなくなってしまったこの島で。

さらば《そろそろ》　たちわかり《お別れしましょう》
なちゃや《明日の夜》ぬぶる　うもーり《またおいでください》

そのとき、ぼくの口をついて出たのは、初めて唄ういちか節だった。自分が自分だと知るずっと前から、おそらくは生まれる前から、あま《おかあさん》のおなかの中で聞いてきた唄。なちゃやぬ《明日の夜》ぶるなんて、一体いつ来るというんだろう。

「いつかまた帰ってきて、カミに会えるといいねー」

あや《姉さん》が言った。

ぼくは驚いてあやを見た。

「わかるよー。あんたは、カミと一緒にいるときだけ、よくわらうからねー」

あやはそう言ってわらうと、ぼくの声に合わせて唄いだした。

なちゃやぬびる　うもーり《またおいでください》
まくとぅ　かたら《ありのままの思いを語りましょう》

続けて唄ったあやの唄に、ぼくは耳を疑った。

きゆぬ《今日の》　ふくらしゃや《よろこびは》
むぬに《たとえ》　たていららむ《ようがない》

あやの手は、大きくなったおなかの上にあった。

あやはわらっていた。

いちむ《いつも》　きゆぬぐとぅし《今日のように》

あらちたぼり《あらせてください》
をぅない《姉妹》神はたかさ《尊い》。どんなことがあっても、あや《姉さん》ならきっと大丈夫だと信じられる。
見上げた空には、沈みそこねた小さな月が浮かんでいた。

とーとぅふぁい《お月様》　とーとぅふぁい《お月様》
わぬ《ぼくを》　ふでぃらちたぼーり《大きくしてください》

大きくなってこの島に戻ってきて、カミのそばにいつまでもいられるように。
ぼくは祈った。

神の島の
こどもたち

台風が近づいていた。

風がわたしの前髪を捲《まく》りあげた。

いつもの風ではなく、どこか遠くから吹いてくる風。この島にはない水の匂い。この島を囲む海ではない、もっと遠くの海の水の匂い。

わたしは、この島の匂いはみんな知っていた。

前髪を押さえて、目の前に立つユキの顔をみつめた。

何年この島に暮らしても、やっぱりまだ白いユキの顔。

わたしがみつめるうちに、頰《ほお》からそろそろと赤く染まっていく。まるでわたしの視線が染めたみたいに。

わたしにすきだと言ったのは、ユキのほうなのに。

せっかちなユキ。夏休みが終わって、二学期が始まったばかり。だいたい、まだ高校二年生なのに、大学のことなんか考えて、もう勉強を始めている。

大学なんて、アメリカに占領されたこの島に暮らすわたしたちは、行けるかどうかもわからないのに。先週やっと、奄美《あまみ》群島が日本に復帰するというニュースが届いたけれど、それがいつになるかは伝えられていなかった。

日本に復帰できたら大学へ行けるようになるとわたしにも勉強を勧めて、一緒に勉強しようと言うまではわかる。だからって、すきだなんて話になるのは、せっかちすぎる。

でも、前髪を押さえたまま、わたしは頷《うなず》いた。

「わたしもユキがすきだよー」

ユキは赤い顔でわらった。

「よかった」

ユキの一家は、戦後、ヤマトゥ《本土》から引き揚《あ》げてきた。

わたしたちが出会ったのは、十歳のときだった。

その笑顔は、初めて会ったときから、かわらない。

「きらわれたら、どうしようかと思ったよ」

「わたしがユキのこと、きらうわけないでしょー」

わたしもわらった。

そのとき、風がまた、わたしの前髪を捲りあげた。

この島の風じゃない。この島となんの関わりもないところからやってきて、これからひと暴れしようとしている。前髪をみんな捲りあげて、通りすぎていく。徳之島《とくのしま》へ。奄美大島《おおしま》へ。

「風が強くなってきたね」

昼下がりの空は雲に覆われていた。風は雲をみんな流していく。空を丸ごと入れ替えてしまうつもりだ。

「水汲みにいかなきゃ」

ユキは強い風に吹かれながら、空を見上げた。

「ユキも草刈りにいったほうがいいねー」

「風が強かったからね、朝のうちに草を余計に刈っておいたんだよ」

せっかちで、いつも準備のいいユキ。台風が来る前に、草刈りにいって、山羊《やぎ》を家に入れて、屋根の茅《かや》が飛ばないように縄でしばって。あげくにわたしにすぎだなんて言ってしまう。

台風が来る前に。

「ユキは本当に準備がいいねー」

「カミは早く行かないと、水がなくなるよ」

ユキはわらった。この島の懐からあふれだすホー《水汲み場》の水が涸《か》れることなんて、あるわけがないのに。いつもそんなことばかり言って、わたしののろまさをからかう。

わたしの額《ひたい》の真ん中には、にきびがひとつあった。やっと消えたと思ったら、別のところにまたひとつできる。いつも額のどこかしらに、にきびがぽつんとひとつある。

前髪で隠しているのに、遠くから吹いてくる風は、おかまいなしに、わたしの前髪を捲りあげる。

この島の風なら、そんなことはしない。わたしが生まれる前から、わたしのことを知っているこの島の風なら。

わたしの額を露《あら》わにしたこの風は、ヤマトゥ《本土》まで吹いていくのだろうか。

ユキが生まれ育った、ヤマトゥの神戸《こうべ》まで。

ユキとわらいあいながら、わたしはまた、前髪を押さえた。


家に帰ると、トーグラ《台所》では、あま《おかあさん》とあじ《おばあさん》が食事の支度をしていた。ウム《芋》を炊《た》いて、ムジ《田芋の茎》を炒めている。

「水を汲んでくるねー。じゃーじゃ《おじいさん》はどこー」

「台風が来そうだからねー、草刈りにいったよー」

あまがふりかえりもせずに答える。じゃーじゃもユキと同じくらい、準備がいい。

「もうごはんだからねー、ナークを連れて帰ってきてねー」

あじが言った。そういえば、ナークもいない。外を見ると、山羊もいない。

「山羊を連れ戻しにいったはずなのに、戻ってこないんだよー」

「これでわたしも戻ってこなかったら、おかしいねー」

「あべー《あれー》、それは大ごとだ」

わたしはあまとあじの笑い声を聞きながら、空桶を持って家を出た。

ホー《水汲み場》には何人もの人がいた。台風が来ると、ホーは水に浸かって何日も水が汲めなくなる。

空桶を提げて、順番を待つ。

ヤマトゥには水道というものがあると、ユキに聞いたことを思いだす。どの家の台所からも、いくらでもすきなだけ水が流れ出るのだという。この島もヤマトゥに復帰したら、もう水汲みをしなくてよくなるのだろうか。

水を桶いっぱいに汲みいれると、重たくて頭の上に持ちあげられなくなる。先に汲んだ人の桶を頭にのせてあげる。

「みへでぃろどー《ありがとうございます》」

桶を頭に、立ちあがってわらった顔は、中の家《ナカヌヤー》のおばさんだった。

「あやぶらんどー《どういたしまして》」

空桶のわたしは頭を下げる。

「カミは働き者だねー」

おばさんはもう頭を動かせない。腰をちょっとかがめてあいさつをしてくれる。

わたしが水を桶に汲みこむと、今度は後ろにいた小学生の女の子が、ふたりがかりで桶を頭にのせてくれた。

ナークと同じ、三年生の子たちだ。ひとりはトラグヮーの妹のウミで、もうひとりはヤンバルの妹のフミだった。ふたりとも金《かね》のバケツを持っている。ウミは去年生まれた弟をおんぶしている。

空襲どき、金物は金属供出でなくなってしまったけれど、戦争が終わってから少しずつ手に入るようになっていた。今の女の子たちは、わたしが小さかったころに使っていた小ぶりの桶ではなく、バケツを使う。桶より軽いうえに、落としてもやかましいだけで壊れない。

「みへでぃろー《ありがとう》」

「あやぶらんどー《どういたしまして》」

ふたりは声を揃《そろ》えた。昔の自分を思いだしておかしくなる。わたしがいつもおぶっていたナークは、どこまで遊びにいってしまったんだろう。

「ナークを見なかったー」

ふたりは目を見合わせると、わらいだした。

「見たよー」

「でも、カミあや《姉さん》に言わないでって言ってたよー」

「しかたないねー、どうせため池あたりでしょー」

「あたりー」

「カミあやすごいねー」

ふたりはきゃっきゃとわらった。

「あんたたちも早く帰るんだよー」

わたしは笑い声に向かって言うと、ホー《水汲み場》を出た。


ため池の周りには、男の子たちが集まっている。うちの山羊も子山羊もいた。男の子の群れの中からナークをみつける前に、ぼーんと、何かが爆発する音がした。男の子たちの歓声が上がり、山羊たちは驚いて跳ねた。

「あんたたち何してるのー」

頭に桶をのせているので、走っていけない。大声で叫ぶと、男の子たちがこっちを見た。男の子たちの顔の一番奥にナークの笑顔があった。ナークはいつもわらっている。

「あやー、おもしろいよー」

そばまで行くと、ナークは薬莢《やっきょう》を持っていた。空襲どきにアメリカ軍が落としていった薬莢だ。ナークは慣れた手つきで薬莢を組み合わせ、石に立てて、火で炙《あぶ》った。

とたんに、ぼーんと音をたてて薬莢が飛んだ。

「あぶないよー」

ナークはいつもそう言っては、あぶないことばかりしている。不発弾を拾って海に投げこみ、魚を取ったときは、シマ《集落》で集会まで開かれて大騒ぎになった。よそのシマでは不発弾が爆発して腕を飛ばされた人がいると散々に叱られたのに、ちっとも懲《こ》りていない。

「大丈夫だよー」

「もう帰るよー、ごはんだよー」

ナークは薬莢を拾い集めはじめた。男の子たちもしかたないという顔をして立ちあがる。草をいっぱいつめたオーダ《もっこ》を持っている子も、牛を洗いに連れてきていた子もいる。

帰り道は、一番歩みの遅い牛に合わせて歩く。山羊はあとからついてくる。母山羊さえついてくれば、子山羊もついてくる。子山羊は母山羊から離れないので、繋ぐ必要もない。

「あや《姉さん》、先に行ってー」

道がまっすぐになったところで、ナークは子山羊を抱きあげ、立ちどまった。男の子たちの何人かも、ナークとともに足をとめる。わたしが母山羊を連れて先を行くと、子山羊はナークの腕を逃れて、母山羊を追おうと暴れた。ナークたちの姿がやっと見えるくらい小さくなったところで、ナークは子山羊を放した。子山羊は母山羊を追い、一散に駆けだす。ナークと男の子たちもわあっと声を上げながら駆けだした。

子山羊は母山羊においていかれまいと、小さな体で懸命に道を走ってくる。こどもたちははるかに引き離された。

「あべー《あれー》、また負けた」

ナークが子山羊のあとから息を切らしながら走ってきて、呟いた。

「いつもそんなことしてるのー。かわいそうだよー」

わたしはナークをにらんだ。

子山羊は、やっと追いついた母山羊の周りを跳びはねて喜んでいる。

「あぶないこともしないでよー。あやが叱られるんだよー」

叱ったつもりなのに、ナークはうれしそうに仕組みを説明してくれた。

「13ミリの薬莢に水を入れて、20ミリにつっこんだら、ちょうど嵌《は》まるんだよー。それを炙れば、13ミリのほうが飛んでいくんだよー」

「あぶないよー」

「大丈夫だよー。でも、最初13ミリを下にして、あぶなかったよー」

ナークはわらった。男の子たちも一緒になってわらいだした。

「必ず20ミリのほうから炙らないとあぶないんだよー」

「最初からそんなことしなければいいんだよー」

小言を言いながら、この薬莢がばらばらと降りそそいできた日のことを思いだした。

わたしの背中にいたころ、ナークは泣き虫だった。いつでもどこでもよく泣いた。

グラマンに泣き声が聞こえるからと、飛びこんだトゥール墓《風葬》を追いだされたことがあった。ユキとは逆に、戦後、神戸へ密航していったマチジョーが、一緒にトゥール墓《風葬》を出て、わたしたちを蘇鉄《そてつ》の陰に連れていってくれた。

ちばりよ《がんばれ》　牛よ

わたしは唄《うた》いだした。

さったー《砂糖を》　なみらしゅんどー《なめさせてあげるよ》

ふぃよー　ふぃよー

「あべ《あれ》あべ《あれ》、砂糖車《サタグルマ》も引いてないのにー」

ナークがわらった。これは、さとうきびを搾《しぼ》るとき、砂糖車を引く牛を励ます唄だった。

泣きじゃくるナークの耳許で、マチジョーがこの唄をずっと唄ってくれた。

あのとき、ユキはまだこの島にいなかった。美奈子《みなこ》もいなかった。

ヤンバルとトラグヮーはいた。ヤンバルとトラグヮーとマチジョーとは、生まれたときからずっと一緒だった。それなのに、マチジョーの家だけが島を出ていった。出ていくときにくれた山羊は増えて、今のうちの母山羊は三代目になる。

ずっと泣いていたナークは、すっかり大きくなって、泣かなくなった。わらうようになった。歩けなかったのに、走れるようになった。

マチジョーのことは、もう、おぼえていない。


台風は夜の間に通り過ぎていった。屋根の茅をしばっておいたおかげで、家は無事だった。

「よかったねー。茅を取りにいかなくてすんだねー」

ヤラブケー《蘇鉄の実の粥》をすすりながら、あま《おかあさん》が言った。

台風で校舎の屋根の茅が飛ぶと、生徒も先生もみんな、茅を一束ずつ持って登校する決まりだった。いつもより早く起きて、大山《おおやま》のふもとまで茅を取りにいくのは大変だった。そうでなくても、毎朝、学校へ行く前に水汲みや草刈りもしないといけなかった。

「ルース台風のときは大変だったねー」

「い゙ー《結作業》たばで毎日茅を取りにいったねー」

去年の台風はひどくて、あちこちの家の茅屋根が吹きとばされた。自力で直せない一人暮らしのあじ《おばあさん》の家や、女手しかない家の屋根は、結作業でシマ《集落》のみんなが茅を出しあって直した。シマ中の家の屋根が元通りになるまで、わたしもナークも毎日茅を取りに山へ通った。

「それどころか、アメリカ兵が逃げてきたねー」

あじ《おばあさん》がわらった。わたしたちも思いだして吹きだした。

台風で兵舎のテントを飛ばされた、大山のレーダー基地のアメリカ兵が、ちりぢりになって逃げてきたのだ。電気も切れたあとの真夜中だったから、シマ《集落》中が大騒ぎになった。

少しでも英語がわかるのは、高校に通っていたわたしとユキとトラグヮーだけだった。シマのみんなが期待して押しかけてきたけれど、できたばかりの高校で、引っ越しだの校庭整備だのに追われ、まともに授業を受けたのはまだ数回という状態だったから、わたしたちはなんの役にも立たなかった。

結局、じゃーじゃ《おじいさん》が身振り手振りで意思の疎《そ》通《つう》を図り、ずぶぬれのアメリカ兵をシマの何軒かの家に分けて、朝まで泊めてやることになった。

うちではあちゃ《おとうさん》もイチみー《兄さん》も戦死していた。艦砲射撃があったときは、上陸してくるアメリカ兵を刺し殺そうと、じゃーじゃはマチジョーを連れ、竹槍を持って海へ行った。それなのに、台風の夜に突然現れたアメリカ兵たちを、じゃーじゃはためらいなく受け入れた。「アリガト」「アリガト」と、大きな体で礼を言うアメリカ兵たちを笑顔で見送っていたじゃーじゃ。それは、あま《おかあさん》もあじも同じだった。

「たいしたことがなかったから、えらぶ《沖永良部島》では笑い話にもなるけど」

あまがわたしたちをたしなめるように言った。

「ヤマトゥ《本土》じゃ何百人も死んだっていうからねー」

戦争に負けて、この島はアメリカ軍政下におかれて日本ではなくなったのに、ヤマトゥは日本のままだった。あのときの台風はヤマトゥに向かっていき、九州で大変な被害があったらしい。鹿児島《かごしま》や宮崎《みやざき》には、えらぶから渡っていった人が多くて、うちもおじさん一家が宮崎に出て暮らしている。それでも、同じ国ではなくなったこの島には、情報がなかなか伝わってこなかった。

伝わらなくなったのは情報だけではなかった。ヤマトゥとの行き来は密航、貿易は密貿易になった。日本円はアメリカ軍政府が発行するB円になった。独立記念日や南北戦争戦没者慰霊日が休日になった。終戦直後の食糧難のときにヤマトゥから引き揚げてきた人たちは、ヤマトゥの復興とともに二、三年で島を出ていった。

神戸や宮崎の親戚の話では、ヤマトゥでは朝鮮戦争が始まって、景気はすっかりよくなり、どの家にもラジオがあって電気も一日中つくようになっているらしい。それなのに、えらぶの生活は戦後七年がたった今も、殆《ほとん》どかわっていない。朝はヤラブケー《蘇鉄の実の粥》で、弁当はウム《芋》と塩か、よくておからだった。耐えきれずにヤマトゥに密航する人も少なくなかった。

大正時代から続く醸造会社の社長さんまで密航した。家屋敷も田畑もみんな黒砂糖《サタ》にかえて、鹿児島へ密航したけれど捕まって、全財産である黒砂糖を没収されて、収容所に入れられた。でも、そこで、ヤマトゥで戦後間もなく大流行したというリンゴの唄をおぼえて帰ってきた。妻とこどもたちは父親が呼び寄せてくれるのを島に残って待っていた。這《ほ》う這《ほ》うの体《てい》で戻ってきた父親は、こどもたちを集めると、裸電球の下でリンゴの唄を歌って聞かせたという。

リンゴの唄の明るいメロディは、ヤマトゥ《本土》の流行から何年も遅れて、島中に広まった。全財産を樽十丁の黒砂糖《サタ》にかかえて密航に失敗した社長さんの笑い話とともに。

「今なら、アメリカ兵が来ても、カミが英語で話せるねー」

「無理だよー」

あまが《おかあさん》言うのを、わたしはあわてて打ち消した。

「ユキに頼むよー」

戦後、島にもできた新制中学校には殆どの子が行ったけれど、高校に進学した子はごくわずかだった。ユキはその中で飛びぬけてよくできた。美奈子もヤンバルも中学校を卒業すると、蘇鉄でんぷん工場に就職した。

「ユキは、復帰したらヤマトゥの大学に行くんだってー」

「あの子はよくできるからねー」

「新家《シンヤ》のあちゃ《おとうさん》は働きものだしねー」

琉　球《りゅうきゅう》政府には二年前にできた琉球大学しかなく、ヤマトゥの大学に行くなら奄美群島全域からわずかに選ばれての留学か、密航しかなかった。これまで、何人もの学生がヤマトゥの大学に進学するために密航して、魔の海域と呼ばれた七島灘《しちとうなだ》を越えられずに亡くなっていた。そうでなくても、社長さんのように途中で捕まって何ヵ月も収容所に入れられ、軍事裁判で有罪になる人もいた。

もっとも、社長さんは、裁判にかけられる前に収容所を逃げだしたという話だった。鹿児島の収容所の監督官は、社長さんの身の上にも、アメリカの軍政下におかれている沖永良部島《えらぶ》の現状にも同情してくれ、「逃げれば追いかけはしないよ」と言ったという。それで抜けだして、逃げて島まで戻ってきた。

密航しようとした社長さんを咎《とが》める人はいなかった。むしろ、廃材を集めてなんとか再建された醸造所の黒糖焼酎を、島中の人たちがこぞって買って飲んだ。

「あんたはどうするのー」

あまに訊《き》かれ、わたしはわらった。

「まさかわたしは大学なんて」

「イチみー《兄さん》は行きたがっていたねー」

じゃーじゃ《おじいさん》が先祖棚《シンソダナ》を見ながら呟いた。

「勉強させてやりたかったねー」

「あのころは中学だの大学だのなんて夢のまた夢だったから」

あまとあじ《おばあさん》も頷く。

あのころ、沖永良部島《えらぶ》には中学校もなかった。また、中学校へ行かせられるほどの財産を持っている家もなかった。成績優秀だったイチみー《兄さん》には、予科練に入るしか勉強を続ける道はなかった。

じゃーじゃ《おじいさん》はまだ先祖《シンソ》棚《ダナ》を見ていた。筆まめだったイチみーとあちゃ《おとうさん》からの手紙がしまってある。飛行機の前で撮られたイチみーの飛行服姿の写真もあるけれど、じゃーじゃは見たくないとしまいこんだままだった。

わたしはセーマグ《かご》からウム《芋》を三つ取って手拭《てぬぐ》いに包んだ。

「あや《姉さん》、ずるい、大きいほう取ったー」

ナークがわめく。

「太いおいしいほうを残したんだよー」

わたしは手拭いを広げて、ナークにウムをくらべさせてやった。

「あやがそんなことするわけないでしょー」

あまー《おかあさん》がわらった。あやはうとぅー《弟》とみーを守ると決まっていた。をぅない《姉妹》神といって、あやはうとぅーとみーの守り神だった。

でも、わたしには、みーを守りきることができなかった。たったひとりのみーのイチみーを、わたしは戦地に送りこんだ。手を振って送りこんでしまった。

イチみーはフィリピンで特攻戦死した。

同じように、わたしが手を振って送ったあちゃは、四度目の出征でブーゲンビルまで行って、イチみーよりも先に戦死した。

ふたりとも、骨も還ってこなかった。

じゃーじゃはよく、先祖棚を見上げるようになった。

「あや、ごめんねー」

セーマグに残されたウムのほうが太いことを認めたナークが、すまなそうにわたしを見上げる。ナークに疑われるのは、自分がをぅない神としてまだまだだからだ。

「いいんだよー。いっぱい食べなー」

わたしはナークのぼうず頭をぐるぐるとなでた。


家を出ると、三軒先のユキの家の前で、ユキが待っていた。

めずらしいことでもないのに、今朝はなんだか照れくさかった。

ユキはいつものようにわらいかけてくれたけれど、やっぱり顔が赤いような気がする。

「台風行ったねー」

「でもまだ風が強いね」

先に行った台風を追いかけて、知らない匂いのする風は、この島を吹きぬけていく。

海まで続くさとうきび畑の間を、ユキとならんで歩いた。赤土の道は、昨夜の雨で泥道となっている。さとうきびの葉っぱは、強い風に頭をゆらしながら、太陽の光を浴びてきらきらと輝いた。

ときどき、わたしのセーラー服の肩が、ユキの腕に触れる。なんでもないことなのに、気になってしかたがない。いつものように話そうとしても、言葉が続かない。ユキのほうを見られず、わたしは前髪をそっと押さえて、空を見上げた。

空は、目が眩むほどに青かった。その下に広がる海も同じように青かった。島をぐるりと囲む珊瑚礁《さんごしょう》の帯の向こうでは、台風の名残の白い波が立っていて、そこからは空ではないことがわかる。

肩がユキに触れないように、なるだけ道の端を歩いて、高校へ向かった。

六つならんだ校舎の茅屋根は無事だった。けれども、どの教室校舎にも水たまりができていた。夜の間に吹きこんだ雨に、机も黒板もぐっしょりと濡れていた。

三年生の教室を兼ねた講堂には、扉もガラスの嵌まった窓もあるけれど、茅葺《かやぶ》きの教室校舎にはガラス窓や扉はもちろん、壁もない。戦時中に越山《こしやま》にいた日本軍の兵舎の使い回しで、杉の柱に茅葺き屋根をのせただけの造りだ。雨も風も勝手気ままに教室を吹きぬけていく。床もないから、雨が降ると水びたしだ。靴を履いている先生は弱っていたけれど、はだしで通うわたしたちは、いちいち足を洗う必要がなくて楽だった。

みんな、先生が来る前にと、黒板と机と椅子を手拭いで拭いていた。ユキはHBTの生地のズボンを捲りあげ、床の水たまりの水を、はだしの足で外に搔《か》きだしている。その赤い泥にまみれた足が大きいことに驚く。

HBTはアメリカ軍の配給品で、日本から分離されたこの島で手に入る、唯一の洋服生地だった。といってもただの生地ではなく、ズボンとか上着とかの縫製品なので、解いて生地として使う。アメリカ人仕様で、そのままでは大きすぎて着られないのだ。糸は配給がなく、ミシン目を端からすーっと抜いて、その糸で縫《ぬ》う。深緑色の生地は厚手でごわごわしていて、冬は暖かいけれど、夏は暑い。こどもも大人も学校の先生も、この島ではみんな同じ色の同じ生地で作った服を着ていた。

校舎がやっと去年できたばかりの高校だったから、決まった制服はなかった。HBTの洋服を着ている生徒は多かった。男子も学生服を着ている生徒は少なくて、学帽だけが高校生の印だった。

大事なセーラー服のスカートに泥水がはねないよう気をつけながら、ユキを見習って、わたしも足で地面の雨水を搔きだした。

わたしのセーラー服は二年生になってやっと買ってもらったものだった。うれしくて、毎晩スカートのひだを折って寝押ししていた。わたしは寝相がわるいので、いつもじゃーじゃ《おじいさん》の布団の下で寝押しさせてもらっていた。買ったといっても、新品ではなかった。新品のセーラー服は砂糖樽百斤《きん》もするという噂だった。神戸の親戚が古着を送ってくれたのだ。ヤマトゥ《本土》にはなんでもあった。お金さえ出せば、島では見たこともないようなものも買える。神戸のおばさんは入学のお祝いにと、花模様の手提げ袋を贈ってくれた。風呂敷《ふろしき》で登校する子が多い中、みんなにはヤマトゥに親戚がいることを羨《うらや》ましがられた。

学校まで歩いてほてった足に、赤土色の雨水はひんやりと冷たかった。雨水を掻きだした先は、そのまま地続きに校庭になっている。校庭とはいっても名ばかりで、平らなところは野球に使う一角だけだ。あとは谷あり丘ありで、真ん中には、昨夜の雨が溜《た》まって大きな池ができている。

それでも、手付かずの原野が校庭と呼べるようになったのは、島の人たちのおかげだった。去年は毎日、今でも休みのたびに、シマ《集落》ごとに集まった人たちが、鍬《くわ》やヒャーギ《ざる》を持って整地作業に通ってくれていた。

野球場のところだけは、アメリカ軍のブルドーザーが平《なら》した。波打つ地面が、みるみる平らになっていった。生徒も先生も島の人たちも総出で、人海戦術で働くことが無意味に思えるほどに、ブルドーザーの威力は圧倒的だった。

こんなのと戦争したって、勝てるわけがないねー。

教室校舎から眺めながら、トラグヮーがぽつりと呟いたのをおぼえている。

ふりかえると、トラグヮーはひとり自分の机について、教科書と帳面を開いていた。

「先生来るよー。何やってるのー」

「宿題だよー。家じゃできないからねー」

トラグヮーの家では、去年三人目の弟が生まれた。一番上のトラグヮーになついて、どここにでもついてこようとする。家にいると、膝のなかに入ってきて離れないと、いつもうれしそうにぼやいていた。

「見てよー。トミグヮーが書いちゃって」

トラグヮーの英語の教科書には、赤鉛筆で何本もの線が引かれていた。鉛筆や消しゴムも満足に持っていない家もあるのに、子だくさんで決して裕福ではない家のトラグヮーが赤鉛筆を持っているのは、あちゃ《おとうさん》が中学校の教師だからだ。

「あべー《あれー》、次に使う人かわいそうだねー」

教科書は先輩から譲られて、一年使うと、後輩に譲ることになっていた。赤鉛筆の字は、鉛筆の字とちがって、なかなか消えない。

戦争が終わってから、それまで使っていた教科書は読まないようにと先生に言われて驚いた。戦争を賛美しているからよくないのだという。だからといって新しい教科書があるわけではなかった。しばらくは、先生の言うことをただ聞くのが勉強になった。民主主義だとか国民主権だとか男女平等だとか、これまで教えられてきたこととは正反対のことを先生は話した。まちがったことを教えてきたのは、戦争のせいであり、当時の政府や軍部のせいだという。

そのうち、先生たちが密航して買ってきたり、ヤマトゥ《本土》から送ってもらったりして、ヤマトゥの新しい教科書を手に入れてくれた。先生たちはそれをガリ版で刷って教科書を作り、配ってくれた。ただし、それはみんなのものだった。新しい学年になると、だれかが使った教科書をもらう。一年使うと、次にその学年になる子に回す。だから教科書に書き込みをしたり、汚したりしてはいけなかった。

「でもねー。トミグヮーはまだお誕生前なのに、上手に線を引いたよねー」

トラグヮーの言葉に吹きだしてしまう。

トラグヮーは三人の弟と二人の妹をとてもかわいがっていて、何をされても怒らない。

「宿題って昨日提出だったよー」

「そうだよー、だから、今日出さないと大変だよー」

「もうすぐ英語だよー」

「そうだよー、だから、先生が来るまでに終わらないと大変だよー」

ちらっと帳面を見ただけでも、つづりのまちがいがいくつかあることに気づく。

「ユキ、なんとかしてあげようよー」

「しかたないなあ」

ユキがわたしの横にならんで、トラグヮーの帳面を覗きこんだとき、B組担任で英語の平《たい》先生が教室に入ってきた。平先生は時々生徒にまちがえられるほどに若くて、偉ぶったところがないので、男子にも女子にも慕われている。平先生もはだしで、HBTの生地のズボンの裾《すそ》を捲りあげていた。大事な靴を教室で泥まみれにしたくないのだろう。

「あべー、間に合《しま》わなかっ《った》た」

トラグヮーが呟いた。わたしとユキは顔を見合わせてわらった。その白い顔が、ずいぶん高いところにあることも、わたしは今さらに気づいた。


午後の授業が始まってしばらくしたときだった。

いきなり一点鐘《いってんしょう》が鳴り響いて、みんなきゃあっと悲鳴を上げた。わたしは悲鳴を上げそびれた。遅れて悲鳴を上げるのもおかしいので、胸をどきどきさせながら次の機会を待っていたけれど、それきりだれも悲鳴を上げない。とうとうわたしは悲鳴を上げられないままだった。

「静かに静かに。落ちついてねー」

国語の前《すすめ》先生が黒板の前で叫んだ。相撲《すもう》部も教えている前先生は、恰幅がよく、声が太い。

戦争が終わって七年たっていた。それでも空襲かと思ったのはわたしだけではなかったと思う。みんな不安げに窓の外を見た。

ほかの教室校舎から出てきた生徒たちが、水たまりを避けながら校庭を横切っていく。

「今日は大事な話があるからねー」

前先生は真顔でそう言うと、授業を切りあげた。何が起きたかわからないままに、みんな立ちあがって講堂へ向かう。

講堂は全校生徒と先生でいっぱいになった。臨時の生徒集会だという。

いつも穏やかで鷹揚《おうよう》に構えている校長先生が、前先生と同じように、いつになく厳しい顔をして壇に上がった。

「みなさんは、これまでの七年間、アメリカの統治となり、奄美群島が日本から分離されてきたことによる悲哀を存分にかみしめてきたことと思います。祖国日本を守るため、全島民まさに火の玉となって戦ってきたにも拘わらず、北緯30度で祖国から切り離され、アメリカの占領下に置かれたのです。祖国では戦後復興が着実にすすみ、国民生活は向上し、豊かになっているというのに、わが島では、衣食足らずＨＢＴをまとい、蘇鉄を食べて生きのびるという蘇鉄地獄が続き、学ぼうにも教科書はなく、進学しようにも本土の大学に行くことが密航とされたこの七年間、わたしたちの願いはただ、祖国復帰あるのみでした」

これまでもときどき聞かされた復帰運動の話だった。

つい何日か前に、奄美群島も日本に復帰するというニュースがあったばかりなのに、校長先生は何を言っているんだろう。

わたしたちは顔を見合わせた。

「そして、先週金曜日に、われわれはここで、いよいよ奄美群島も祖国復帰なるというニュースをお伝えしましたが、その喜びもつかの間、今日、みなさんに残念な報告をしなくてはならなくなったことは、われわれ教職員一同、断腸の思いであります。沖永良部《おきのえらぶ》島と与論《よろん》島の復帰はならないことが、本日、判明いたしました」

ざわざわとささやきあう声が波のように広がった。

「どうしてえらぶ《沖永良部》と与論だけー」

「復帰しないのー」

先生のなかには目頭をおさえている人もいた。校長先生の目も赤かった。

「そもそも、一方的で勝手極まりない配給食糧の三倍値上げという軍政府の独断に端を発し、このまま分離されていたら大変なことになると、奄美群島こぞって立ちあがり、奄美大島日本復帰協議会が結成されたのは昨年のことでした。それを受けてわが島でも復帰協議会が結成され、その翌日には奄美群島全島署名運動が行われました。十四歳以上の奄美群島全島民の99・8％、13万9348名が署名するという、前人未到の快挙をなしとげました。署名しなかったのはわずか56人でした」

署名簿が回ってきたとき、うちではナークだけが十四歳以下ということで署名できず、ふくれていたことを思いだす。あまや《おかあさん》あちゃ《おとうさん》が家族全員の名前を書いた家や、同じシマ《集落》

の人が何軒分かまとめて書いて、はんこを捺《お》しただけの家も多かったらしい。それでも、そのとき署名しなかったのはだれだったのか、しばらく噂の種になっていた。

「もちろん奄美群島議会でも復帰要望決議を可決、来《きた》るサンフランシスコ講和条約草案発表を前に、満を持しておりました。ところが、蓋《ふた》を開けてみれば、北緯29度以南の南西諸島および小笠原《おがさわら》諸島はアメリカの信託統治とすることを認めるとの第三条が付帯されているではありませんか。これにより、わが校でも復帰協議会を結成いたし、信託統治絶対反対を合い言葉に、広く全島民に訴えてまいりました」

だれもがしんとして聞き入っていた。言い回しは難しくても、そのことはわたしでも知っていた。もともと鹿児島県だった奄美群島が、第三条というもののせいで、日本から分離されることになったということだった。さっそく奄美群島の代表が復帰陳情のために密航した。この島の代表は鹿児島でみつかって逮捕までされたのに、結局、第三条を取り消してもらうことができなくて、サンフランシスコ講和条約は調印された。

「日本は独立しました。けれども、奄美群島は日本独立の犠牲となって、捨てられたのです」

その後、奄美群島政府を廃止して琉球政府になったのは、奄美群島を沖縄《おきなわ》の一部として一括りにして、返還しないようにしようというアメリカの政略だと校長先生は話した。

もともと鹿児島県大島郡だったこの島は、二・二宣言で日本ではなくなってから、何度も名前をかえていた。

わたしがおぼえているのは、臨時北部南西諸島と奄美群島政府と、今年になってかわった琉球政府奄美地方。ほかにも別の名前になっていたのかもしれないけど、おぼえていない。

そんなのは名前ばかりで、どっちにしろ、アメリカ軍政府の支配のもとにいることはかわらないと思っていたら、いつのまにかアメリカ軍政府はアメリカ民政府になっていた。わたしたちは民政下にいるという。軍政下よりはずっと聞こえがいいけれど、暮らしは何もかわらない。

今の本当のこの島の住所は、琉球政府奄美地方沖永良部島なのに、神戸の親戚から届く手紙には、今も臨時北部南西諸島沖永良部島と書かれている。何度もこの島の住所がかわっていることを、ヤマトゥ《本土》の人たちは知らない。

臨時北部南西諸島と書かれた手紙は、一ヵ月も二ヵ月もかかってやっと届けられた。その所書きを見るたびに、この島は一体、どこからどう見て北なのか、南で西なのかと考えた。

わたしは世界の真ん中にいるつもりなのに、わたしたちの島は、どこかのだれかから見て北だったり、南で西だったりするらしい。

「本日、マーフィーアメリカ大使と岡崎《おかざき》外相との会談で、マーフィー大使は、北緯27度半以北の奄美諸島の行政権を日本政府に返還するか、あるいは委託するかを考慮中であるとのことが明らかになりました。北緯27度半以北とは、徳之島から北であります。つまり、喜界《きかい》島、奄美大島、徳之島までの返還は考えているが、北緯27度半より南、わが沖永良部島、与論《よろん》島、そして沖縄は返還を考えていないということです。近い将来、日本に返還される場合、奄美群島五島のうち、わが島と与論の南二島のみ分離して、返還される。二島と沖縄が捨てられるということです」

奄美群島のうち、えらぶ《沖永良部》と与論だけが復帰できない。

それはたしかに授業を中断するほどの大事件だった。やっとわけがわかって、わっと泣きだした女子の声につられ、あちこちからすすり泣く声が聞こえてくる。わたしはまた出遅れた。

「このまま指をくわえて見ていたら、わが島は永遠に祖国復帰できないでしょう。今こそ、わが島の最高学府である沖永良部高校の生徒諸君が、島民のみなさんを導いて、奄美群島完全復帰、二島分離絶対反対の悲願を成就するため、一致団結して決起すべきときです。わが島の将来は、ひとえにこの復帰運動にかかっています。みなさん、われわれ教職員は、みなさんの奮起《ふんき》を大いに期待いたします。みなさんが若い力でこの悲願達成という大事業に取り組むのであれば、われわれは一丸となって協力いたします。この島の将来は、まさにみなさんの、本日ただいまからの復帰運動の如何《いかん》によって決まるのです」

校長先生は一息に言うと、感極まって目尻を拭った。一瞬、静まりかえったあと、講堂全体からおーっという雄叫びのような声が響き、拍手が巻きおこった。

わたしも遅れて手をたたこうとしたら、生徒会長の大勝《おおがち》さんが壇に上がって、ぴたりと拍手がやんだ。

「ただいま、校長先生より、これまでの復帰運動の経過と悲報のご報告、そしてもったいなくも、わたしたち生徒への多大な期待をいただきました。この悲報に接し、われら沖永良部高校の生徒一同が取るべき行動はひとつしかありません。復帰運動あるのみです。ご異議ありませんか」

「異議なし」

「賛成」

あちこちから叫び声が上がり、講堂をつんざく甲高い指笛と拍手をもって、大勝さんの主張は歓迎された。あれよあれよという間に、どんどん話し合いはすすんでいき、まずは全職員全校生徒による島内一周デモ行進を行うことが決まった。それに伴《ともな》って、授業はすべて取りやめとなった。


何がなんだかよくわからないままに、とりあえず教室へ戻ろうとしたら、大勝さんに呼びとめられた。

「東《あずま》さん」

生徒会の人たちが集まって、こちらを見ていた。

「字がうまいんだってねー。デモ行進で使う旗を作るんだ。手伝ってよー」

大勝さんの後ろにユキが立っていて、わたしを促すように頷いた。

みんなが見守る中、大勝さんの言うままに、白布に「南部二島分離絶對反對《ぜったいはんたい》」と筆で書いた。「南部」を大きく書きすぎて、あやうく文字が入りきらなくなるところだった。

それでも、書きあがった瞬間、みんなは一斉に手をたたき、指笛を鳴らしてくれた。

「のびのびして、とてもいい字だねー」

大勝さんがほめてくれた。わたしは生徒会に属してはいなかったけれど、大勝さんとは学芸会の劇を一緒に準備していた。英語の平先生がシェイクスピアの「ハムレット」の脚本を書いてくれ、配役決めが始まっていた。

生徒会の三年生たちが言うままに、「奄美群島完全復歸《ふっき》」「毋國《ぼこく》復歸は兄弟五島揃って」などとも書いた。それからは気をつけたので、なんとか文字のバランスの取れた旗ができた。

「こんなのを書いて、アメリカ軍は大丈夫なのー」

わたしが書くのを覗きこんでいた生徒会の佐々木《ささき》さんが言った。

「大島《奄美大島》では、デモ行進のプラカードは禁止されたんでしょー」

「大島にはアメリカ政庁があるから、復帰運動の弾圧がものすごいんだよー」

佐々木さんの言葉に大勝さんはこたえた。

「逮捕された人もいるって」

「刑務所に入れられて、仕事もなくして、高い罰金も科せられて、家屋敷までなくした人もいるんでしょー」

三年生は口々に言う。

「それでも、大島の人たちは、壊されたプラカードを持ち帰る名目で掲げてねー、それぞれのシマ《集落》に帰ることで、しっかりとデモ行進を完遂したからねー」

大勝さんはみんなの不安を拭いさるように、真っ白な歯を見せて言った。

「やってみて、もし禁止されたら、ぼくたちも大島の真似をしよう」

大勝さんの頼もしい言葉に、また拍手と指笛が鳴った。

なんとか最後の一枚を書き終えると、乾き切るのを待ちきれず、みんながわたしの書いた旗を掲げて、歓声を上げ、指笛を鳴らしながら、一斉に校庭に出ていく。

その盛りあがりについていけないでいたら、講堂を出ていく人の流れに押しだされた。

流れの中にはトラグヮーもいて、目が合った。

「次の時間、体育だったのになー」

トラグヮーは呟いた。なおもぐちろうとするトラグヮーを、ユキがつっついてとめた。

こんな状況でそんなことを考えているトラグヮーがおかしかった。

先生が手配してくれたトラックが校庭に着くと、大勝さんはじめ、ブラスバンドの面々が「南部二島分離絶對反對」の旗を持って乗りこんだ。ユキもトロンボーンの担当だったので、トラックに上がった。

茅葺き校舎に似合わない、ブラスバンドの金ぴかの楽器は、アメリカ軍が貸してくれたものだった。放課後になると大山のレーダー基地からブラスバンド隊員が来て、生徒に教えてくれる。練習の成果は、今度の運動会で披露されることになっていた。

二年前、小米《ふぐみ》港の砂浜に上陸用舟艇《しゅうてい》で乗りあげて、アメリカ兵がやってきたときにはおそろしかったけれど、ブラスバンドを教えてくれたり、グローブやボールをくれて、校庭で野球を一緒にやるようになったころから、親しみを感じるようになった。

野球はさすがに強くて、高校生は負けてばかりだったのに、なぜか相撲は強くなかった。相撲大会にやってきて、力自慢のシマ《集落》の人たちに大きな体でころころ転がされては、うれしそうにわらっていた。車にばかり乗っているから足腰が弱いんだろうと、投げとばしたシマの人たちは得意げに話していた。

やっぱり「南部」の字が大きすぎたな、この旗じゃなくて、あとから書いた旗を掲げてくれればよかったのに、なんて、いつものようにうじうじと思いながらトラックの下から見上げていると、ユキが荷台の上から声をかけてきた。

「カミもおいでよ」

女子は生徒会の人だけしか上がっていなかった。あわてて手を振った。

「声もきんきん高いしな」

そんなことを言うユキをちょっとだけにらむ。でも、いつもと同じユキにほっとする。

「わたしはいいよー」

ユキはわらいながら頷いて、トラックはゆっくりと走りだした。乗れなかった殆どの生徒たちは、先生と一緒に、トラックのあとからついていく。

ブラスバンドの演奏が始まった。知らない曲だ。

その演奏の切れ間に、みんなが旗に書いた言葉を叫ぶ。

「南部二島分離絶対反対」

「奄美群島完全復帰」

どうしてみんなはそんなに大きな声で叫べるんだろう。

この言葉を、わたしはついさっき知ったばかりだった。初めての言葉をそんなにすぐには口から出せない。

みんなの声に埋もれて、わたしは、ただ、さとうきび畑の間の道を歩くばかりだった。

やがてトラックは先に行ってしまい、国頭《くんじゃい》あたりまで回って、夕暮れどきになってから戻ってきた。わたしとユキとトラグヮーは一緒に帰った。

「つかれたねー」

何も知らないトラグヮーは、わたしとユキの間に挟まって歩いた。ユキがトラグヮー越しにわたしを見ては、ほほえみかけてくれる。うれしいけれど、トラグヮーがいてくれてよかったと、なぜか思う。

「ユキがトランペットで吹いたのって」

「トロンボーンねー」

トラグヮーの言葉を、思わず訂正してしまう。

「どっちでもいいよー。なんて曲なのー」

「アメリカ国歌だよ」

ユキがわらいながら答えた。

「ええっ」

トラグヮーとわたしは顔を見合わせた。

「アメリカ国歌って」

「アメリカからの復帰運動なのに」

ユキは肩をすくめた。

「まだこれしか習ってないんだよ」

わたしたちは吹きだしてわらった。

わたしの笑い顔を、ユキがトラグヮー越しに見ているのがわかる。授業中も、ユキはずっとわたしを見ていた。集会のときも、旗を書いているときも、ずっと。

まだ強い風が、わたしの前髪を捲りあげた。

わたしは前髪を押さえながら、気づかないふりをして、わらいつづけた。

おそれていたアメリカ軍からの反対はなく、毎日、放課後にデモ行進をすることになった。昨日のデモでは何を言っていたのかわからなかったという人もいたようで、「えらぶ《沖永良部島》を返せ」「祖国日本に帰ろう」「復帰運動がんばろう」などの簡単な言葉をつかって呼びかけることになった。

旗も、生徒会の三年生の言う通りに、「永良部輿論《えらぶよろん》も日本復帰を求める」とか「母の國《くに》・兄弟の國・祖國《そこく》に帰《かえ》ろう」とか「北三島の兄弟は帰る　我々も是非帰せ」といった言葉に書き直した。

やっぱりトラックには乗らず、みんなと一緒にさとうきび畑の間の道を行進していると、紙が回ってきた。復帰の歌という題名と歌詞が書いてある。

「佐伯《さえき》先生が作った歌だってー」

「どんな曲なのー」

「曲はないんだってー」

「あべや《なんだ》、それじゃ歌えないねー」

ところが、後ろのほうから、歌が聞こえてきた。曲は流行歌の異国の丘だ。

何で帰さぬ　永良部と与論
同じはらから　奄美島
友ようたおう　復帰の歌を
我等《われら》血をはく　この思い

わたしのそばにいたみんなが、一斉に声を合わせて歌いだした。ちょっととまどったけれど、歌ならわたしも歌える。そっと声を揃えた。
学校に戻ると、音楽の柴《しば》先生が歌詞にふさわしい歌を作曲してくれていた。その曲は最初から復帰の歌だったかのように、歌にぴったりだった。

何で帰さぬ　永良部と与論
同じはらから　返すのに
友よ叫ぼう　我等の熱を
我等黙って居られようか

歌いながら涙ぐむ同級生もいた。興奮は冷めやらず、旗を作ったり歌を歌ったりして、みんな、なかなか帰ろうとしない。学校に寄宿している生徒だけは残ることができると、いつもは気の毒に思っていた寄宿生たちを羨ましがった。

寄宿生は学校の敷地の隅に建てられた、砂糖小屋のような掘建て小屋で寝泊まりしていた。高校は島の真ん中にあったので、田皆《たんにゃ》や国頭《くんじゃい》といった、自宅が遠い人たちは、月曜には米や野菜や味噌《みそ》を担いで登校し、家庭科教室を借りて自炊し、土曜になると家に帰っていた。

近所の人たちも気の毒がって、食べ盛りの寄宿生たちが週末に食べるものがなくなって畑で大根やウム《芋》を抜いても、大目に見ていたくらいだった。それほど大変でも、寄宿舎に入れた生徒はまだ幸せだった。田皆は大山の向こう側だから、大山を越えてアメリカ軍基地を通ってこないといけない。高校に進学する予定だったのに、娘がアメリカ軍基地を通るのを心配した両親にとめられて、泣く泣く進学をあきらめた女子もいたという。

結局、みんなが復帰の歌を歌いながら下校すれば、それも立派な復帰運動になるということになり、三々五々、通学生たちも学校を出た。

外はもう暮れかけていた。

わたしとユキとトラグヮーは一緒に帰った。さとうきび畑の中で復帰の歌を歌ったけれど、わたしはつかれて、歌の途中で遮《さえぎ》るように言った。

「なんだか大変なことになったねー」

昨日からのめまぐるしさに、ついていけなかった。

「これからどうなるのかなー。ずっと復帰運動するのかなー」

「今が大事なときだからね」

「復帰しないと、ヤマトゥ《本土》の大学にも行けないというのはわかるんだけど」

「ぼくは検定を受けるからいいやー」

トラグヮーは言った。教師資格をもらえる検定試験は、大島《奄美大島》から試験官が来るので、えらぶ《沖永良部島》で受験することができた。

「トラグヮーは先生になるのー」

ユキだけがせっかちだと思っていた。トラグヮーまでそんなことを考えていたなんて。

「なんとなくだけどねー。うちはトミグヮーたちがいるからねー。島を出ないですむだろー」

つくづく、トラグヮーはうとぅ《弟妹》ー思いだ。

「あちゃ《おとうさん》も喜ぶしねー。カミはどうするのー」

「わからないよー」

わたしはそう言うしかなかった。

「考えたこともなかったよー」

「のんきだなー」

「カミらしいね」

トラグヮーもユキもわらった。

「でももう二年なんだよー」

「トラグヮーにそんなこと言われるとは思わなかったよー」

わたしもわらった。

トラグヮーと別れたあと、わたしとユキはならんで歩いた。

「つかれたよね。カミはずっと歩いてたしね」

「ユキこそ、ずっとトロンボーンを吹いて、つかれたよねー」

「トラックだから楽だよ。カミも乗ればいいのに」

「わたしはいいよー」

ユキはわらった。

「カミは高いところ苦手だもんね」

「別にそういうわけじゃないよー」

わたしは強がってみせた。

「わかってるよ」

ユキの笑顔は、闇に溶けこみつつあった。

「神戸に密航したマチジョーを見送るとき、カミだけ木に登れなかったよね」

「そんな昔のこと、わすれたよー」

あのとき、トラグヮーが上から引っぱりあげてくれて、ヤンバルとユキは下から押しあげてくれた。なんべんやっても登れなくて、あきらめかけていたわたしに、ユキはわらいながらくりかえしてくれた。

大丈夫だよ。

なんべんでもやればいいよ。

「カミのことなら、だれよりもわかってるからね」

闇に消えたユキの顔。

「ヤンバルとトラグヮーには、かなわないけど」

見えなくなっても、わたしにはユキの笑顔がわかる。どんなときもかわらず、わたしにわらいかけてくれる顔。

そのとき、ユキの手がわたしの左手に触れた。闇の中で、その手がわたしの手を包みこんだ。

どきっとして、思わず、わたしはユキの手を振りほどいてしまった。

「また明日ねー」

わたしは家の明かりに向かって走りだした。

まだ月は出ておらず、足許は暗かったけれど、空は星でいっぱいだった。

いつの間に、ユキの手はあんなに大きくなったんだろう。

胸の高鳴りがやむまで、石垣の中に入れなかった。あまや《おかあさん》ナークの顔を見られなかった。

風がわたしの頬のほてりを冷ましてくれる。まだいくらか強い風は、おぼえのある匂いに戻っていた。この島を囲む海の匂いだった。

ナークの通う小学校でも、授業中に一点鐘が鳴らされ、校長先生の話を聞いたという。校長先生は涙ぐんでいて、生徒や先生も泣いていたらしい。早速小学生も復帰デモ行進をし、戻ってからは日本復帰を願う作文を書いたという。

でもナークは、運動会が中止になったことに憤《いきどお》っていた。

「今は運動会よりも、日本に復帰できるかどうかが大事なんだってー。運動会に使うお金を復帰運動に募金するって、校長先生が言ったんだよー」

運動会は高校でも復帰運動のため中止になっていた。運動が苦手なわたしはうれしかったけれど、運動好きなトラグヮーはがっかりしていた。「ハムレット」の劇をやる予定だった学芸会も中止になって、オフィーリアをやらされそうになっていたわたしは、内心ほっとしていた。

「それだけじゃなくてねー、教室に戻ったら、ウミが、わたしはお小遣いも復帰運動に募金しますなんて言いだしたんだよー」

まじめなトラグヮーの妹らしい発言だった。夕食のヤラブケー《蘇鉄の実の粥》のお椀を持ったままのナークに、わたしは集会で聞いた受け売りの復帰目的を話してきかせた。

「日本に復帰したら、さとうきびもお米ももっと高い値段で売れて、ナークもお小遣いがもらえるようになるんだよ。新しい教科書ももらえるんだよ。ナークだけの教科書。もう山羊に食べられても、謝らなくていいんだよー」

小学校に入学した三年前。ナークは同じシマ《集落》の二年生から回ってきた教科書がうれしくて、わたしに見せ、あま《おかあさん》に見せ、あじ《おばあさん》に見せ、日が暮れてから帰ってきたじゃーじゃ《おじいさん》にも見せた。それでも満足せずに、牛小屋に持っていって牛に見せ、山羊小屋へ行って山羊に見せたときに、母山羊に教科書をむしゃむしゃと食べられてしまったのだ。

じゃーじゃがウミから借りてきた教科書を、一週間かけて西洋紙に書き写して、紐で綴《と》じて事なきをえたけれど、二年生になるときが大変だった。次に教科書を譲ることになっていた新入生は、自分の教科書だけが他の子とちがうと泣いていやがった。結局、トラグワーのもうひとりの妹がそれでもいいと言ってくれ、ナークの教科書はトラグワーのうちへ回った。いつも優しいじゃーじゃが書いた教科書だからと喜んで使っているよ、とトラグワーは言ってくれてほっとした。

わたしとあまはそのときの大騒ぎを思いだしてわらった。

「復帰してアメリカ軍の基地がなくなれば、ヘリコプターが校庭に降りてくることもなくなるよー。もう体育の最中に逃げなくてもよくなるんだよー」

島には飛行場がないものだから、アメリカ軍の飛行機が落下傘をつけた物資を山へ落としたり、ヘリコプターが小学校の校庭に降りてきたりする。体育の授業中だろうが休み時間だろうがお構いなしで、ヘリコプターが降りてくると、生徒も先生も蜘蛛《くも》の子を散らすように校庭から逃げだし、校舎に避難する。

ナークに言ってきかせながら、自分がしっかり復帰運動に参加していないことに申し訳ない気分になる。みんな大声で叫んでいるのに、わたしはまだ、みんなについて歩くことしかできていなかった。

「作文もねー、ウミの作文はほめられて、学校の代表でヤマトゥ《本土》に送られるんだって。でも、ぼくの作文は、ぼくだっていっしょうけんめい書いたのに、思いがこもってないって」

ナークは口をとがらせながら言った。

「こんな作文じゃ日本復帰なんてできないって言うんだよー」

「ウミはなんて書いてたの」

「むどぅちたぼりって《もどしてください》。日本は母の国。どうかえらぶ《沖永良部島》を母の胸にむどぅちたぼりって」

「いいことを書くねー」

「どうしてかわからないけど、そこだけ島ムニ《言葉》なんだよー。先生もいつも日本語で話せ、日本語で文章を書けって怒るくせに、ウミの作文はほめるんだよー」

「それがいいんだよー」

「あとねー、わたしのあちゃ《おとうさん》は日本人として日本のために戦って死んだのに、日本に復帰できないのはおかしいって書いた子の作文も選ばれてたよ」

わたしとあま《おかあさん》は顔を見合わせた。

それは、ナークも同じだった。ナークのあちゃもたったひとりのみー《兄さん》も、日本のために戦って死んだ。

「その通りだねー」

あじ《おばあさん》が先祖棚《シンソダナ》を見ながら頷いた。

「ナークはなんて書いたのー」

「復帰運動も大事だけど、ぼくは運動会をしたいって書いた」

「あべー《あれー》、それじゃだめだよー」

わたしもあまもあじも手を打ってわらった。

ヤラブケー《蘇鉄の実の粥》をすすっていたじゃーじゃ《おじいさん》だけは、わらわなかった。


デモ行進の後、帰ってからの水汲みやウム《芋》掘りはつらかった。

しかも、ときどきは青年団で踊りの稽古《けいこ》もあった。夕食をすませると、セーラー服からＨＢＴの生地のワンピースに着替え、中学校へ行って、踊りの稽古をする。電灯の下で、中学校のときの同級生と一緒に谷茶前《たんちゃめー》や鳩間節《はとうまぶし》を踊る。

谷茶前を踊っていると、時折、暗い外から指笛の音が甲高く響いた。

青年団の若者たちが外から見ている。中学校のときの同級生の顔もいくつか見えた。

女の子たちはみんな、わたしのワンピースと同じＨＢＴの生地で作ったスカートやズボンを穿《は》いていた。外でふざけて指笛を鳴らす若者たちもみんな、同じ生地で作ったズボン姿だ。

揃って鳩間節を踊りながら、セーラー服を着替えてきてよかったとあらためて思う。それは単に高価な服を身につけているということではなかった。セーラー服は、自分だけが高校に通っているという印だった。一緒に踊っている友達も、冷やかしに来ている若者たちも、高校に進学できずに働いていた。

くるりと回ったとき、電灯の光に浮かびあがった外の人たちの中に、学帽が見えた。

ユキだ。

ユキがわたしを見ていると思ったとたん、わたしは踊りをまちがえた。逆に回ってしまって、みんなにわらわれた。わたしも照れ隠しにわらいながら、いつもわらいあってくれる美奈子がいないことに気づいた。

踊りおわって外に出ると、ユキとヤンバルが電灯の灯りの外に立っていた。

「ヤンバル、帰ってきたのー」

今年になってヤンバルは蘇鉄でんぷん工場をやめ、沖縄へ出稼ぎにいっていた。

「カミ、うまくなったなー」

ヤンバルがほめてくれた。照れくさくて、つい言ってしまう。

「そんなことないよー」

「逆に回ってたしね」

ユキが言い、ヤンバルもユキもわらった。わたしもわらった。

ヤンバルは、前に会ったときよりもずっと日に灼《や》けて、真っ黒だった。無精髭《ぶしょうひげ》も生えて、とても同い年とは思えない。

三人でならんで歩いて帰った。シマ《集落》の入り口のガジュマルの下まで来ると、ヤンバルは足をとめた。

「これ、戦果やるよ」

わたしたちに缶詰をひとつずつ手渡してくれる。わたしはヤンバルの剝《む》きだしの腕が太いのに驚いた。いつの間にこんなに太くなったんだろう。ユキの二倍はゆうにある。

「みへでぃろー《ありがとう》」

お礼を言いながら見るが、暗くて缶詰の文字が読めない。

「コンビーフだよ。肉だけの缶詰だ。うまいよ」

ハーシーというごった煮の缶詰はまれに配給があったが、コンビーフというのは初めてだった。

「わたしたちにいいのー。おうちに持っていってあげてー」

ヤンバルには妹が四人いた。兄もひとりいたけれど、満蒙開拓青少年義勇軍で満洲《まんしゅう》へ行ったきり、結局戻ってはこなかった。

「いくらでもあるから大丈夫だよー」

「そんなにたくさん、どうしたのー」

「基地に運びこむときに、アメリカのトラックから落とすんだよ。米の袋とか缶詰の入った箱とか、箱ごとな。落とす場所を決めておいてそこに拾いにいくんだ。警備してるやつはいるけど、だれもまじめに見てない。数も数えてないみたいだし」

「ヤンバルはすごいな」

「すごいのはアメリカだよー。与那原《よなばる》に行ったら、浜が赤くなっていてねー、何かと思ったら、戦争のときに使った舟艇がいっぱい、錆《さ》びて真っ赤になって捨てられてるんだよ。上陸したときに一回使っただけの舟艇だよ。無数にならんでて、砂浜が真っ赤になってるんだ。戦車なんかもあちこちに捨てられててねー。こっちは薬莢拾って売ったり、戦闘機のジュラルミンで鍋釜作ってるっていうのに」

「そんなのと戦争して勝てるわけがないよな」

ユキがトラグヮーと同じことを言った。

「畑の隅やすすきの下には、人間のショーカン《頭蓋骨》や骨がごろごろしてるしなー。沖縄全部トゥール《風葬》墓みたいな感じだよ。どこのだれの骨だかもわからない。しかたがないから、みんな一緒くたにして魂魄《こんぱく》の塔というところに持っていくんだよー」

空襲どきには、朝から晩までずっと、アメリカの艦砲射撃の音が沖縄から聞こえていた。四月一日には上陸していたと戦後になって知ったけれど、艦砲射撃の音と地響きは、それからずいぶんあとまで聞こえてきた。サバニ《くり舟》に乗って海を渡って、この島に逃げてきた日本兵もいた。

「水道管に入れて運ぶのもやったよー。太《ふ》っとい鉄の水道管に戦果入れて、鉄砲持った兵隊の前を堂々と歩いてね」

「あぶないねー」

わたしは暗闇の中、ヤンバルの声のほうに向かって言った。

「たいしたことないよ。おれらなんかかわいいもんだよー。舟艇から何十箱と横流ししているやつもいるらしいよー。それを密貿易して、おおもうけしてって、おれらには想像もつかない世界だよー」

「トラグヮーにも分けてあげないとねー」

「もう持ってったよー」

「美奈子にも」

「持ってった。美奈子、でんぷん工場やめたって知ってたか」

ヤンバルの言葉にわたしもユキも驚いた。

「なんで」

「工場閉鎖されるらしいよ。おれが働いていたときからかなり仕事へらしてたからな」

「今日、美奈子来てなかった」

「洗濯ガールになるんだってよー」

わたしとユキは言葉を失った。

アメリカ軍の基地では、洗濯や炊事のために女性が雇われていた。給料がいいので、若い人だけでなく、戦争で夫をなくした人も働いていた。

ただ、中には、兵隊と恋仲になって捨てられた人も、妊娠して本隊に戻った兵隊を追いかけて沖縄へ行った人もいた。その人はすぐにむなしく戻ってきた。本国アメリカに戻られてしまったら、もう追っていきようがない。

「とめたけどね、どうしようもないよな。トラグヮーに教えといてよ」

「そうだね」

トラグヮーが美奈子をすきだということは、わたしたちの間では暗黙の了解だった。

「あいつは一途だからな」

わたしたちはわらった。トラグヮーは、戦後に美奈子が神戸から引き揚げてきたときから、ずっと美奈子に夢中だった。美奈子がでんぷん工場に就職すると聞いて、自分も高校にいかないと騒いだくらいだ。もちろん、あちゃ《おとうさん》に大目玉を食らって、おとなしく高校に進学はしたけれど。

美奈子のあま《おかあさん》はもともとヤマトゥ《本土》の人で、色の白い、線のほっそりしたきれいな人だった。美奈子はあまによく似ていた。島の人は男も女もおしなべて色が黒い。美奈子に夢中になるトラグヮーの気持もわかる。

「なんでカミはセーラー服じゃないのー」

不意にヤンバルが言った。わたしは返事に困って、しどろもどろに答えた。

「だって、みんな普通の服だし」

普通の服というのはＨＢＴの服のことだ。

「セーラー服着て稽古来てる子いないからねー」

「買ってもらったんだろー」

ヤンバルはいたずらっぽい声で言った。

「戻る前に、カミのセーラー服見たかったなー」

「もう沖縄行くのー」

「お盆《ショーロ》に帰るつもりだったんだけど、間に合わなかったからねー。墓参りして、船が出るようになったら沖縄に戻るよ。ここにいても一円にもならないし」

「ずっと沖縄で働くつもりなのー」

「給料が全然ちがうからねー。沖縄で働けば、フミたちに米の飯を食べさせてやれる。働いてるやつも見張ってるやつも、沖永良部《えらぶ》と与論から来たやつばっかだよ」

「沖縄は今、空前の基地建設ブームだからね、アメリカは奄美の人間の人手が欲しくて、琉球政府にしたんじゃないかな。同じ政府なら行き来しやすいからね」

ユキの言葉に、なるほど、とひそかに頷く。日本と分離していて、ヤマトゥには行けない。この島の人たちは、仕事が欲しければ沖縄へ行くしかなかった。

「かもな。まあ、おれにはありがたいよ。美奈子のこともなんとかしないと」

その言葉にはっとした。

ヤンバルこそ、美奈子がすきだったのだ。

呟いた言葉をごまかすように、ヤンバルは大きくわらいながら続けた。

「フミがさ、ワンピースほしいって言うんだよ。ＨＢＴじゃないやつ」

ヤンバルの末の妹のフミも、ナークと同い年だった。

「袖《そで》がふくらんでて、腰はリボンになってて、ひらひらしてるのがいいんだって。赤ちゃんだって思ってたのにな。いつの間にかそんなこと言うようになってて。今度は正月に戻るよ。それまでにせいぜい稼がないとな」

「ヤンバルはえらいな」

ユキの言葉を、ヤンバルは即座に打ち消した。

「おれなんか全然だめだ」

だれにとってだめなのか。ヤンバルはここにいない美奈子のことを考えていたにちがいなかった。同じでんぷん工場に就職したのは、家計を支える美奈子を助けたかったから。でんぷん工場をやめて沖縄へ行ったのは、手っ取り早くお金を稼ぎたかったから。きっと、美奈子にだけは、缶詰のほかにも届けたものがあるはずだ。

そして、やっぱりわたしは、ずっと前から知っていた。

ずっとユキがわたしをすきだったことを。ユキもきっと、神戸から引き揚げてきてからずっと、わたしのことがすきだった。

ユキはせっかちじゃない。ずっとずっと、わたしのことを見てくれていたのに、わたしはせっかちだなんて思ってしまった。

あれから何年たったんだろう。

わたしたちは、毎日一緒にいた。

みんなでこのガジュマルの木に登り、密航するマチジョーを見送った。臆病《おくびょう》なわたしは、木に登るのがこわかった。わたしがこの木に登ったのは、あの日だけだった。

わたしたちが出会い、別れたあの日から。

暗闇の中で、わたしたちは黙って、それぞれにだれかのことを考えていた。

ヤンバルは美奈子のことを。ユキはわたしのことを。わたしはユキのことを。それからきっと、もう二度と会うことはない、マチジョーのことも。

自分ではない、だれかのことを思っている。

わたしたちはいつの間に、こんなに大きくなってしまったんだろう。


復帰運動は、復帰の歌とともに、島中に広がっていった。

町を挙げての日本復帰町民大会が開かれ、学校ばかりでなく、青年団や婦人会まで復帰デモ行進を行うようになった。

婦人会のデモ行進では「最後までがんばろう」という、学級目標のようなスローガンもあったけれど、「運動資金へ臺所《だいどころ》の節約」「我等の幸福は祖國復歸にあり」といった婦人会らしいものもあれば、「奄美民族血の叫び」「何日か祖國へ歸らん　今こそ立て町民よ」というような、勇ましいものもあった。やっぱり大人はちがうと感心する。

断食祈願も行われた。小学生からお年寄りまで、小学校の校庭に集まって、夕方から翌朝まで徹夜で断食をする。「日本復歸貫徹斷食總決起《だんじきそうけっき》大會《たいかい》」というものものしい旗のもとに集まった人たちは地べたに座り、復帰演説を聞く。一晩中、入れ替わり立ち替わりだれかが朝礼台に上がって、朝まで演説は続けられる。

学校の先生や議員さんの演説によると、アメリカは民主主義の国だから、人の命を大事にする。だから断食を一番こわがる。アメリカ人に訴えたいなら、断食が何より効果的だという。また、こうして行われる復帰運動は、大山のアメリカ軍のレーダーによって、逐一本国に伝えられているという。

あんまりたくさんの人が集まって、夜遅くまで騒いでいるので、祭りだと思ったアメリカ兵がやってきたこともあった。彼らは、軍服姿でものめずらしそうに、座りこみを続けるわたしたちを見ていた。神社に向かう行進に混じって歩いたり、みんなが拳を突きあげて「えらぶ《沖永良部島》をかえせー」と叫ぶのと一緒になって、意味もわからずまねて叫ぶアメリカ兵もいた。

島の二人の町長は、沖永良部島と与論《よろん》島の二島だけの復帰除外反対署名を携え、小米港《ふぐみ》に集まった島民に万歳の声で見送られて、東京へ復帰陳情のため旅立った。さすがに町長なので密航はできず、まずは沖縄でヤマトゥ《本土》へ渡るためのパスポートを発行してもらっての本土行きだった。与論島の村長もあとから行くことになっていた。

署名率は、沖永良部島、与論島ともに100％だったという。

「与論の子は、血書嘆願をしたらしいよー」

「小学生もかねー」

朝のウム《芋》を食べながら、あま《おかあさん》とあじ《おばあさん》が話す。

「小学生も中学生もだってよー」

「すごいねー」

学校ではたびたび断食をして復帰祈願をするようになっていた。断食は簡単だった。弁当を持たずに登校するだけだ。ナークの通う小学校では、「明日は断食ですよ。弁当は持ってこないように」と、先生が前日に言うという。

食べおわったナークが、「何で帰さぬ　永良部と与論」と復帰の歌を歌いながら、セーマグ《かご》からウムを取って手拭いに包もうとした。あまが止める。

「今日は断食でしょー」

「ちがうよー」

「あべ《あれ》あべ《あれ》、この子はこれだから困るよ。ウミから聞いたよ。今日は小学校は断食だって」

あまが言った。

「断食に弁当持っていったら、大変だよー」

「断食だと準備がなくて助かるねー」

あまは冗談めかして言ったけれど、本音かもしれない。家族で食べるたくさんのウムを、一食分用意しなくてすむのだ。わたしもその分、ウム掘りに行かなくてすむ。

ナークは手にしたウムをセーマグに戻した。

ナークは、「我等血をはく　この思い」と大声で歌いながら、空になった手拭いをふざけて頭にかぶると、庭に飛びおりた。そのまま裏へ駆けていく。

驚いた山羊の鳴き声が響く。

「朝から元気だねー」

あじ《おばあさん》がわらった。

アメリカ軍の基地でクリスマスパーティーをやると聞いて、ナークは嬉々として帰ってきた。

「クリスマスプレゼントがもらえるらしいよー」

基地にはだれも行ったことがなかった。

「大山のてっぺんまで、ナークの足で行けるかねー」

あじが心配してじゃーじゃ《おじいさん》に訊《たず》ねる。

「空襲どきに日本軍の守備隊がいたところだねー。大丈夫だよー。壕《ごう》を掘りにマチジョーを連れていったからねー」

「平気だったー」

あじが訊ねる。

「平気だったよー。あの子は強い子だったからねー」

「なつかしいねー。あの子も神戸で高校に行ってるんだろうねー」

あじの言葉に、あまも《おかあさん》じゃーじゃも頷いた。

この家でマチジョーの名前を聞くのは久しぶりだった。みんながマチジョーを忘れていなかったことにほっとする。

じゃーじゃはふと、わらいながら言った。

「守備隊の隊長がとても臆病でねー、グラマンが一機でも飛んでくると、一番に防空壕に逃げこむんだよー」

わたしたちもわらった。

「そのときはなんてひどい隊長だろうと思ってあきれていたけどねー、えらぶ《沖永良部島》はそんな隊長でよかったよー。アメリカ軍が上陸した渡嘉敷島《とかしき》あたりでは、守備隊長が勇ましくて、島の人たちがみんな集団自決したからねー」

じゃーじゃは先祖棚《シンソダナ》を見ながらくりかえした。

「えらぶは臆病な守備隊長でよかったよー」

ナークはじゃーじゃの話を聞いていない。

「じゃあ行ってくるねー」

もう縁側から降りようとするナークに、あじが声を掛ける。

「あや《姉さん》についていってもらうんだよー」

ナークは頷いた後、だれにともなく訊いた。

た。

「クリスマスって何ー」

だれも答えず、あじ《おばあさん》が話をかえるようにわたしに言った。

「トラグヮーにもついていってもらえばー」

声を掛けると、ウミもトラグヮーも一緒に行くことになった。ウミはフミも誘ってきた。ナークはそれ以上質問をくりかえさず、わたしたちはほっとした。

大山の頂上に続く道は、アメリカ軍の車が通るので、島で一番広くて平らな道路だった。ジープが駆け抜けるたびに砂ぼこりの舞う、なだらかな坂道を登っていく。クリスマスを聞きつけたのか、セーラー服の小さな女の子たちやその家族も基地に向かって歩いていた。

てっぺんの木は切り倒されて、太い道路と広場《トー》ができていた。アメリカ兵の宿舎らしい、緑色のテントが無数にならんでいた。門も警備もなく、どこからどこまでが基地かもわからないような、あけひろげな基地だった。

アメリカ兵はたくさんいた。男の子は興味深そうに寄っていくくせに、アメリカ兵に話しかけられると、悲鳴をあげて逃げ散る。

ナークだけはそばに寄っていって、大声をあげた。

「ギブマネー」

一体だれに習ったんだろう。思わず吹きだしたが、ナークは大真面目にくりかえす。

「ギブマネー」

アメリカ兵はにこにこして、ナークに大きな板チョコレートをくれた。

「戦果あげたぞー」

ナークは、集まってきた男の子たちと分けあって頰張る。わたしにもひとかけらくれた。チョコレートなんて、何年ぶりだろう。前に食べたのはいつか思いだせないほどなのに、そのたとえようのない甘さはおぼえていた。

ブラスバンドが始まり、テント兵舎前の広場は、坂道を登ってきた島の人たちでいっぱいになった。兵舎の裏に立つ、ＨＢＴではないワンピースを着ている女の人たちは、洗濯ガールらしかった。美奈子を捜したけれど、いなかった。

演奏が終わると、ジープが出てきて、荷台に乗ったアメリカ兵がばらばらと何かを撒《ま》いた。そのとたん、島の人たちがわあっと駆け寄って拾いはじめた。

チョコレート。ガム。あめ。パン。蘇鉄を食べているこの島では、もうずいぶん長い間、見たことも食べたこともないようなものばかりだ。すぐに奪い合いになって、広場は大騒ぎになった。アメリカ兵のやり方は、まるで、鶏に餌《えさ》をやるようだった。それをジープの上からわらって見ている。

ナークも夢中になって拾っていた。

校庭にアメリカ軍のヘリコプターが降りてくるたびに、大すきな体育が中止になったとむくれていたのに。ナークはおぼえてはいないだろうけど、わたしの背中にいたころ、機

わたしはむかむかしてきて、ナークの服を掴《つか》むと騒ぎから引っぱりだし、「帰るよ」と
言って歩きだした。
トラグヮーはと捜したら、地面に這《は》いつくばって、妹や弟たちと一緒に菓子を拾ってい
る。その姿にあきれるというよりおかしくなって、わたしはつい、わらいだしてしまった。
そのすきにわたしの手を逃れ、ナークはまた、菓子を拾いはじめた。
アメリカ兵たちはわたしたちがいる間、ずっと楽しそうにわらっていた。こども好きな
兵士が、ウミの背中の弟をあやそうと顔を覗きこんで、火のついたように泣かれ、またわ
らっていた。
こんな人たちが、ほんの数年前、わたしたちめがけて機銃掃射してきたなんて、とても
信じられなかった。そして、ほんの数年前まで、アメリカ兵を鬼畜米英と呼び、竹槍で突
き殺そうとしていた人たちが、お菓子をもらって喜んでいることが、何よりも信じられな
かった。わたしだって、あちゃ《おとうさん》とイチみー《兄さん》を鬼畜米英との戦いで失ったのに、弟を連れて
来て、鬼畜米英と呼んでいた人たちがばらまくお菓子を拾わせている。
帰り道、畳んで持っていった風呂敷は重たくなっていた。トラグヮーの妹のウミと、ヤ
ンバルの妹のフミは、重さをくらべあってわらっていた。
ふと、ナークがいないことに気づいた。

海を見下ろす坂道を、夕日を浴びながら、たくさんの人がわらいさざめきながら下っていたので、どこにいるのかわからなかった。いつも遊んでいる男の子の群れの中にもいない。

「捜してくるよー」

トラグヮーが走って基地に引き返してくれた。

夕日は真っ赤になっていた。もうすぐ日が沈む。

わたしは何をするのも遅い。気づいたときには手遅れで、後悔ばかりしている。どうしてわたしはいつもこうなんだろう。

「ナーク、大丈夫かなー」

「大丈夫だよー。まだ戦果あげてるのかもねー」

ナークから目を離した自分を責めながら、心配そうに見上げるウミには、安心させようとわらいかける。

このまま、ナークがアメリカ兵に連れていかれてしまったらどうしよう。

そんなことまでつい考えてしまったとたん、頭の上から大きな声がした。

「クリスマスだよー」

見上げると、シークリブの木の上《みかん》に、ナークがいた。

ナークは、呆気にとられたわたしたちの頭の上に、熟《う》れたシークリブをばらばらと落とした。あたりがシークリブの甘酸っぱい匂いでいっぱいになる。わあっと歓声が上がる。

「クリスマスだよー」

ナークがもう一度叫ぶと、みんな、道に落ちたシークリブ《みかん》を拾いはじめた。ナークはなおもシークリブをもいでは、わたしたちの上に落とした。

ウミやフミは、裾を両手で持ちあげ、広げたスカートで青い実を受けとめた。ナークも女の子たちのスカートに入るように、シークリブを落とす。女の子たちは、スカートでシークリブを受けとめるたびに、きゃらきゃらとわらった。

あたりが黄色く見えるように思えるくらい、大山の坂道がシークリブの匂いで満ちる。

枝の実をみんな落としたナークは、やっと木から降りてきた。

「おいしそうだねー」

「ナーク、みへでぃろー《ありがとう》」

みんなに囲まれて、口々にお礼を言われているところへ、トラグヮーが息せききって駆けおりてきた。

「何があったのー」

トラグヮーがわけがわからず立ち尽くしているのを見て、わたしもウミもわらった。

「ナークがシークリブを取ってくれたんだよー」

ウミが受けとめたシークリブをスカートを持ちあげて見せる。

「よかったー」

トラグヮーは怒りもせず、ほっとしてわらいながら、その場にへたへたと座りこんだ。

「美奈子が捜してくれたんだよー」

「美奈子がいたのー」

トラグヮーは頷いた。

「アメリカ兵に訊いてくれてねー、それでもう基地にはいないってわかって」

トラグヮーはやっと立ちあがった。

「英語でしゃべっててねー、見違えたよー」

トラグヮーはうれしそうに言った。

「もうトラグヮーよりうまいんじゃないのー」

「それは困るよー」

わたしたちはわらいさざめきながら、坂道を下った。

シマ《集落》に戻ったときには、もう暗くなっていた。トラグヮーたちと別れたあと、わたしはナークにわらいかけた。

「ナーク、よかったねー。みんな喜んでいたねー」

けれども、ナークは暗闇の中で、不満そうに呟いた。

「ぼくはもっとフミに拾ってほしかったのに、ウミばっかり取るんだよー。ウミは取らなくていいのにー」

わたしは声を立てないようにわらった。ナークがいなくなったとき、一番心配してくれていたのはウミだったのに。

三町村長《さんちょうそんちょう》はヤマトゥ《本土》への復帰陳情《ちんじょう》から戻ってきた。

えらぶ《沖永良部》と与論だけの復帰除外反対署名を提出し、岡崎外務大臣にも吉田茂《よしだしげる》首相にも直接会って陳情し、大島郡を一括して返還するようアメリカに求めるという約束をとりつけてきた上、衆議院で奄美群島復帰決議案を通してきたと大評判だった。報告会では、政治色を取り除くということが発表され、以後は第三条撤廃要求を引っこめることに決まったという。

「それってどういうことー」

わたしとトラグヮーにはよくわからなかった。

「第三条撤廃要求というのは、アメリカの占領地域すべての返還を求めるものだよ。だから、沖縄のようにアメリカが兵士の命をかけて手に入れた地域も返還してもらわないといけない。でも、朝鮮戦争があり、共産主義が台頭してきている中での東アジア情勢を鑑《かんが》みると、アメリカは戦略上、沖縄を手放したくはないだろうね。すでに基地建設は始まっていて、空前の基地建設ブームだ。それを戻せというのは、実際は難しいだろうということで、第三条撤廃要求は引っこめて、沖縄と離れて、アメリカの軍事戦略的にそれほど価値がない、奄美群島だけを返還するように求めていこうということになったんだよ」

ユキの説明はよどみなさすぎて、よくわからなかった。ただ、これまで中心になって復帰運動をすすめてきた政党の人たちが、復帰協議会の中心から外されたというニュースは知っていた。

「それがどうして政治色を取り除くということになるの」

「アメリカの戦略に寄与することがよしとされるからね、第三条撤廃要求は本来なら当然のことだけれど、沖縄を失ったらアメリカの戦略にとっては不都合だろ。ということはアメリカの敵に利することになって、つまり共産主義者、アカってことだよ」

「アカだのシロだの、運動会じゃあるまいし」

ユキの話についていけないトラグヮーがやけくそ気味に呟いたのが、おかしかった。

やがて、三町村長と入れ替わりに、今度は奄美群島の高校生が、復帰陳情と、奄美群島の現状を鹿児島の高校生たちに伝えるために旅立つことになった。うちの高校からはもちろん、大勝さんが行くことになり、わたしたちは和泊港《わどうまい》まで見送りに行った。

いつもHBTの服を着ている大勝さんが、めずらしく学生服を着ていた。

「大勝さんは学生服を持ってないからね、あれはあちゃ《おとうさん》の海軍の軍服だって。裏返しに着て、友達の学生服のボタンを借りてつけかえたんだって」

全校生徒からの一人当たり二十円の寄付は、あっという間に集まったという。

「大人の日当ぐらいの金額なのにね」

ユキが言った。わたしもいつかヤマトゥ《本土》に行こうと、貯めておいたお金を出した。近所の畑仕事を手伝ったりして、少しずつもらったお金だった。

「あとは頼んだよー」

大勝さんはユキに声を掛けると、颯爽《さっそう》と去って、艀《はしけ》に乗りこんでいった。ユキは大勝さんから目をかけられていた。

「ユキはどうしてそんなに復帰運動をがんばるのー」

わたしはみんなと一緒に手をたたきながら訊いた。

「ぼくはヤマトゥ下りだからね」

ユキは大勝さんの乗る艀をみつめたまま答えた。

「この島は、ぼくがヤマトゥ下りしてきたときから、何もかわらない」

ヤマトゥ下り。タビ下り。ヤマトゥから引き揚げてきた人を、島の人たちは揶揄《やゆ》してそう呼ぶこともあった。ユキも空襲に遭って、あま《おかあさん》もうとぅー《弟妹》も亡くして神戸から引き揚げてきたころ、先生グヮー《小先生》とかタビ下りとか言われて仲間はずれにされていた。

タビというのは、単なる旅行のことではなかった。島に生まれた人が、島の外に出ることをそう言った。神戸や鹿児島に出稼ぎで出ていって、向こうで結婚してこどもが生まれても、彼らが戻ってくるとタビ下りと言われた。

島で生まれて育った人だけじゃない。その人たちの子も孫も、タビの子でありタビの孫だった。だから神戸で生まれ育ったユキも、タビ下りと言われるのだ。

「ぼくは神戸にいたとき、あちゃ《おとうさん》からずっと、えらぶ《沖永良部島》がどれだけいいところか聞かされてた。必ず帰るべき場所だって思ってた。だから同じように引き揚げてきたヤマトゥ下りの人たちが、えらぶに見切りをつけてまたヤマトゥに戻っていっても、ぼくの家は戻らなかった。でも、何年たっても、この島はアメリカに統治されたままで、何もかわらない」

島の外で何世代暮らそうと、その人はタビの人だった。いつか必ず、島に帰ってくるべき人だった。

「このままじゃだめなんだ」

ユキは拍手をやめ、わたしを見た。その手がのびて、わたしのお下げに触れる。

「カミはこんなにきれいなのに」

周りのみんなは大勝さんを見送って手を振り、手をたたいていて、だれも気づかない。

「いつも三つ編みにして、お古のセーラー服で喜んで、靴だって履いたこともなくて」

わたしはどうしていいかわからなかった。どきどきして、思わず身を引いた。

ユキも手を引っこめ、おどけたようにわらった。

「ぼくもマチジョーに靴をあげてから、ずっとはだしなんだよ」

わたしもほっとしてわらった。

「このままじゃ、ぼくたちは永遠にはだしでいなくちゃいけなくなるからね」

「あべー《あれー》、それは困るねー」

そばにいたトラグヮーが、ユキの最後の言葉だけ聞いて話に入ってくる。

わたしは海を見た。

沖の船に乗りこんだらしく、もう大勝さんの姿は見えなかった。


正月が近づいていた。

ナークは指折り数えて正月を待っていた。正月になると、宮崎に住むおじさんが密航でやってくる。商売をしているおじさんは、ペッタン《メンコ》や投げ玉《かんしゃく玉》やビー玉をいっぱい持ってくる。ヤマトゥ《本土》では正月をカレンダー通りにするようになっているらしいけれど、えらぶ《沖永良部島》ではこれまで通りの日に正月をする。ヤマトゥの正月のほうが一月《ひとつき》ほど前になるので、ヤマトゥで正月商売をして、売れ残ったものを密航で運んできて、えらぶの正月でまた正月商売をするのだった。

おじさんが来るのが待ち遠しいのは、ナークだけじゃなかった。おじさんは死んだあちゃ《おとうさん》の弟だから、ナークやわたしにヤマトゥのものを持ってきてくれる。どれもえらぶでは見たこともないものばかりだ。去年おじさんがくれたセルロイドの筆入れは、わたしの宝物だった。

「おじさん、明日来るかなー」

ナークは毎晩寝る前に訊いてくる。

「まだ電報が届かないからねー」

あまがわらう。

「前はおじさんは電報より先に来たよー」

ナークが言う。おじさんはいつも船に乗る前に電報を打ってくれる。でも、時折どういうわけか、電報が届くよりも先に来ることもあった。

「早く寝たら、早く明日になって、明日には電報が来るかもよー」

「おじさん来たら、ぼく、学校行かないよ。おじさんの手伝いするからねー」

「あべあべ、大変だ」

ナークはわくわくして、なかなか眠らない。あちゃの顔を知らないナークにとって、おじさんはあちゃのようなものでもあった。おもちゃをくれるだけでなく、まとわりついて離れないナークを商売に連れていってくれたり、一緒に遊んでくれたりもした。

ナークがやっと眠ったその夜が、明けた翌日のことだった。

英語の授業中に、生徒会の先生が校庭を横切って走ってきて、平先生とユキに、校長先生が呼んでいるからすぐに職員室に来るようにと言う。

平先生とユキは何事かと走っていき、授業は自習になったけれど、残されたわたしたちは授業どころではなくなった。しばらくして戻ってきたユキは言った。

「今朝、船が屋子母《よーむ》沖で沈没したらしい」

悲鳴が上がった。みんな立ちあがり、教室は騒然となった。分離されているえらぶ《沖永良部島》には仕事も物もない。出稼ぎで生計を立てている家は少なくなかった。

「どこの船ねー」

「うちのあちゃ《おとうさん》は今日正月で帰ってくるのに」

「うちのみー《兄さん》もだよー」

みんなが口々に言う。わたしも、まだ電報が届かない宮崎のおじさんを思った。

ユキは教科書や筆記具を風呂敷に包みながら言った。

「わからない。警察署長さんが来てたね、救助するのに、アメリカ軍が手伝うらしい。ぼくと先生は通訳を頼まれた」

ユキは風呂敷包みを小脇に抱えると、教室校舎を飛びだしていった。

あとからC組の家庭科の先生が来たけれど、みんなは落ちつかなかった。

空にはアメリカ軍のヘリコプターが飛んでいた。

だれからともなく噂が広がり、沈没した船は沖縄から小米港《ふぐみ》に向かっていた新生丸《しんせいまる》で、家族が乗っていた人たちは屋子母の海岸を捜しまわっているという。

授業が終わるのを待ちかねて、わたしとトラグヮーは走って家に帰った。この騒ぎに、放課後のデモ行進は取りやめになった。

宮崎のおじさんが無事か、心配でしかたがなかった。今日ばかりは、おじさんからの電報が届いてないことを祈った。

アメリカ軍のヘリコプターが遭難者を捜して、海の上を旋回している。海にはポンポン船だけでなく、アメリカのフリゲート艦も上陸用舟艇も行き交っていた。鉄の塊のようなフリゲート艦にくらべると、ポンポン船はおもちゃの船のように見える。

「あの船にユキ、乗ってるのかなー」

トラグヮーが言った。

この海にフリゲート艦そっくりな軍艦がやってきて艦砲射撃をしてきたのは、ついこの前のように思える。竹槍を持って、避難していたイョー《洞窟》から出ていったじゃーじゃ《おじいさん》とマチジョーを思いだす。あのとき、本当にアメリカ兵が上陸していたら、じゃーじゃとマチジョーはアメリカ兵を竹槍で突いたんだろうか。

家に帰ると、電報は届いてないということで、まずはほっとした。よく考えると、そもそも、宮崎のおじさんは鹿児島で船に乗るはずだから、新生丸に乗っているわけがなかった。自分の迂闊《うかつ》さにあきれてしまう。

シマ《集落》では青年団ばかりではなく、男の人たちはみんな出て、救助に行っていた。婦人会も炊き出しをするとかで、じゃーじゃ《おじいさん》だけでなく、あまも《おかあさん》いなかった。

ナークにウム《芋》を炊いて食べさせ、寝ないと言うのを無理に寝かせてほっとしたころ、ユキが帰ってきて、うちに寄ってくれた。

「大丈夫だったー」

わたしは縁側から降りた。ユキは庭に立ったまま、頷いた。

「フリゲート艦に乗ってたのー」

「いや」

ユキは首を振った。

「ヘリコプターに乗ってた」

「すごいねー。さすがユキだねー。ヘリコプターってどんなだったー」

思わずわらいかけたわたしの肩に、ユキは両手を置いた。

「カミ、よく聞いて」

ユキはわらってなかった。

「落ちついて聞いてね」

わたしは、ユキのただならない様子に、口をつぐんだ。

ユキは頷くと、ゆっくりと言った。

「新生丸にヤンバルが乗っていたみたいだ」

そのとき、ちょうど九時になったらしく、電灯の光がぱっと消えて、真っ暗になった。

夜が明けきらないうちに、美奈子のあまがうちに来た。昨日から美奈子が帰ってこないと言う。

すぐにシマ《集落》のみんなで手分けをして、捜しにいくことになった。わたしとユキとトラグワーも頼まれて、三人で大山のアメリカ軍基地に向かった。

坂道を登っていると、ばらばらと音がして、アメリカ軍のヘリコプターが海に向かって飛んでいった。海には、昨日と同じようにポンポン船だけでなく、フリゲート艦や舟艇が浮かんでいた。

「もしかして、美奈子、海に行ったんじゃないかなー」

ヤンバルは美奈子がすきだった。美奈子だって、その思いに気づいていたはず。

トラグワーだけがふしぎそうな顔をしていたので、わたしは重ねて言った。

「ヤンバルを捜しにいったんだよー」

わたしたちは坂道を駆けおりた。

屋子母《よーむ》の浜では火が焚《た》かれ、たくさんの人がいた。島中のシマから、新生丸の遭難者を助けようと、青年団や婦人会の人たちが集まってきていた。

「五十一人が定員のところに、百人以上乗せていたらしいよー。正月前だから混みあっているのに、その上少しでも早く島に戻ろうと、飛び乗った人もいたみたいでねー、乗客名簿に名前のない人が二十人くらいいるらしいねー」

「高波を受けてひっくり返ったんだって。田皆《たんにゃ》回りに戻った船は無事だったそうだよ」

「島にはポンポン船しかないからねー、復帰して大型船が運航してくれればこんなことは起きなかったんだよー」

「復帰していればヤマトゥ《本土》にも行けて、沖縄であぶない仕事をしなくてもやっていけただろうしねー」

見知らぬおじさんやおばさんの話すのを聞きながら、わたしたちは浜辺を波打際に沿って歩いていった。

そのとき、浜の端が急に騒がしくなった。

「上がった上がった」

「女の子だ」

わたしたちは走っていって、人垣の間から覗きこんだ。

知らない若い女の人が砂浜に寝かされていた。なぜか男物の着物を着ている。

だれかのわっと泣く声がして初めて、その人がもう亡くなっていることに気づいた。

「かわいそうにねー」

「これでやっと二人目だよー」

わたしたちはその場をそっと離れ、波打際を歩いていった。

砂浜が途切れ、岩場を渡っていく。沖の波は高くても、島をぐるりと囲む珊瑚礁が波を阻んでくれている。それでも冷たい海に落ちないよう、ごつごつした岩場をゆっくりと渡っていく。いつもならだれもいない早朝の岩場のあちこちに、人の姿があった。遭難者を捜す人たちだった。

「サブー」

「カメー」

海に向かって口々に、だれかの名前が叫ばれる。

「ヤンバルー」

その名前にはっとして見ると、海に突き出した岩場に、美奈子が立っていた。

「美奈子ー」

わたしの呼ぶ声に、美奈子はちらりとこちらを見たけれど、また海に向かって叫んだ。

「ヤンバルー」

その声は嗄《か》れていた。ずっと叫んでいたにちがいない。岩場の足許に波が寄せている。

海からの風に長い髪が巻きあげられ、美奈子の顔を隠す。そのまま風にあおられて、海に落ちてしまいそうだ。

手を振って呼んでも、美奈子はこちらへ来ようとしない。わたしたちはそろそろと岩場を渡って、少しずつ美奈子に近づいていった。

「美奈子ー」

今にも海に飛びこんでしまいそうな美奈子の手を、先に辿《たど》りついたユキが摑む。

「あぶないよー」

あとからやっと追いついたわたしは、美奈子を後ろから抱きしめた。その体は海風に晒《さら》されて冷え切っていた。わたしたちはひとかたまりになって岩場にしゃがみこんだ。

「もう帰ろうよー」

「ヤンバルー」

美奈子はそれでも叫びつづけた。

「ヤンバルー」

美奈子はあきらめていなかった。

「ヤンバルー」

わたしも、美奈子を抱きしめたまま、海に向かって叫んだ。わたしたちの後ろに立って、ユキとトラグヮーも一緒に叫んだ。

「ヤンバルー」

わたしたちは泣きながら、何度も何度も叫んだ。

ヤンバルの遺体はみつからなかった。

けれども、乗客名簿に名前があり、乗船前には家に電報も打っていた。沈んだ新生丸に乗っていたことはまちがいなかった。

日が経って遭難者の捜索は打ち切られても、まだあきらめきれない身内が、せめて遺品のひとつでもみつからないかと、今なお屋子母《よーむ》の海岸を歩きまわっている。

遺体がみつかるまで葬式はしないと言い張るヤンバルのあま《おかあさん》を、正月前に葬式をすませて早くぐしょー《あの世》に送ってやったほうが供養になると、シマ《集落》の人たちで説得して、やっと葬式をすることになった。

「船長が真っ先に泳ぎついて助かったらしいねー。助かったのは、板切れに摑まることができた、船長と屋子母の若い女の人と、二人だけだったたって」

「亡くなった人も、全然遺体が上がらないらしいねー。たった四人しか見つかってないんだよー。あとはみんな、船と一緒に沈んでしまって」

「流れついた人は、岸近くまで泳いできていた人ばかりだって。板切れに摑まって、あと少しだった人もいたみたいだよー。もう少し早く救助できていたら助かったのにねー」

「みんな着物が脱げたのか脱いだのか、裸だったらしいねー。若い娘さんの遺体なんかは、海の中で着物を着せてから、青年団の人が引きあげたってねー。気の毒にねー」

葬式に集まった人たちは、口々にささやきあっていた。正月気分は吹き飛んで、新生丸の遭難以降、だれもがそのことしか話さなくなった。宮崎のおじさんも来ないことになった。

ヤンバルのあま《おかあさん》はずっと泣いていた。長男は満蒙開拓青少年義勇軍で戻ってこず、頼りにしていたたったひとりの息子が亡くなって、残されたのは四人の幼い妹たちばかりだった。

ヤンバルが新生丸に乗る前に、中学校の同級生のひとりが、ヤンバルと立ち話をしていた。ヤンバルは、妹にせがまれてワンピースを買ったと話していたという。

その人も、姉と一緒に新生丸に乗るつもりで切符も買っていたのに、姉が乗船直前になって、船内がたくさんの人でごった返しているのを気持がわるいと言いだし、いくら言ってもきかないので、乗りたがっていた人に切符をあげて、船に乗らず、助かったのだという。

「あの子は神高い子だからねー」

「をぅない《姉妹》神の言うことは、やっぱり聞かないといけないねー」

棺《ひつぎ》が出るときも、ヤンバルのあまは棺にすがりついて離れなかった。

「はなしゃぐゎーよー《愛しいわが子よ》、はなしゃぐゎーよー」

ヤンバルのあちゃ《おとうさん》がいくらなだめても泣きやまない。

「いいかげんにしなさいねー」

ヤンバルのあまがいつまでも棺から離れないので、ヤンバルのあちゃが人目を気にして声を荒らげた。すると、あじ《おばあさん》が立っていって、ヤンバルのあまの背中をさすりながら言った。

「昔ねー、あるあまがこどもを亡くして、嘆き悲しんで、食べるものも食べず、眠るものも眠らず、いつまでも泣いていたんだってー」

参列していた人たちは思わず耳をすませた。

あじはこんなときに、いったい何を言いだすんだろう。

「それで、神さまがねー、そのあまに、どこか死んだ人がひとりもいない家にいって、その家のしゃもじを借りてくることができたら、あんたのこどもを生き返らせてあげるよーと言ってねー、あまは喜んで、一軒一軒島中をまわって、どこかに死んだ人がひとりもいない家はないかなーと探したんだってー」

ヤンバルのあまも泣くのをやめて聞いている。

「でもねー、いくら探しても、結局、そんな家はどこにもなくて、みつけることができなかったそうだよー。だからねー、こんなに悲しいことは世の中には必ずあることだからねー、あんたひとりじゃないからねー。あんたが嘆いてばかりいたら、ヤンバルはひかされて、ぐしょー《あのよ》にいけなくなってしまうからねー」

「そうだよー。あじだって息子も孫も戦争に取られているんだよー」

ヤンバルのあちゃが言い足した。あじはそれにには応えず、だれにも聞こえるような大きな声で、空っぽの棺に向かって言った。

「ヤンバルー、うらわよー《あなたはねー》、家族のために高校も行かず、沖縄へ行って働いて、いつも自分よりも人のためにがんばって、本当に優しい子だったねー」

「そうだよー、前に帰ってきたときは、うちにアメリカの缶詰を持ってきてくれたよー」

中の家《ナカヌヤー》のおばさんが思いだしたように言った。

「あべー《あれー》、うちにも持ってきてくれたよー」

「あべあべ《あれあれ》、うちだけじゃなかったんだねー」

すぐに、うちにも、うちにも、という声が上がり、シマ《集落》中の家に、ヤンバルが缶詰を届けていたことがわかった。夏の終わりに沖縄から戻ってきたとき、戦果をあげたとわたしとユキにくれた、コンビーフの缶詰だ。

「本当に優しい子だったねー」

「あんなに優しい子はいなかったよー」

「それによく働く子だったねー」

参列者のざわめきの中で、ヤンバルのあま《おかあさん》はやっと立ちあがり、あちゃ《おとうさん》に抱きかかえられるようにして、すすり泣きながら棺から離れた。それを見て、今度は、周りで見ていたみんなが泣いた。あじ《おばあさん》のむんがたい《昔話》はその通りで、身内に死んだ人がひとりもいない人など、だれもいなかった。シマのだれもが、あまの気持を痛いほどにわかっていた。

幼くて何が起きているのかわからないヤンバルの一番下の妹が、姉のフミに大きな声で訊いた。

「みー兄《にい》さんはアメリカに行ったのー」

人が亡くなると、「アメリカに行った」と言われる。わたしも幼いころ、大人たちにそう言われて、本当にアメリカに行ったんだと信じていた。

「そうだよー。ヤンバルみーは、アメリカに行ったんだよー」

フミの言葉に、参列者の泣き声は高くなった。

本当にアメリカに行ったのなら、どんなにかいいだろう。

すすり泣く声の中、空の棺はやっと運ばれていった。

わたしたちは列の最後からついていった。美奈子はもっと後ろを歩いていた。泣きはらした目は真っ赤だった。

「美奈子はヤンバルがすきだったんだねー」

今さらながら、トラグヮーがぽつりと呟いた。

美奈子はあのとき、ヤンバルから何をもらったんだろう。そして、正月に、ヤンバルは美奈子に何を贈るつもりだったんだろう。

墓地には、ほかにも新生丸遭難の犠牲になった人が、遺体なしで埋葬されていた。亡くなった人のいる印は、墓に立てられた白や赤の旗だった。それがいくつも立ちならび、海からの風にばたばたと音をたてていた。

このシマ《集落》だけでなく、今は、えらぶ《沖永良部島》のあちこちのシマで旗がひるがえっているはずだった。

「復帰していれば、ヤンバルは死ななかったんだ」

ユキは怒った顔で呟いた。

正月を島で過ごそうとして、船に乗った人たち。なぜみんな、わざわざ沖縄に行かなくてはいけなかったのか。

家族や友達に会おうと船に乗って、もう永遠に家族にも友達にも会えなくなった人たち。

復帰していれば。

復帰さえしていれば。

空の棺は埋葬された。

ヤンバルは船とともに沈んで、帰ってこなかった。フミにせがまれたとうれしそうに話していた、HBTじゃないワンピースも、ヤンバルと一緒に海の底に沈んだ。

そしてきっと、美奈子への贈り物も。それがなんだったのかは、もうだれにもわからない。

次の日の授業が終わると、わたしは急いで校庭に出た。

トラックはもう来ていた。トロンボーンを持って校舎から出てきたユキに訊く。

「わたしもトラックに乗っていいかなー」

「ええっ」

ユキではなく、ユキの後ろから旗を持って出てきたトラグヮーが驚く。

「いいよ」

ユキはわらった。先に乗りこんで、トラックの上から手をのばしてくれた。わたしがその手に掴まると、ふっと、驚くほどに軽々と、荷台の上に引きあげられた。乗りこんだとたんに離れたその手は、わたしの手首を包みこんで余るくらいに大きい。トラグヮーはわたしのあとから、だれの手も借りずに、ぴょんと飛び乗ってきた。

トラックはすぐに走りだした。校庭を横切って道路に出ると、すぐに両脇はさとうきび畑になる。

ブラスバンドは演奏を始めた。復帰の歌だ。

ユキはトロンボーンの長い金色の管を目まぐるしく伸ばしたり縮めたりする。いつの間にこんな芸当ができるようになったんだろう。その腕が長くて、またびっくりする。

演奏が一区切りすると、みんなは声を揃え、「南部二島分離絶対反対」と叫んだ。わたしだけ、やっぱり声を上げられない。

空は晴れわたっていた。海は真っ青に凪《な》いでいた。さとうきびのうねりの中を浮かぶように、トラックは走っていく。

美奈子がトラックの荷台に乗っているのを見かけたことが何度かあった。中学校を卒業して就職した蘇鉄でんぷん工場のトラックだった。島中に生えている蘇鉄を切り倒し、幹をけずってあくを抜いてでんぷんを作る。蘇鉄は大事な食糧だった。

美奈子は男の人たちが切り倒して葉っぱを落とした蘇鉄の幹を、山からトラックまで運ぶ仕事をしていた。屈強な男の人たちが、二人がかりで掛け声をかけながらようやく持ちあげる太い幹を、わたしは頭にのせてさっさと運べるんだと誇らしげに話してくれた。

美奈子は神戸で生まれ育ったのに運動神経がよく、水汲みの桶もすぐに頭にのせて運べるようになった。踊りのおぼえも早く、今では、島生まれのわたしたちとかわらないくらいに踊れる。わたしたちとちがうのは、色の白さくらいだ。

美奈子の家には弟と妹が五人いた。空襲で焼けだされて、神戸から家族で引き揚げてきたはよいものの、田畑もない引揚者は暮らしていけない。六人の子と妻のために、美奈子の父親はもう一度神戸で稼いでくると密航した。

密航船を闇船というのは、闇夜に出航するからだという。それも時化《しけ》た夜に。闇夜の高波にまぎれ、みつからずに国境の北緯30度線を越えたまではよかったけれど、その闇夜の高波にのみこまれて沈んだ。艀より小さなポンポン船だったという。

美奈子のＨＢＴで縫った上着とズボンは、いつもあちこちがすり切れていた。もしこの島が日本のままだったら、美奈子はあちゃ《おとうさん》を密航で失うこともなく、みんなで一緒に高校に通うこともできたはず。

中学校から高校に進学したのはごくわずかで、あとのみんなは製糖工場やでんぷん工場に就職したり、家の農業を手伝ったりしていた。中学校では三年生になると、高校に進学する進学組と進学しない就職組に分けられた。わたしやユキやトラグヮーは進学組で、それまで通り学校で授業を受けられたけれど、就職組のみんなは、勉強している進学組の私たちを横目に見ながら、高校の新校舎の建設や校庭の整備をしに行かされていた。美奈子ややヤンバルや就職組のみんなが作ってくれた学校。それなのに、みんなはここにいない。ヤマトゥ《本土》では中学生の多くが高校に進学するという。復帰して、みんなが豊かになれば、みんなも高校に来られたはずだった。ヤンバルだって沖縄で働かなくてもよかったはず。日本に復帰さえしていれば。

畑に出ている人は多かった。ブラスバンドの音に立ちあがってわたしたちを見ていた。その顔の中には、中学校の同級生もいた。

わたしはずっと、自分たちばかり勉強していることに引け目を感じていた。高校生の復帰運動の一番の目的も、復帰すれば密航しないでヤマトゥの大学に進学できるようになるということだった。

でも、この復帰運動は自分たちだけのものじゃなかった。復帰運動は、高校に進学できず、働かざるをえなかった人たちみんなのためのものでもあった。そして、沖縄に行って働かざるをえなかった人たちの。

みんなが今よりきっと幸せになれる。

わたしは顔を上げて、ウム《芋》畑に立つ同級生を見た。

「南部二島分離絶対反対」

みんなが叫ぶ。

わたしの書いた、ひときわ大きな「南部」の文字がひるがえる。

南部。

わたしはここにいるのに、わたしのいる場所は南だった。ヤマトゥ《本土》から見て南。奄美大島から見て南。鹿児島から見て南。神戸から見ても南。

北部南西諸島の南部二島の北の島。それが沖永良部島。

「南部二島分離絶対反対」

みんなの声に合わせ、わたしは初めての言葉を口にした。

わたしの声は甲高く響いた。

ユキがふりかえり、うれしそうにわらいながら頷いてくれた。


それからわたしは毎日、トラックに乗ってデモ行進をした。

大勝さんも九州での復帰陳情を終えて帰ってきた。

早速に講堂で生徒集会が開かれ、大勝さんが全校生徒に陳情報告をすることになった。

「みんな、寄付を本当にありがとう。おかげでこうして無事に、島に帰ってくることができたよー」

前に立った大勝さんは、いつもと異なり、砕けた口調で話しだした。出発するときの詰襟姿はかわらなかったけれど、その口調といい、どことなく都会っぽくなったように思えた。

「どこへ行っても大歓迎でねー。みんな、ぼくたちの現状に驚いてくれてねー。何も知らないんだよ。教科書もなくて、だれかの持っている一冊をみんなで書き写しているなんてことも、辞書や参考書を持っているのは、ヤマトゥに親戚や知り合いがいて、送ってもらえる人だけだなんていうことも」

英語の平先生は、戦前の旧制大島中学校に通っていたころに自分が使っていた教科書で、わたしたちに英語を教えていたくらいだった。

「本当に驚いたことにね、奄美群島は分離されて、アメリカの統治で、アメリカのものがあふれて、ヤマトゥよりも豊かな暮らしをしていると思っていた人もいたんだよー。それに、アメリカだから、もう日本語を使っていなくて、英語でしゃべってると思われていたんだよー。みんな、本当に何も知らなくてね、陳情に行かせてもらえてよかったよー。知らなくてごめんなさいと言ってくれる人もいてね、わざわざ激励の手紙を書いてくれた人もいたよー。本もたくさん、お土産にもらってきたよー。これでやっと、図書室ができるよー」

そこまでにこにこして、休み時間におしゃべりでもするかのようにわたしたちに話しかけてくれていた大勝さんは、急に表情を改めた。

「でも、間に合わなかった。ぼくたちはもうすぐ、卒業する。ぼくたちが卒業するまでに復帰してくれれば、というぼくたち三年生の願いは叶わなかった。ぼくたちがヤマトゥ《本土》の大学に進学する望みは絶たれた」

三年生たちがうんうんと頷いた。

「でも、ぼくたちはあきらめない。ぼくと何人かの仲間は、教員免許を取って、これまでの先輩たちがやってきたように、まずは島で教員になる道を選ぶ。教員をしながら、この島で、きみたちの復帰運動を支えたい」

拍手が起こった。

「新生丸の事故だって、復帰していたら起きなかったはずだ。こんな思いはぼくたち三年生で最後にしたい。学校に残るきみたちには、こんな思いは、もう二度と、させたくないんだ」

拍手は鳴りやまなかった。泣いている子もいた。わたしもやっと、みんなと一緒に手をたたくことができた。

ブラスバンドの練習日には、アメリカ軍のバンド隊長さんが、トラックに乗ってやってきた。隊長さんが運転して、島を一周してくれるという。

アメリカ軍のトラックは島のトラックとちがってぴかぴかだった。隊長さんは、女子のわたしたちに先に荷台に乗るよう促した。旗を持って乗りこむときは手を貸してくれた。

「あべー《あれー》」

わたしが驚いて、思わず声をあげると、自力で荷台に上がってきた平先生が言った。

「アメリカ人は特に女性を大事にするからねー」

実際に、水桶や、ウム《芋》だとか蘇鉄葉だとかを入れたヒャーギ《ざる》を頭にのせて運ぶ女性と行きあうと、アメリカ兵がトラックに乗せてくれるらしい。

「この前なんか、どこかのあま《おかあさん》が赤ちゃんを背負って歩いていたら、アメリカ兵がストップストップとあまを止めてねー、あまのおぶい紐を取らせて、赤ちゃんを抱き取って、そこへ通りかかっただけの、なんの関係もない男の人に抱かせてねー、ＯＫと言って行かせたんだよー。しかたがないから、その男の人もアメリカ兵が見えなくなるまで赤ちゃんを抱いて歩いてねー。あとから赤ちゃんのあまがついて歩いてねー。おかしかったよー」

島では赤ちゃんや重い荷物は女性が持つもので、水汲みも女性の仕事と決まっていた。女性が選挙に行けるようになったのも、アメリカの統治下になってからだった。

戦争に負けてよかったのは、女が選挙に行けるようになったことだねー。

あまがうれしそうにそう言って、ヤマトゥ仕立ての一番いい着物を着て、選挙に行った日のことをおぼえている。だれに投票したかは言わなかったけれど、島からは唯一の女性議員が選ばれた。

女は女に入れて、女の意見を通さないといけないからねー。

女が総理大臣《おかあさん》だったら、戦争なんかしなかったよー。

あまとあじ《おばあさん》はそう言い合ってわらっていた。じゃーじゃ《おじいさん》はそんな二人を見ながらにこにこしていた。

「アメリカ兵は人がいいからね」

ユキがわらう。

「野球で負けてやると喜んで、ボールでも道具でもいくらでもくれるからね」

「ええっ」

わたしは驚いて、トラグヮーのような声を出してしまった。

「わざと負けてたのー」

「そりゃそうだよー」

トラグヮーが心外だと言わんばかりに胸を張って答える。

「そりゃ最初は70対0とかだったけどねー、ぼくたちが本気でやったら、もう負けないよー。でも勝ってばかりだと機嫌がわるくなるから、何回かに一回はわざと負けてやるんだよー」

隊長さんが日本語をわからないのを幸いに、わたしたちは声をあげてわらった。

「復帰したら、アメリカ兵はいなくなるんだよねー。そうしたらまた、日本兵がやってくるのー」

　ふと思いついて、ユキに訊く。

「戦後、新しくできた日本国憲法で、日本軍は解体されて、戦力の不保持が謳われているから、それはないよ。ただ、朝鮮戦争が始まって、警察予備隊というのができたから、それはやってくることもあるのかもね」

「警察予備隊。それって軍隊じゃないのー」

「それが難しいところだね」

　ユキと平先生が肩をすくめあう。

「とにかく日本軍はもういなくなったということなんだよねー」

　トラグヮーが念を押すと、ユキは頷いた。

「そうだよ」

　それを聞いてほっとする。守備隊の兵隊さんたちにはさんざんだまされた。戦争が終わったことさえ、わたしたちには隠された。

「ユキ、よく知っているなー」

　平先生はがっこなー《学校名》でなく、わらびなー《童名》でわたしたちを呼んでくれる。復帰運動にも先頭に立って関わってくれる。

「ただ、警察予備隊はついこの前、保安隊になったよー。朝鮮戦争が続いていて、ソ連とアメリカが対立しているからねー」

「やはり、その対立のために、アメリカは奄美沖縄を返還したくないのでしょうか」

「ぼくもそう考えているよ。ユキはさすがだなー」

「法律に興味があるんです。だからヤマトゥ《本土》の大学へ行きたくて」

「復帰すれば行けるようになる。がんばろう」

平先生はユキの背中をたたいた。

「ぼくも大学へ行って、シェイクスピアの研究がしたかったんだよー」

ブラスバンドの演奏に合わせ、復帰の歌を歌いながら、さとうきび畑やウム《芋》畑、田んぼの間の道を通っていく。すれちがう人たちは、高校生の乗ったトラックをアメリカ軍兵士が運転しているのを見ると、目を丸くして立ちどまった。

屋子母《よーむ》まで来ると、前から別のアメリカ軍のトラックがやってきた。海水浴の帰りだろうか。荷台には兵士がいっぱい乗っていた。近づくと、兵士たちは手を振り、指を立て、指笛を吹いてわらってくれた。

人がいいアメリカ兵たち。わたしたちも指笛と歓声で応え、さとうきび畑の間の道を、ゆっくりとすれちがった。

日が暮れる前にと、縁側に手提げ袋だけ投げこんで、セーラー服のままで水汲みに出た。

中の家《ナカヌヤー》の高倉《たかくら》には、こどもたちが集まっていた。

「あやー《姉さん》」

ナークの声が響く。

「すずめ食べにおいでー」

ナークは梯子《はしご》の上に立って、こちらに手を振っていた。味噌の香ばしい匂いもする。

「あとでねー」

ナークは頷くと、高倉の茅に手をつっこんで、すずめを手づかみにして捕まえて見せた。下で見上げているこどもたちが歓声を上げる。こどもたちの群れから煙が上がっているところを見ると、もう火を熾《おこ》しているのだろう。味噌をつけて焼けば最高だ。

「カミあや、早くねー」

ウミの声を背中に、歩きだす。

すずめは屋根の茅の中に巣を作ったり、ねぐらにしたりしていて、手をつっこめば、いくらでもすずめが獲《と》れる。イチみー《兄さん》もわたしのために捕まえて焼いてくれたことがあった。

今日の昼は断食だったので、おなかが鳴る。わたしは足を速めた。

そのとき、ニャーグ道《石灰岩片》をこちらへ歩いてくるおばさんを見て、はっとした。隣りのシマ《集落》のおばさんだ。

空襲のときに、ナークをおぶって逃げこんだトゥール墓《風葬》から、わたしたちを追いだしたおばさんだった。ナークの泣き声がグラマンに聞こえるからと言って。

あのとき、マチジョーが一緒に逃げてくれて、なんとかわたしもナークも無事だった。空を飛ぶ飛行機に地上の声なんて聞こえるはずがないことも、マチジョーが不時着した特攻機の兵隊さんに確かめてくれた。伍長さんと呼んだ、あの、優しかった兵隊さんがなんていう名前だったか、もうおぼえていない。

トゥール墓の中にはたくさんの人がいたけれど、だれもわたしたちをかばってくれなかった。みんな青い顔をして、ただ、わたしたちを見ていた。

おばさんはもう、青い顔はしていなかった。風呂敷包みを手に、すたすたと歩いてきた。

あのとき、すずめを捕まえて喜ぶこどもたちくらいに小さかったわたし。もう何年もたって、大きくなったわたしのことはおぼえていないのだろう。そもそも、空襲のあったあの日、トゥール墓からこどもたちを追いだしたことなんて、おばさんはおぼえてもいないのかもしれない。

あんたたち、出ていってー。

あのときの声は、今もわたしの耳に残っているのに。

おばさんは、屈託《くったく》なく、会釈をしてくれる。

けれども、わたしは目を合わせず、すれちがった。

すれちがったあと、わたしはふりかえった。おばさんはもう、赤ちゃんをおぶってはいなかった。

百合畑《ゆり》の間を、農業会のトラックの荷台に乗って走っていると、トラックが故障して止まってしまった。

トラックの故障はいつものことだという。島のトラックはどれも、沖縄で捨てられていたアメリカ軍のトラックを、船で運んできて直して使っているものだったから、しかたがない。ただ、その場所がよりによって島の北の端の、高校から一番離れたところだった。直らなかったら今日のうちには帰れなくなると、運転していたおじさんが青くなって修理を始めた。歩いたら何時間かかるか、想像もつかない距離だった。

その間、わたしたちはブラスバンドの演奏に合わせ、復帰の歌を歌った。百合畑で働く人たちに聞いてもらうことにしたのだ。

けれども間もなく、畑からひとりのじゃーじゃ《おじいさん》がやってきて、怒鳴った。

「うるさいぞ。仕事のじゃまだ」

わたしたちは驚いて歌うのをやめた。

「復帰運動なんかしなくても、復帰はそのうちする。おまえたちは高校生なのに、何をやっているんだ。学生の本分は勉強だろう」

あいにく、生徒会長の大勝さんは一緒ではなかった。怒鳴り声を聞いて、車の修理をしていたおじさんが駆けよってきた。

けれども、おじさんより早く、ユキがじゃーじゃ《おじいさん》の前に立った。

「何を言うんですか。今復帰運動をしなかったら、えらぶ《沖永良部島》はずっとこのままですよ。いいんですか」

その語気は強く、きっぱりと揺るぎなかったけれど、ユキの顔にはいつものように笑みが浮かんでいた。

「百合だって、今はアメリカの統治下ですから、戦前のように儲けることはできません。今、ユリダマ《百合の球根》は一球いくらで売れるんですか」

「三セントだ」

「復帰すれば、もっと高い値で売れるようになるんです。戦前はビールで足を洗うくらい百合で儲かったそうですね。何もしないで待っていたら、それが十年後になるか百年後になるかわからないんですよ」

じゃーじゃはユキの顔をにらみつけているのに、ユキの表情はやわらかいままでかわらない。わたしたちはどうなることかとはらはらしたけれど、じゃーじゃは黙って畑に戻っていった。わたしたちは声を出さずに目を見合わせ、肩をたたきあってユキのみごとな切り返しを褒めたたえた。

それでもさすがにこの百合畑で復帰の歌を歌う気にはなれなかった。車が直るとすぐに学校へ戻ることになった。

「修理、早かったですね」

ユキが声をかけると、おじさんは言った。

「畑の人が手伝ってくれたんだよー」

「百合畑の人がみんな、復帰運動を快《こころよ》く思っていないわけじゃないんですね」

ユキはほっとしたように言った。

「そりゃそうだよー。あのじゃーじゃは虫の居所がわるかったんだろうねー」

「それでも、話せばわかってくれたようです。やっぱりまだ復帰運動の意義を理解していない人がいるんですね。シマジマ《集落ごとに》を回って粘り強く伝えていかないと」

トラックが学校に着くと、ユキは生徒会の集まりに出た。わたしは先にひとりで帰った。まだ早い時間だった。シマのニャーグ《石灰岩片》道を、きれいな花柄のワンピースを着た女の人が歩いていた。

だれだろう。シマにＨＢＴじゃない生地の洋服を着ているような人はいなかった。ヤマトゥ《本土》下りの人かなと思い、少し足を速めていくと、女の人がふりかえった。

「カミ」

わたしの名前を呼んだその人は、美奈子だった。

「美奈子」

美奈子もまた、神戸で生まれ、空襲で焼けだされて、ヤマトゥ《本土》下りしてきた人だと思いだす。

「きれいな服だねー」

見ると、長い髪の毛もおろし、肩にかけてうねらせている。わたしのお下げにくらべて、とてもおしゃれで、美奈子に似合っていた。

「のんきだね。カミは。あいかわらず」

「なんだか久しぶりに会った気がするねー。踊りの稽古に来ないし。忙しいのー」

こちらから訊ねてから、わたしにかけた美奈子の言葉にとげがあったことに気づいて戸惑った。美奈子はぷっとわらった。

「ずいぶんがんばってるね。見たよ。アメリカ軍のトラックに乗って、復帰運動してたね。ユキもトラグヮーもいたよね」

わたしはほっとした。

「がんばってるよー。だからきっと、すぐに復帰するよー」

わたしの言葉に、美奈子は腕組みをして、わたしの顔を覗きこむようにじっと見た。

「何かかんちがいしてない？」

美奈子は言った。

「だれも復帰運動してくれなんて頼んでないんだけど」

わたしは耳を疑った。背中が冷たくなる。

「復帰復帰って、日本に復帰したら、アメリカ軍もえらぶ《沖永良部島》からいなくなっちゃうんでしょう。わたしの仕事場がなくなるってことだよね」

美奈子はこれまでずっと五人のうとぅー《弟妹》とあま《おかあさん》のために働いてきて、今度はアメリカの基地の洗濯ガールになった。

美奈子の言葉に言い返せるのは、きっとユキしかいない。今日、ユキが百合畑でじゃーじゃ《おじいさん》に言った言葉を真似しようと思うけれども、美奈子は百合を育てているわけではないので、どう言っていいかわからない。

「カミはのんきだね。わたしは必死で生きてるの。踊ってる場合じゃないの。そんな理想ばっかり言って、生きられればいいよね。でもその理想で、わたしは、やっと手に入れた仕事を失うんだよ。生きるって、きれいごとばっかりじゃないよ」

美奈子の言葉はとげだらけだった。

ユキの真似をして、とにかく返事をしなきゃと思うのに、別のことばかり思い浮かぶ。

わたしは中学生のときの美奈子のことを思いだした。

毎日、家に帰ると、鉛筆を削るのは、長女の美奈子の役割だった。美奈子と弟妹たちは一人一本しか鉛筆を持っていなかった。だれでもなるだけ長い鉛筆を使いたい。長さの順にちゃぶ台にならべ、不公平にならないようじゃんけんをして、明日持っていく鉛筆を選ぶのだという。

消しゴムはもっと貴重で、みんなでひとつしかない。美奈子は、自分は姉だし人に頼むこともできるからと、引っこみ思案の弟妹の分だけ、消しゴムを切りわけてあげていた。それも毎晩じゃんけんをさせて、勝ったものからどのかけらを取るか選ばせる。美奈子はいつも消しゴムを持たないで学校に来ていた。

鉛筆も消しゴムも、日本に復帰すればきっと、みんなたくさん持つことができるようになる。

そう言おうとしたとき、美奈子が先に言った。

「カミは、復帰したら、恩給がもらえるからいいね」

思いもかけない言葉に驚いた。

「カミのあちゃ《おとうさん》もみー《兄さん》も戦死してるんでしょ。日本に復帰したら、恩給がたくさんもらえるんだよね。わたしのあちゃは密航で死んだから、日本に復帰したって一円ももらえないよ」

その言葉に、あちゃを思いだす。あちゃは四度出征した。中国に三度行き、最後の出征地はブーゲンビルだった。いつもいなかったから、わたしは最後まであちゃになつけなかった。けれども、父親がわりのイチみーがかわいがってくれた。だからなのか、イチみーの顔はおぼえているけれど、あちゃの顔は、もうおぼえていない。

同じシマ《集落》にブーゲンビルから生きて戻ってきた人がいた。やせおとろえて、ぼろぼろの軍服をまとって戻ってきたので、家に入ってきたその人に、妻が「あんただれねー」と訊いたほどだったという。黄疸《おうだん》でお腹がぱんぱんにふくれていた。せっかく帰ってきたというのに、何年かして、まだ若いうちに亡くなった。あちゃもそんな戦場にいたと思うと、顔もおぼえていないことが申し訳なくなる。

「先生たちだって、自分たちの給料を上げたいから復帰運動してるんでしょう」

その言葉は、これまでにもどこかで聞いたことがあった。戦前は学校の先生は高給取りで、島で靴を履いていたのは先生と守備隊の兵隊だけだったけれど、アメリカの統治下になってからは、だれもなりたがらない職業になった。アメリカ軍政府は学校を建ててくれないばかりか、教科書さえ用意してくれない。掘建て式の茅葺き校舎で、雨の日は傘をさして授業をする。黒板に文字を書くたびに雨に消されていくのを、どの先生も何度も何度も、わたしたちのために書いてくれる。

トラグヮーのあちゃは、中学校教師の月給で米一升を買うのがやっとだという。それだけで家族を養うことなんてできるはずがないから、田畑を持っている人しか先生にはなれない。学校をやめて、アメリカ軍基地で働く先生も、沖縄に渡って基地建設の作業員になる先生もいた。そのほうがずっと儲かるのだ。わずかな田畑しか持たず、子だくさんなのに教師を続けているトラグヮーのあちゃ《おとうさん》は、尊敬すべき人だった。

「もういいよ」

美奈子がいらだった声を上げた。

「カミと話してたら夜が明けちゃう」

返事を探しているうちに、わたしはずいぶん長く黙りこんでいたらしい。

「でも、復帰していれば、ヤンバルが沖縄へ行くこともなくて、あの事故もなかったんだよー」

わたしはおそるおそる言った。思いださせて、美奈子を傷つけたくなかった。

「そうだよ」

美奈子はわたしを正面からにらんだ。

「でも、今さら遅いよ。復帰したって、ヤンバルが戻ってくるわけじゃないでしょう」

美奈子の顔は怒っていた。

「わたしは生きていかなきゃいけないの」

たたきつけるようにそう言うと、わたしに背を向けた。

「ああもう、おなかぺこぺこ。帰ろ」

美奈子が先に立って歩きだした。美奈子が靴を履いていることに、わたしはそのときはじめて気づいた。

町を挙げての断食大会が開かれ、わたしはまた新しい旗を書くよう頼まれた。まだ明るいうちだったので、筆を取りに家に戻る。

いつもなら一気に駆けぬける道なのに、断食中は力がもたず、何度も足を止めて休まないと、なかなか道がはかどらない。道の赤土も足の裏にとりついて足を引っ張っているように重たく感じた。

すると、だれもいないはずの家で、トーグラ《台所》から物音がした。覗くと、ナークが、あま《おかあさん》が炊いてサギジェー《かご》に入れ、天井から吊ってあるウム《芋》を、棒で突き刺して取ろうとしていた。

「ナーク」

わたしは叫んだ。

「何やってるのー、断食の最中に」

ナークは驚いて棒を落とした。棒の先が刺さっていたウムも落ちて、トーグラの竹床《デー》を転がった。

「日本に復帰できなくてもいいのー」

ナークは棒とウムを拾いもせず、立ちつくしたまま、わたしを見上げた。わたしも見返すと、その大きな目にみるみる涙があふれてきた。

「昨日も断食だったんだよー」

ナークは言った。

「どうして食べちゃだめなのー」

「だから、アメリカ人は断食を一番いやがるから」

「だれが見ているのー」

ナークははっきりと言った。

「アメリカ人なんて学校にもシマ《集落》にもいないよー。ぼくが食べたって食べなくたって、だれにもわからないよー」

わたしはなんと答えていいかわからなかった。

そんなことを言っていると復帰できないよ。復帰できなくていいの。

頭の中には、そんな言葉ばかりが浮かんでくる。でもそれは、ナークの疑問への答えでは決してなかった。

ただの脅しだった。

戸惑《とまど》っていると、ナークは落としたウム《芋》をぱっと拾って口に詰めこんだ。

まるで、竹床《デー》に落ちたちっぽけなウムを、狙っている人がほかにもいるみたいに。それを食べないと、今すぐにでも死んでしまうみたいに。

いつも元気いっぱいのナーク。昨日のお昼も断食で、弁当を持っていってはいけなかった。おなかがすいて、がまんができなかったんだろう。

全島民火の玉となって。学童までもこぞって。署名はひとりの拒否者もおらず。復帰は全島民の悲願であり。

島中にあふれる言葉に追いつめられたナーク。

ナークはただ、おなかいっぱい食べたかっただけだった。

ナークに、隠れてこそこそウムを盗み食いするような情けないことをさせたのは、ナークじゃない。

断食を強《し》いた先生であり、友達であり、あま《おかあさん》であり、あじ《おばあさん》であり、わたしだ。

ナークは涙をこぼしながら、口に入れたウムをのみこんだ。

「ナーク、ごめんねー」

わたしは竹床に膝をつき、ナークを抱きしめた。

わたしだけは、ナークにそんな思いをさせてはいけなかった。

わたしはをぅ《姉》ない《妹》神なのに。

与論の子は、血書まで書いたらしいよー。すごいねー。

あの話を聞いたとき、わたしはただ、感心して終わっていた。何も考えていなかった。

血書をした与論の子。

果たしてみんな血書をしたのか。させられたのか。

この島では、ナークは断食をさせられた。

わたしがさせた。

わたしはナークの、たったひとりのをうない《姉妹》神だったのに。


ウミの作文が新聞にのった。

「むどぅちたぼり《もどしてください》、日本に」の記事を見せ、先生は感極まっていた。

「沖永良部島の言葉が新聞にのったのは初めてだろう。これは多くのヤマトゥ《本土》の人の心を打つにちがいない。きみたち高校生も小学生に負けないよう、ますます奮起するように」

みんなは大きく頷いていたけれど、わたしは頷けなかった。

この言葉だって、ウミの本心かどうかわからない。頭のいい子だから、大人たちの期待に、ただ応えただけなのかもしれない。

その日はデモ行進はなく、シマ《集落》の復帰集会があった。帰るともう始まっているとあじ《おばあさん》が言った。じゃーじゃ《おじいさん》もあま《おかあさん》も先に行ったというので、ユキとトラグヮーと連れだって走っていく。

集会所は人でいっぱいだった。じゃーじゃもあまも、どこにいるのかわからない。青年団も婦人会も来ていて、婦人会の会長の中の家《ナカヌヤー》のおばさんが前に出て、話している最中だった。ほかにもふたりのおばさんがならんで立っている。ふたりは絣《かすり》の着物を着ていた。何か違和感があると思いながら、でもそれが何かわからないまま、一番後ろに三人でならんで座る。

「このように、帯を後ろで結ぶのがヤマトゥ式です。この際、帯を前で結ぶとか、頭に物をのせて運ぶとか、髪をとぅんぐし《かんざし》で留めるとか、そういう沖縄式は一掃いたしましょう。日本式でまいりましょう。わたしたちは日本人なのですから」

演説を聞いてはっとした。違和感の理由にやっと気づいた。前に立つふたりとも、帯を後ろで結んでいたのだ。

「特に行進ですとか、断食貫徹大会のときですとかは、決して帯を前で結ばないようにお願いいたします。こういうことで、日本人ではない、沖縄人だということになりますと、どうしても日本復帰に差し障りが出てまいります。わたしたちは日本人なのですから」

同じ言葉がくりかえされ、拍手と指笛をもって迎えられた。

「また、沖縄はわが島と異なり、戦地となり、アメリカが多大な犠牲を払って手にいれた土地であります。おそらく、アメリカは沖縄を返還するつもりはないでしょう。しかし、奄美群島はちがいます。ここで南部二島だけ沖縄とひとくくりにされないよう、今こそ細心の注意を払うべきでしょう」

青年団の若者も前に立って補う。

「この際、沖縄式の排除を願います。和泊《わどうまい》では、日本式の帯の普及教室も行われています。ぜひそちらにも参加し、難しければ、このように、婦人会のみなさんに学んでください」

「言葉にも気をつけていただきたいですね。わがシマ《集落》の児童の作文が新聞にのりましたが、島ムニ《言葉》そのままでした。あれはいただけないですね。純粋の日本語を使っていないと思われます。言葉がちがうなら、文化もちがう、やっぱり沖縄と一緒だと、またひとくくりにされるおそれがあります」

トラグヮーと顔を見合わせる。きっと、ウミの作文のことだ。

「蒙古《もうこ》斑《はん》があるのは日本民族の証です。沖縄人にくらべ、奄美群島の人間は蒙古斑があるものが多いそうです。また、墓が沖縄とちがって日本式であることも、古くからわたしたちが日本人である証拠といえるでしょう。わたしたちはそもそも日本人なのですから、なんら恥じる必要はないのです。沖縄式さえ排除すれば、どこからどう見ても日本人となれます」

外国人とまちがわれないよう、一文字姓を日本人らしい二文字姓に改姓する家もあった。軍政下だと改姓が楽だといって、特にヤマトゥ《本土》へ行く人はさかんに改姓した。

若者は続けた。

「とにかく、本日ただいまより、このシマからは沖縄式を排除するよう、よろしくお願いいたします」

区長が最後に立ちあがってしめくくろうとした。

そのとき、じゃーじゃ《おじいさん》が前のほうで立ちあがった。空襲どきは警防団長だったりもしたけれど、今はなんの役職にもついてない。発言するのは久しぶりだった。わたしは自分が立ちあがったかのように、どきどきした。

「あなたがたは沖縄式を排除排除とおっしゃるが」

じゃーじゃの声は太かった。集会が終わりだと思って立ちあがりかけていた人たちも、座りなおした。

「沖縄は、わたしたちにとって、親島《おやじま》じゃないのかねー」

じゃーじゃの言葉は思いがけなかった。集会所はしんとなった。

「えらぶ《沖永良部》にとっても、与論にとっても、沖縄は親島じゃないのかねー」

前に立った区長たちは顔を見合わせ、発言を遮《さえぎ》るべきかどうか迷っているようだったけれど、じゃーじゃは集会所に集まった人たちに語りかけていた。

「自分かわいさに、子が親を捨てるような、親の恩をありがたいとも思わないような、そんな考えでよいのかねー」

「しかたがないよー」

前のほうから声が聞こえてきた。意見というほどのものではなく、ひとりごとのような口ぶりだった。静まりかえっていなければ、聞こえなかったほどの。

「こっちまで復帰できなくなったら困るからねー」

だれが言ったのかはわからない。わたしの周りの人たちも頷きながら、ささやきあう。

「たしかに沖縄はかわいそうだけどねー」

「しかたがないよー」

しかたがない。

わたしはこの言葉を聞いたことがあった。

戦争中、わたしたちはそう言いあいながら、戦争を続けた。

戦争だから、しかたがない。海が閉ざされてものがなくなっても、わずかな食料を守備隊に供出しなくてはいけなくても、あちゃ《おとうさん》やみー《兄さん》を戦地に送らなくてはいけなくても、しかたがない。

特攻戦死したイチみーの町葬の日、あま《おかあさん》は何度もこの言葉をくりかえした。子や夫を戦争で亡くしてさえ、そう言ってあきらめてきた言葉。

ナークはウム《芋》を盗み食いした。あのころと同じ言葉が氾濫《はんらん》して、ナークは追いつめられた。すっかり忘れていた。日々の積み重ねの中で忘れてしまって、なかったことにしていた。

数えきれないほどの犠牲の末に戦争が終わったというのに、まだわたしたちは、同じ言葉をくりかえして、あきらめようとしている。

「たしかに一意見ではありますが」

区長さんが声を張りあげた。ささやき声は聞こえなくなった。

「なにしろこの日本復帰がかかっている一大局面でありますので、なるべく沖縄式は排除する方向でお願いいたします」

区長さんの言葉が忙《せわ》しないのは、じゃーじゃ《おじいさん》の発言が気に入らないせいなのか、島では日暮れから九時までの二時間ほどしか電灯がつかないせいなのかはわからなかった。

「今、ちょうど復帰運動の中心となって、日々邁進《まいしん》しておられる、高校生も来られました。ここまでの復帰運動の経過について、お話ししていただきます」

ユキが立ちあがると、じゃーじゃは座った。

「みなさん、区長さんがおっしゃるように、今は、日本復帰がなるかどうかの一大局面です。二島分離、北緯27度半線の分離信託統治は、新聞社の誤報であったことが明らかになり、三町村長の命懸けの日本復帰陳情により、面会した岡崎外相からは27度半で切り離して交渉する意向はない、大島郡全体を一括して返してもらえるよう交渉するつもりだとの言明をいただきましたが、まだまだ油断はならないのです。なにしろ、吉田首相は、三町村長との面会まで、えらぶ《沖永良部》与論が二島分離でこのような騒ぎになっていることを知らず、奄美をえんびと読んではばからなかったような状況なのです」

あまりに滔々《とうとう》と話すので、わたしはついていくのがやっとだった。

「しかしながら、三町村長の命懸けの復帰陳情を知ったヤマトゥ《本土》の人たちは、東京でも神戸でも、三町村長を熱烈に歓迎し、復帰を応援してくださったとのことで、三町村長の行くところ、どこも大変な人出だったそうです。ヤマトゥ《本土》の人たちでさえこれほどに応援してくださっている今、われわれが油断してはなりません。三町村長の命懸けの陳情を支え、見事日本復帰を成し遂げるためには、何よりもまず、わが島での一層の復帰運動の盛り上がりが不可欠なのです」

青年団の若者たちを中心に、歓声と拍手が巻きおこった。

「やっぱりユキはすごいなー」

指笛とも拍手ともトラグヮーの感嘆とも離れて、わたしは遠いところにいた。

あまは《おかあさん》じゃーじゃ《おじいさん》とならんで座っていた。いつものように帯を前結びにして、髪を高く結いあげている。

避難したトゥール墓《風葬》からわたしたちを追いだしたおばさんは、あのとき、背中に赤ちゃんを背負っていた。わたしたちを追いだしたことはおぼえていないのか、知らないふりをしているのか、謝ってもらったことはなかった。

おばさんだけではなかった。戦争が終わってから、戦争中にしたことを謝った人はいなかった。わたしたちをだましてきた兵隊さんたちも、謝らないまま、ヤマトゥに帰っていった。戦争をしたのは政府と軍部のせいだということになったけれど、その人たちが謝ったとは聞いたことがなかった。だれも謝らないまま、すべては戦争のせいですましてしまうようになった。戦争で死んだあちゃ《おとうさん》もイチみー《兄さん》も尊い犠牲というものになってしまった。帯を後ろ結びにしたおばさんたちにもこどもがいた。こどもたちの未来のためにも、何がなんでも復帰したいにちがいない。その気持は、きっと、わたしのあまともじゃーじゃとも同じはずなのに。

じゃーじゃは、アメリカ軍がこの島に上陸したときは、第三避難壕でわたしたちを殺そうと、家中の鎌《かま》や包丁を研《と》いでいた。じゃーじゃは戦争にいったことがあったし、沖縄から脱出して、前の《メーヌ》浜に辿りついた逃亡兵から、女学生も中学生も竹槍を持って突撃するような沖縄の惨状を聞いて、覚悟を決めていたという。

アメリカ軍の上陸はまちがいないと、ユニみーは戦車壕を掘っていて、撃たれて死んだ。アメリカ軍は沖縄に上陸して、とうとうえらぶ《沖永良部島》には来なかった。ヤンバルが沖縄で拾った、無数の人の骨。そのおかげで、わたしたちは死なないですんだ。

それなのに。

もうすぐ電気が切れる時間だった。わたしは、立ちあがる人たちに埋もれていく、あまとじゃーじゃの横顔だけをみつめていた。

教員免許の試験を受ける三年生たちは、学校に泊まりこんで試験勉強をするようになった。もちろん先生も泊まりこみで教えていた。

それでも三年生たちは復帰運動にも関わってくれた。まだあちこちのシマ《集落》に復帰運動の意義をわかっていない人もいると言って、配役を決めたきりになっていた「ハムレット」を演じると触れてシマの人を集めることになった。娯楽に飢えているシマの人たちは、こぞってやってくるにちがいない。劇のあとで、復帰運動の意義を理解してもらったり、運動資金を集めたりするのだ。

「東さん、頼むねー」

大勝さんに声をかけられて、わたしはあわてて頷いた。

オフィーリアなんてやりたくなかったけれど、試験勉強をしている三年生でさえ出てくれるのに、拒絶することはできなかった。脚本だって、これからは国際化の時代だからと平先生が選んで、わたしたちのために書いてくれた。

なるだけ町から遠いシマをえらんで回ることになり、復帰運動の一環ということで、トラックを出してもらった。

はじめに入った国頭《くんじゃい》のシマの集会所は、いっぱいの人だった。わたしたちは万雷の拍手をもって迎えられた。期待の大きさに足がすくむ。

「劇なんて、なつかしいねー。昔はよく、沖縄から那覇《なは》芝居が来てくれていたけどねー」

手の甲に入れ墨《ハンヅキ》をしたあじ《おばあさん》たちがしゃべる声が聞こえた。

「何を見せてくれるのかねー。伊江島《いえじま》ハンドゥグヮーかねー、もどりかごかねー」

「なんだっていいよー。組踊《くみうどぅ》いなんて久しぶりだねー。楽しみだねー」

那覇芝居は、わたしにもなつかしかった。帆を張ったサバニ《くり舟》でやってくる那覇芝居の一行は、神社の下の浜に小屋掛けして、沖縄の芝居を見せてくれた。木戸銭を持ってないのに、ものめずらしさに寄っていったら、こどもだからと入れてくれ、マチジョーとふたりで見たこともあった。滑稽《こっけい》なもどりかごをそのとき初めて見て、おなかを抱えてわらった。

沖縄からのサバニに乗ってやってくるのは、那覇芝居だけではなかった。頭に魚をのせてシマを回って商売する糸満《いとまん》の女の人や、藍《あい》を売る人もやってきた。映画が来ることもあった。浜の橋の欄干にスクリーンを掛け、浜辺から見上げる。入場料が払えないので、裏側から見た。弁士の声もなく、映像は裏返しでよくわからなかったけれど、映画を見ているだけで楽しかった。

「カミ、早く」

ユキの声にはっとすると、いつの間にか、舞台の支度ができていた。舞台といっても、竹で作った剣やぐさんこの花束《ハイビスカス》を用意しただけのものだ。衣装もあるはずがなく、オフィーリアのわたしはセーラー服のままだし、ハムレットの大勝さんもレアティーズのユキもHBTの普段着だ。トラグヮーはばしゃちばら《芭蕉布の着物》を羽織《はお》って、クローディアスを演じる。

ところが、劇が始まって間もなく、客席はざわめきはじめた。騒がしさにますます上がったわたしや他の出演者はすくんでしまって、大きな声が出なくなった。大勝さんやユキが声を張りあげるが、そもそも台本はヤマトゥ《本土》言葉だし、正直なところ、演じているわたしたちにも理解できない難しい言葉のやりとりに、あじや《おばあさん》じゃーじゃ《おじいさん》たちはついていけなくなったようだ。後ろで見ていた青年団の人たちも騒ぎだす。

「よくわからないぞー」

そんなヤジが飛んだ。

「高校生のやることは、やっぱりおれたちにはわからないなー」

どこからかそんなあきらめのような呟きも聞こえた。

「静かに」

「静かにしてください」

袖にいた三年生や二年生が叫んだ。

伊江島ハンドゥグヮー。もどりかご。舞台が始まる前に聞こえた、あじたちの言葉を思いだす。わたしもだいすきだった那覇芝居。

わたしたちがすきだったのは、小さいころからなじんできたのは、シェイクスピアではなかった。

はーとぅーま《鳩間》　なーかー《中》むーり《森》

　わたしは思わず、唄いながら踊りだした。なぜ鳩間節《はとうまぶし》なのかは自分でもわからなかった。小さいころから唄ってきた唄。何度もみんなで踊った踊り。美奈子が神戸からヤマトゥ下りしてきたとき、手を取って教えてあげたのはわたしなのに、美奈子はすぐに、わたしよりも上手に踊るようになった。

　　はい ぬーぶーてぃー《かけのぼって》

　集会所は静まり返った。やらなければよかったとまた今になって思う。わたしはいつもいつも、後悔が遅い。

　でも、わたしはもう、踊りだしてしまった。一度踊りだしたら、終わるまでやめることはできない。

　声が上《うわ》ずる。三味線なしで踊ったのは初めてだった。これまではいつもだれかが三味線を弾いてくれた。くるりと回るたびに、唄に踊りがわずかに遅れ、調子もずれていく。

　だれか三味線を弾いて。

　祈る思いで、袖の二年生をふりかえるけれど、シェイクスピアをやるのに、三味線なんか持ってきているはずはなかった。

ところがそのとき、わたしの唄に合わせ、三味線が鳴った。

クバー《クバ》ぬー《の》　しーちゃ《下》にー《に》

集会所の外から聞こえてくる音は、わたしの唄にぴったり合わせてくれる。

だれかわからないが、きっとこのシマ《集落》の人だろう。

このシマに来たのは初めてだった。でも、なぜか、溜《ため》が多いながら澄み切ったこの三味線の音を、いつかわたしは聞いたことがあるような気がした。

背筋がのびる。

よい三味線はすぐにわかる。踊りと三味線の音がまつぶり《まつわり》からんで、自分の踊りにうっとりする。

いつまでも、この三味線に合わせて、踊っていたい。

そのとき、手拍子が始まった。

はい《かけ》ぬー《の》ぶー《ぼ》てぃー《って》

手拍子は広がり、唄も始まった。わたしの唄に合わせて、シマの人たちが声を揃えて唄ってくれる。

すぐにわたしの声は聞こえなくなった。わたしは三味線に耳をすまして踊りつづけた。

　はいーやよー　てぃばー

　かーいーだーきー

晴れた日には、与論《よろん》島の向こうに、沖縄の島影が見える。沖縄風の着物の前結びをやめる。頭にものをのせて運ぶことも。言葉をヤマトゥ《本土》と同じに改める。何をしたとしても、わたしたちはかわらない。

伊江島ハンドゥグヮー。もどりかご。鳩間節《はとうまぶし》。谷茶前《たんちゃめー》。お祝いの始まりに必ず踊る御前《ごぜん》風《ふう》。どれも、沖縄から伝えられたものだった。

沖縄は親島じゃないのかねー。

じゃーじゃ《おじいさん》の声がよみがえる。

アメリカは沖縄を手放さないから、一緒に復帰はできそうにないからと、切り捨てようとする沖縄の踊りも風習も何もかもを、わたしたちはずっと、うやほー《先祖》からずっと、大事にしてきたのに。

てぃとぅーゆーるーでんよー
まさーてぃーみぐーとぅー

踊りおわると、指笛と拍手が巻きおこった。

「セーラー服の鳩間節《はとうまぶし》を見たのは初めてだよー」

入れ墨《ハンヅキ》の鮮やかな手をたたきながら、あじ《おばあさん》たちが言ってくれた。

「かわいらしい鳩間節だねー」

「あべ《あれ》あべ《あれ》、もうすぐ電気が切れるよ」

だれかが声をあげた。

そのとたんに、集会所の電気が消えて、真っ暗になった。九時になったのだ。みんな、暗闇の中でどっとわらった。

「月がきれいだよー。外で踊ればいいよー」

だれかの声に、集会所に集まっていた人たちは立ちあがった。

そしてまた、三味線の音が聞こえてきた。けれどもそれは、さっきまでの音ではなかった。別の人に交替したらしい。

さい《酒》さい《酒》さい《酒》

さいむちくー《酒持ってこい》
ぬでぃあしばー《飲んで遊ぼう》

サイサイ節だ。

きゆぬ《今日の》　ふくらしゃや《よろこびは》　スリ
むぬに《たとえ》　たてぃららむ《ようがない》

いちむ《いつも》　きゆぬぐとぅし《今日のように》　スリ
あらち《あらせて》　あらち《あらせて》　たぼり《ください》

集会所の外で、シマ《集落》のだれかが唄いだした。唄に合わせて、集会所の前の広場《トー》に、踊りの輪ができる。高校生のわたしたちも、シマの人たちのあとからついて出た。月明かりの中、シマの人たちは踊りだした。月の下で始まる踊り。わたしはこの光景を見たことがあった。

空襲をおそれて、砂糖小屋に避難していたころ。もうみんな死んでしまうと思いこんで、ごちそうを持ちよって夜な夜な唄って踊った。

このまま戦争が終わって、もしみんな死ななかったら、いい思い出になるねー。

そう言ってわらったのはマチジョーのあま《おかあさん》だったか、中の家《ナカヌヤー》のおばさんだったか。

あまみ《奄美》 えらぶじま《えらぶ島は》 スリ
しま いくさあてぃむ《小さい島だけど》
しま いくさあてぃむ《小さい島だけど》 スリ
くがにじまでぃむぬ《黄金島だそうな》

シマ《集落》の人たちは踊りの輪の中にわたしたちを招き入れてくれた。ユキも大勝さんも、照れくさそうに踊りだす。ヤマトゥ《本土》下りのユキでさえ、白い手を闇にひらめかせる。

この島で育って、サイサイ節を踊れない人はいないんだとあらためて気づく。

そうだった。

何よりもわたしたちがすきだったのは、この島の唄と踊り。

じゃーじゃ《おじいさん》やあじ《おばあさん》や、これまでこの島に生きたうやほー《先祖》たちが、ずっと伝えてきた唄と踊り。

シェイクスピアじゃなかった。

わたしの気持は、沖縄から戻ってこられなかったヤンバルの気持は、シェイクスピアにはのせられなかった。シェイクスピアでは、この島の人たちにはわかってもらうことはできなかった。

腰までの長い髪を高く結いあげ、沖縄で作られた銀のとぅんぐし《かんざし》を差したあじ。踊る手の甲には、鮮やかな藍色の入れ墨《ハンヅキ》がきらめく。前できゅっと結んだ着物の帯。働きもののこの島の人たちが動きやすいように、裾も袖も短い丈の着物。赤土を踏んで踊る、はだしの足。この島だけで伝えられてきた唄と踊り。ヤマトゥとはあまりに異なる言葉。

その言葉を使うことを、国民学校では禁じられた。島ムニ《言葉》でしゃべった生徒は、方言札を首から下げられた。マチジョーやトラグヮーはいつも方言札を掛けられていた。あのころ、得意になってヤマトゥ言葉をしゃべっていたのが恥ずかしい。

この島は日本になっていいんだろうか。アメリカの統治のままでいいわけはないけれど、親島の沖縄と袂《たもと》を分かって、日本になっていいんだろうか。

あたりまえのようにだれも考えもしていないけれど、アメリカの支配を逃れたら、今度は日本の一部になるというのは、それは本当にあたりまえのことなんだろうか。

こんなに、着るものもしゃべる言葉も唄も踊りもちがうのに。それが本当にわたしたちにとって幸せなことなんだろうか。

わたしにはわからなかった。

三味線を弾いていたのは、知らないおじさんだった。やはりこのシマ《集落》の人らしい。踊りながら鳩間節《はとうまぶし》を弾いてくれた人を捜したけれど、ほかに三味線を持っている人はいなかった。もう一度、あの三味線の音で踊りたい。

えらでぃ　えらばらぬ《選んでも選べない》
えらぶじまやゆい《えらぶ島だから》
ゆりぬたま　ちゅくてぃ《百合をつくって》
ゆたかくらさ《豊かに暮らそう》

踊る人たちの笑顔の向こうに、三味線を弾いた人を捜す。

いつかどこかで聞いた音。この島がアメリカでも、日本でも、沖縄でも、かわらないはずの音。

わたしの体の中にしみこんで、決してわすれることのない音。

さらば　たちわかり《そろそろお別れしましょう》
なちゃやぬびる　うもーり《明日の夜またおいでください》

踊りの終わりを告げる唄が始まった。唄遊《とーあしび》びは必ず、この唄で締めくくられる。トラックがないと来られないほどの遠いシマなのに、そんなことまで、わたしのシマと同じだった。

なちゃぬい゙る　うもーり《またおいでください》
まくとぅ　かたら《ありのままの思いを語りましょう》

最後の唄が終わって、大勝さんが復帰運動の意義を演説して、シマの人たちに見送られて、トラックが発車してもなお、わたしはあの三味線の音の主を捜していた。

なぜだかはわからなかった。その人がだれなのか、もしその顔を見ることさえできれば、わたしにはわかる気がしたのだ。

「東さん、よくやってくれたねー」

「東さんがいなかったらどうなっていたかわからないねー」

荷台でみんなが掛けてくれる言葉に頷きながらも、わたしは、小さくなっていくシマの人たちから目を離さなかった。

けれども、やがて、シマはわたしから遠ざかり、闇に消えた。

三年生が卒業して、わたしたちが三年生になっても、復帰運動は続いた。小学校の教員となった大勝さんたちは、事あるごとに駆けつけてくれた。婦人会の人たちが、来日していたルーズベルト大統領夫人に福岡で面会して、直接陳情したこともあった。

手応えだけはあるものの、肝腎《かんじん》の復帰のニュースはなかなか来なかった。あきらめて、密航してヤマトゥ《本土》の大学へいくと教員をやめた卒業生も、琉球大学へ進学する卒業生もいた。

ところが、復帰のニュースは突然もたらされた。八月の夏休みの真っ最中に、アメリカのダレス国務長官が奄美群島返還声明を出したのだ。

島中が喜びに沸いた。国務長官が何をする人なのかもわからずにダレスさんと呼んで、まるで英雄のように称えた。まだ小学校に上がっていないこどもでも、ダレスさんの名前を知らない人はいなくなった。

「アメリカのダレスさんが、えらぶ《沖永良部》と与論を日本に戻してくれるんだよねー」

トラグヮーの下の妹が、トラグヮーに言う。

「サンタクロースみたいだなー」

トラグヮーが、妹の舌足らずの言葉に、うれしそうにわらった。

名瀬《なぜ》ではすぐにダレスさんに感謝をする郡民大会が開かれたというので、えらぶでも、ダレス声明感謝町民大会が開かれることになった。昼は旗行列、夜は提灯行列をするという。日の丸も許され、断食をあんなにいやがっていたナークも、嬉々として、明日の大会で振る日の丸の旗を作りはじめた。

じゃーじゃ《おじいさん》は竹を曲げて、提灯を作っている。

「提灯行列なんてひさしぶりだねー。南京陥落以来じゃないかねー」

あじ《おばあさん》がじゃーじゃの手許をみつめながら言う。じゃーじゃは頷いた。

「あのとき、南京を落とせば、中国は降参すると思っていたのにねー」

じゃーじゃが呟いた。

「あちゃ《おとうさん》が南京で戦っていたからねー」

あじの顔から笑いが消えた。

「あのあと、あちゃがやっと戻ってきたと喜んでいたら、別人になっていたねー。南京で一体何があったんだろうねー。あんなにかわいがっていたカミを、あの子は戻ってから、とうとう一度も膝にものせなかったねー」

「それでまた出征していってねー」

「あんなに子煩悩《こぼんのう》だったのにねー。イチを膝の中から出したこともないくらいに。いつも険しい顔をして、酒ばかり飲んでねー。わたしはなんべんも、この子は別の人なんじゃないかと思ったものだったよー。戦争に行って、だれかと入れ替わってきたんじゃないかと思ったんだよー」

「結局、あちゃはナークの顔も見ていないねー」

人がかわってしまったあちゃ《おとうさん》は、ナークに会いたかったんだろうか。

人がかわってしまったあちゃしか知らないわたしは、その険しい顔をおぼえていなかった。わたしは、あちゃの顔をおぼえてなくてよかったと、初めて思った。

戦争でかわってしまったあちゃ。あちゃだってきっと、わたしにその顔をあちゃの顔としておぼえていてほしくはなかったはずだった。

わたしがおぼえているあちゃは、本当のあちゃじゃない。あちゃはきっと、わたしにそう思っていてほしかったはずだ。わたしにもナークにも。きっと。

あじ《おばあさん》とじゃーじゃ《おじいさん》の話など聞いていないナークは、西洋紙にお椀を伏せたりお茶碗を伏せたりしている。

「あやー《姉さん》、日の丸、これくらいの大きさでいいかなー」

「うーん、ちょっと大きすぎるんじゃないのー」

「じゃあこれかなー」

ナークは手塩皿を西洋紙に伏せ、赤いクレヨンで周りをなぞる。

その赤い丸が、真っ赤に塗りつぶされていくのをみつめながら、わたしは、これが何か別の旗になるということは、そんなにありえないことなのだろうかと考えていた。

江戸時代には薩摩《さつま》藩《はん》から黒糖栽培を強いられたという奄美群島。そんな鹿児島の、日本の一部になるのではなく、太平洋の向こうの、はるかに遠い国であるはずのアメリカに統治されるのでもなく。

太陽でも、星でもない、別の旗は考えられないのだろうか。

「できたよー」

できたばかりの日の丸の旗に棒を差し、ナークは打ち振った。その顔はうれしそうにわらっていた。

ナークはただ、旗ができたことがうれしかっただけかもしれない。でも、その笑顔を、わたしは失いたくはなかった。


ダレス声明感謝町民大会では、アメリカの統治になってから初めて、日の丸の旗が振られた。もう自分たちは日本人だということで、シマ《集落》のおばさんたちはみな、帯を後ろに結んで行進した。

夜になると旗行列は提灯行列にかわった。提灯の光の波の中で、わたしはふと、だれかの視線を感じ、足をとめてふりかえった。

提灯の光を浴びて浮かび上がる喜びに満ちたいくつもの顔の中に、白い顔が浮かんでいた。ユキだ。

わたしは、立ちどまってこちらを見ているユキのそばまで歩いていって、足をとめた。

「やっとこの日が来たね」

ユキの頬は赤かった。いつか見たことのある顔だった。

「大勝さん、うれしそうだねー」

わたしは目をそらして大勝さんを見た。先頭に立って旗を振る大勝さんの顔は、いつにも増して、輝いていた。

「でも、これでいいのかなー」

わたしは呟いていた。

「アメリカの統治でいいわけはないけど、でも、沖永良部島《えらぶ》は日本に復帰するのでいいのかな。それでいいのかな」

「だから鳩間節《はとうまぶし》を踊ったの」

わたしは頷いた。

「なんか、ちがうような気がしたの」

わたしは言った。

「シェイクスピアじゃないような気がしたの。それに、なんか、ちがうような気がするの。復帰運動そのものが」

わたしは言葉を探した。

「何もかも、ヤマトゥ《本土》式にしてしまっていいのかな。沖縄は親島なのに、えらぶと与論だけ復帰していいのかな。しかたないって、すませてしまっていいのかな」

ナークやじゃーじゃ《おじいさん》を思いながら、わたしはひとりごとのように呟いた。

「カミらしいね」

ユキはわらった。

「しかたないって、カミは思えないんだよね」

「ユキもしかたないって思うのー」

「しかたないからね。できることを精一杯やることしか、ぼくたちにはできないからね。えらぶと与論が先になったけど、次はきっと沖縄が復帰するよ。残念だけど、少しずつしか、ぼくたちにはできないんだよ。そして必ず、ぼくたちは何かを犠牲にしているんだよ」

「わたしにはわからないよー」

うつむくわたしを覗きこむようにして、ユキは言った。

「カミがゆっくりなのは、理解するのに時間がかかるからなんだよね。理解してから動く」

わたしとユキを避けて、提灯を持つ人の波がふたつに分かれ、流れていく。

ユキはわたしの頰に触れた。

「そういうカミがすきだよ」

ユキの手はひんやりしていた。わたしは無数の提灯の光の中に立つ、ユキを見上げた。

ユキはわたしよりも白い顔でわらっている。いつもわたしを見ては、わらいかけてくれる顔。きっと、これから何があったとしても、わたしを思いつづけてくれる人。

そのとき、きゃあっという悲鳴が後ろから上がった。

「あや《姉さん》ー」

ナークの呼ぶ声も聞こえた。わたしはとっさに、騒ぎで乱れる人の波をかきわけて、声のほうへ向かった。

人波がぽっかりと空いたところで、旗が燃えていた。そばでナークが立ちすくんでいた。足許には、せっかく一所懸命竹を曲げて紙を貼って作った提灯が落ちている。ナークがはしゃいで振りまわした提灯の火が旗にうつったらしい。

すぐに周りの人が踏み消してくれて、白い煙ばかりになった。

「ごめんなさい。うとぅ《弟》ーがはしゃいでしまって」

わたしは何度も頭を下げた。

あたりは焦げくさい匂いで満ちていた。

空襲どきの、逃げまわっていたときを思いだす。戦闘機の飛びまわる中を、せっかく避難したトゥール《風葬》墓から出て、マチジョーが一緒に逃げてくれた。

あのときの匂いだった。

照明弾の光の中を、山羊だけを連れて、一緒に逃げたこともあった。

あのとき、マチジョーはあきらめなかった。シマ《集落》の大人たちが、どうせみんな死んでしまうからと、何もかもしかたないとあきらめて、寝たきりのハナ兄《み》ーに乳を出してくれる山羊を食べてしまおうとしても。

わたしたちはあきらめなかった。

「わたし、帰るねー」

追いかけてきてくれたユキに背を向けたままで言う。ナークをうながして、焼けた提灯を拾いあげる。

「ナークはもう眠いんだよ」

ユキはきっとわらっている。ふりかえらなくてもわかる。

「おやすみー」

わたしはその笑顔に背を向けたまま、歩きだした。あのとき、マチジョーに抱かれていたナークが、あとからとぼとぼついてきた。

ナークはマチジョーのことを何もおぼえていない。おぼえていないということは、それはなかったことと同じだった。

マチジョーは、蘇鉄の陰で、グラマンから撃ちこまれる機銃の弾から、ナークを抱きしめて守ってくれたのに。

マチジョーは今、どこにいるんだろう。

やっと、もうすぐ、どこかのだれかから見て北でも南でも西でもない場所になるこの島。わたしたちはここにいて、マチジョーはきっと、世界の真ん中にいる。

でも、マチジョーは島で生まれた。マチジョーが今、たとえ、どこにいたとしても、マチジョーもまた、タビの人だった。

島に帰ってくるべき人だった。たとえ、何世代を経ようとも。


お盆が近づいていた。

集落《シマ》では、うやほー《先祖》にいい報告ができると、みんな喜んでいた。

沖縄に出稼ぎにいっている人たちも戻ってくる。でも、そのなつかしい顔の中に、ヤンバルの顔はなかった。

お盆の日は、朝から墓に持っていくごちそうを作るのに大わらわだ。高梁餅《トージニムチ》を作るのに、芭蕉葉《ばしゃぬは》が足りなくなって、取りに出た。

芭蕉葉は墓地の近くの茂みにたくさん生えている。墓にごちそうを持ち寄って、うやほーと飲み食いするお盆の夜は、遅くまでみんな墓に集まって騒ぐ。小さいころは、どの家が遅くまで墓にいられるか競争した。

まだ人気のない墓地の隅に、桶や柄杓《ひしゃく》に水が溜まったまま置いてあった。

だれかが亡くなると、墓地に埋葬した三年後に掘りおこして洗骨する。よい日を選び、女性たちだけで、掘りおこした骨を洗い清める。そのときに使った桶や柄杓は、そのままでは家に持って帰れないので、墓地の隅に置きっ放しにして、雨に清めてもらう。

あまや《おかあさん》あじ《おばあさん》は、時おり早朝から、今日は縁のある人の洗骨だと出かけていくことがあったが、わたしは洗骨をしたことも見たこともなかったので、野晒しにされた桶や柄杓を見るとどきりとする。

でも、清められた骨にはうやほーの魂が宿っていて、いつでもわたしたちを見守ってくれていると、あまもあじも言う。骨は墓石の後ろに置かれた納骨甕《インジガミ》に納められ、あじは折にふれて、うやほーに会いにいっていた。

あちゃ《おとうさん》が戦死して四年目のとき、遺骨がないので洗骨の必要もないのに、形ばかりの洗骨の真似ごとをしたことがあった。

終戦の年の戦死者が多くて、ちょうどその年はどの家も形ばかりの洗骨をしていた。マチジョーの家だけは、越山で撃たれて亡くなったユニみー《兄さん》の、正式な洗骨をしないといけなかった。戦後まもなく病気で亡くなったハナみーに合わせ、ユニみーとハナみーと一緒に洗骨をすることになった。

わたしは、そのとき、神戸に行ったきりのマチジョーが帰ってくることを期待した。

でも、帰ってこなかった。ユニみーとハナみーの洗骨は、マチジョーのあちゃの親戚と、あまやあじ、シマのほかのおばさんたちの手によって行われた。

神戸にいるんだってよー。

元気で暮らしているんだってねー。

あま《おかあさん》とあじ《おばあさん》はマチジョーの親戚から、そんな話を聞いて帰ってきた。

次の七回忌のときも、マチジョーは戻ってこなかった。そして、マチジョーのあちゃ《おとうさん》の親戚の家も、いつまでも復帰しないこの島に見切りをつけて、密航して出ていってしまった。それきり、マチジョーがどこにいるかはわからなくなった。

ヤンバルの墓の前には美奈子がいた。青い縞柄のワンピースを着て、ハイヒールを履いていた。わたしは芭蕉葉《ばしゃぬは》を持ったまま、墓地《しま》に入っていった。

「美奈子」

ふりかえったその顔は、涙に濡れていた。

「カミ」

美奈子は頬をごしごしとこすって、立ちあがった。その顔は白かった。ただでさえ肌が白いのに、シマ《集落》のだれもしていない、白粉《おしろい》を塗っていた。

「お別れしていたのー」

美奈子はヤンバルの墓を見下ろした。遺体がみつからなかったヤンバルも、あちゃと同様に骨がない。改葬されることもなく、珊瑚の石を削っただけの墓石は粗末《そまつ》なものだった。

「島を出るのよ。沖縄へ行くの」

「どうしてー。もうすぐ日本に復帰するのに」

奄美群島兄弟五島は一緒に、日本へ、母のもとに帰れることになった。もうひとりの母である沖縄と別れて。

「沖縄はアメリカのままなんだよー。別々の国になるんだよー」

「どこの国でもいいの」

美奈子はきっぱり言った。

「アメリカでも日本でも、わたしが幸せになれるところなら」

美奈子はわたしをにらみつけるようにみつめた。

「お金を稼いで、洋服もおもちゃも、いっぱいおみやげに持って帰ってきてあげるからねーって、あちゃは言った」

七島灘に沈んだ美奈子のあちゃも、遺体がみつからなかった。

「今度沖縄から戻ってきたら、わたしを幸せにするからねーって、ヤンバルは言った。でも、ふたりとも、戻ってこなかった」

美奈子は、ふたりの大事な人を海で亡くしていた。

「もうだれの言葉も信じない。わたしは自分で自分を幸せにするの」

わたしは美奈子を引きとめる言葉を持っていなかった。

神戸から来たとき、美奈子はセーラー服を着て、白いズック靴を履いて、ランドセルをしょっていた。ヤマトゥ《本土》言葉で滔々と話し、島の外に広がる世界のことを教えてくれた。ナークをしょっていて遊びに交じれず、校庭の隅にいるわたしと、いつも一緒にいてくれた。

「美奈子、お願いだから、幸せになってねー」

今、美奈子と別れるときが来たことに、いくらのんきなわたしでも、やっと気づいた。

「お願いだから」

「あんたはいつも優しいね」

にこりともせず、美奈子は言った。その白い顔は、いつにも増して白い。さっきまで泣いていた、目だけが赤かった。

「ヤマトゥ下りって、あんたはわたしを一度もからかわなかったね。何も訊かずに、いつも消しゴムを貸してくれたね」

美奈子の顔は怒っているようだった。神戸から引き揚げてきて、田畑を持っていなかった美奈子の家は、妹や弟が生まれるたび、目に見えて生活が厳しくなっていった。

一番上の妹がシマ《集落》の墓地を荒らしたこともあった。納棺のとき、亡くなった人にお茶代として小銭を入れてあげる。それを狙って墓を掘り返したのだ。朝、墓参りに来た人が驚いて、一点鐘を鳴らした。

美奈子の妹が青く錆びた金を使おうとしたので、だれがやったかはすぐにわかった。シマの集会が開かれたけれど、じゃーじゃ《おじいさん》はもちろん、シマのだれも美奈子の家を責めなかった。

妹が買おうとしたのは、生まれたばかりの弟の粉ミルクだった。美奈子のあま《おかあさん》は産後の肥立《ひだ》ちがわるく、乳が足りていなかったのだ。美奈子のあちゃ《おとうさん》が神戸を目指して密航したのは、それからすぐのことだった。

「あんたこそ、幸せになってね」

美奈子はそう言うと、やっとわらった。

わたしと美奈子は、ならんでヤンバルの墓に手を合わせた。

「沖縄に行ってみたかったの」

美奈子は手を合わせたまま、ひとりごとのように言った。

「ヤンバルがいた沖縄に、ずっと行ってみたかったの」

「そうだねー」

わたしは頷いた。ヤンバルにこの言葉を聞かせたいと思った。どうして、ヤンバルはこんなに早く死んでしまったんだろう。

祈り終えて立ちあがったとき、美奈子はふと、思いだしたように言った。

「さっき、ここに、マチジョーがいたよ」

美奈子の言葉に、わたしは思わず、走りだしていた。

追いだされたトゥール墓《風葬》から一緒に逃げてくれたマチジョー。機銃掃射の下で、ナークを抱いて唄を唄ってくれたマチジョー。照明弾の光の中を、山羊を助けようと一緒に逃げたマチジョー。

わたしはニャーグ《石灰岩片》道を駆けぬけた。シマ《集落》の真ん中を通る、この真っ白な道は、マチジョーとならんで歩いた道だった。マチジョーが旅立つ前、わたしとマチジョーが垂らしたしずくが、わたしたちのあとをずっとついてきていた。

わたしは走って新家《シンヤ》へ行った。今はユキの家族が暮らす新家は、もともとはマチジョーの家だった。ユキの一家が住むようになって、屋号もかわって新家になった。

長い石垣の途中に、白い珊瑚石がひとつ嵌まっている。

マチジョーが島を出ていくとき、飼っていた山羊をもらった。山羊はいつもここに来るたびに立ちどまった。

おまえもマチジョーがなつかしいんだねー。

わたしはそう言って、一緒に立ちどまった。でも、家の中から出てくるのはユキだった。

山羊が立ちどまるところはほかにもあった。ホー《水汲み場》の入り口。砂糖小屋のそばの石垣。どこもマチジョーが山羊を連れて歩いたところ。

わたしも山羊も、マチジョーのことを忘れられなかった。ずっと。山羊を食べてしまうまで。

山羊を食べて、わたしは忘れてしまっていた。ずっと。もう二度と会えないと、あきらめてしまっていた。

新家の石垣をめぐって、中に入る。ユキが驚いて出てきた。

「どうしたの」

ユキの顔を見て、自分が息を切らしていることに気づいた。

どうしたんだろう。わたし。

マチジョーなんて、いるわけがないのに。

わたしは急に恥ずかしくなって、うつむいた。きっと、美奈子はわたしをからかって言ったに違いない。

「高梁餅《トージニムチ》を作るから、芭蕉葉《ばしゃぬは》を取りにいってたの」

「芭蕉葉はどうしたの」

ユキに訊かれて、自分が何も持っていないことに気づいた。あんまりあわてたので、芭蕉葉をどこかに放りだしてきたらしい。

「落としちゃったみたい」

わたしは門をふりかえった。そのへんには落ちていなかった。

「カミはほんとにしかたないな」

ユキはわらいながら言うと、わたしのほうへ一歩近づいた。

「取りにいってくるねー。またあとでねー」

わたしはとっさにユキに背を向けて走りだした。もと来た道を引き返す。

芭蕉葉《ばしゃぬは》は墓地の手前の道に落ちていた。美奈子はもういなかった。

家に戻って芭蕉葉をあじ《おばあさん》に渡すと、空桶を取りに裏へ回る。朝からの炊事で、水甕《ミジガミ》の水がずいぶん減っていた。

「カミ、聞いたー」

あま《おかあさん》がどこかから何かを聞いてきたらしく、トーグラ《台所》から顔を覗かせて、話しかけてきた。空襲どきとちがい、新聞もラジオもあることはあったけれど、まだ学校やシマ《集落》で耳に入る噂が一番の情報源だった。でもそれは、まちがっていることもしばしばあった。

「水を汲んでくるよー」

足をとめたくなくて、わたしはあまの声を後ろにすると、ホー《水汲み場》へ向かった。じっとしていたくなかった。何かしていないといられなかった。

水を汲んで桶を頭にのせ、家へ続くニャーグ《石炭岩片》道を歩く。撒かれた珊瑚の真っ白な道に、もうわたしはひとしずくの水もこぼさない。

でも、それを見てほしい人は、もういない。

途中にバンシロ《グァバ》の木があって、甘い匂いが漂っていた。木に登っては、バンシロをもいでいたマチジョー。臆病で木に登れないわたしのために、よくバンシロを取ってくれた。いつもマチジョーは、いろんな匂いを身にまとっていた。バンシロをくれたときはバンシロの匂い。草刈りのあとは草の青くさい匂い。牛に水浴びをさせにいったあとは、ため池の泥の匂い。

今になって、自分はどんな匂いだったんだろうと顔が赤くなる。平気でずっとそばにいたけれど、マチジョーはわたしの匂いをどう思ってたんだろう。

ユキの家の石垣に、ＨＢＴではない服を着た、見慣れない人が立っていた。

いつもマチジョーの山羊が、決まって足をとめた場所だった。

わたしは目を疑った。

「カミ」

見たことのない顔をしたその人は、わたしの名前を呼んだ。

でもわたしは、その人を知っていた。

「マチジョー」

思わず駆けだしかけて、頭の上の桶を落とした。

さっきまで真っ白だったニャーグ道に、水が飛びちって黒くなった。

「あべー《あれー》、せっかく汲んできたのに」

「カミはやっぱり、水汲みが下手だねー」

マチジョーが転がった桶も桶座《ハシ》も拾いあげて渡してくれた。

「マチジョーがびっくりさせるからだよー」

わたしがにらむと、マチジョーはわらった。わたしはその顔を見上げた。

わたしとかわらない背丈だったマチジョーは、わたしよりもはるかに大きくなっていた。

「こんなに大きな桶を運べるようになったんだねー」

その言葉に、マチジョーだけでなく、自分も大きくなっていたことに気づく。

「もういっぺん、行かないと」

「ぼくも一緒に行くよー」

いつか聞いたことがあるマチジョーの言葉。

「なんべんでも一緒に行くよー」

わたしはわらって、頷いた。


ホー《水汲み場》へ向かう道を、わたしたちはならんで歩いた。

わたしの裸足とマチジョーの靴がわたしたちの歩いた跡を残していく。

マチジョーはずっと神戸にいたという。

「ユニみー《兄さん》とハナみーの七回忌に戻りたかったんだけど、あちゃ《おとうさん》が病気になって戻れなくて。それでもナビあや《姉さん》は戻ったほうがいいって言ってたんだけど」

ユニみー。ハナみー。ナビあや。マチジョーの言葉に出てくる名前が、泣きたいくらいになつかしかった。

「なかなか戻れないでいるうちに、結局、あちゃが亡くなってねー。あちゃはずっと、島に帰りたいって言っていたから、ぼくが骨だけでも連れて戻ってあげることになって」

三味線ばかり弾いていたマチジョーのあちゃ。それでも、あちゃがいることが、小さいころのわたしにはうらやましかった。

「亡くなったのー」

マチジョーは頷いた。

「芭蕉の幹の真ん中をすって、いいシブ《樹液》とそうでないシブがあって、それをみつけるのがコツだとか言ってねー、紙に芭蕉のシブを塗ってシブサンシル《三線》も自分で作って、爪も牛の角で、ウマ《駒》も竹で手作りしていたねー。そんな能力は、神戸ではなんの役にも立たなかったよー。カンカン虫っていって、船の錆落としから始めてねー。働くのに向いてないのに、働いて働いて、やっと今度はぼくが働いて、やっと楽をさせてあげられるっていうときに、あっけなく死んでしまってねー」

「そうだったのー」

わたしにはかけてあげる言葉もなかった。

「でもねー、密航で来る島の人たちを、いつも家に置いてあげてねー。仕事や住むところが決まるまで。自分の生活だってやっとなのに、あまと《おかあさん》ふたりでいつも世話してあげてねー。娘さんが来たりすると、しばらく家から出さないんだよ。島から来た人は色が黒くておかっぱだから、すぐに密航者だってばれるって言ってねー」

わたしはわらった。今はおさげだけれど、わたしも中学生のときはおかっぱだった。そのときにマチジョーが戻ってこなくてよかったと思う。

「色が白くなって、髪がのびるまで面倒を見たりしていたよ。だからうちは島の人たちがよく集まる場所になってねー。あちゃ《おとうさん》の三味線で、たくさんの密航者が癒《いや》されていたよー。みんななつかしくて、あちゃの三味線を聞くたびに泣いていたよー。あちゃの三味線の周りには、いつも人が集まってきてねー。あちゃは幸せだったよー」

マチジョーのあちゃは、ハナみー《兄さん》の葬式のときにも三味線を弾いた。亡くした子を思う唄。あのとき、シマ《集落》のみんなが泣いた。

わたしははっとした。

シェイクスピアを演じにいったシマで、鳩間節《はとうまぶし》を弾いてくれた三味線の音。

あれはマチジョーのあちゃの三味線の音だった。

「マチジョー、いつ島に戻ってきたのー」

マチジョーが答える前に、重ねて訊ねる。

「マチジョーも三味線を弾くようになったのー」

マチジョーは頷いた。

「あちゃにはとても敵《かな》わないけどねー」

わたしは首を振った。

「あちゃの三味線の音にそっくりだったよー」

マチジョーはうれしそうにわらった。

「あちゃにはそんなこと、言われたことなかったよー」

「戻ってきてからは、どこにいたのー」

「あまの親戚のうちだよー」

「国頭《くんじゃい》のシマのねー」

マチジョーは頷いた。

わたしはずっと、待っていたのに。

でも、その言葉は言えなかった。

「ずっと働いて、やっと貯めた金も、密航ですっからかんになっちゃってねー。あちゃの骨を納めようにも、シマの人たちにお礼も振る舞いもできないからねー、親戚のうちでユリダマ栽培を手伝ってねー。ぼくはずっと、この島でユリダマを作りたかったんだ。カミはおぼえてるかなー。特攻機が不時着した飛行機畑に、東の家《アガリヌヤー》のあじ《おばあさん》がユリダマを植えていたんだ。戦争が終わってすぐ。じゃーじゃ《おじいさん》が戦時中、非国民だとか国賊だとか言われながら、手放さなかったユリダマ《百合の球根》を。いつかきっと、えらぶ《沖永良部島》は百合の島になるって言ってねー」

わたしは頷いた。

東の家《アガリヌヤー》のあじ《おばあさん》もずいぶん前に亡くなった。たったひとりの息子はフィリピンで戦死していた。跡取りのない東の家の家屋敷には、遠縁の人が住んでいる。

飛行機畑は放棄されたけれど、暑くなってくると、今も百合の花がぽつぽつと咲く。東の家のじゃーじゃが言った通り、戦争を生き延びた百合は、えらぶの大切な輸出品となって、この島の経済を支えている。

「奄美群島の復帰運動のことは向こうでも知っていてねー。奄美出身の人たちで寄付や署名を集めたりしてねー。島がどうなっているか心配でたまらなかった。ユキやカミががんばってるのを見て、うれしかったよ。みんなおそろいの服を着てたり、旗の字が旧字だったりして驚いたけど」

「おそろいなんてしてないよー。HBTしかないんだからしかたないよー」

「でも、びっくりしたよー。大人もこどもも、みんな同じ色の服を着てるから」

わたしたちはわらいあった。

「ヤマトゥ《本土》には新しい字があるのー」

「略して書くんだよー。学校ではみんなその字になっているよー」

ホー《水汲み場》で水を汲んでからも、わたしたちの話は尽きなかった。

七年も会ってなかったなんて信じられなかった。

青い空の下でざわめくさとうきび畑の間の道を、シマ《集落》に向かって歩く。わたしたちの歩いたあとには、水のひとしずくも落ちていない。ニャーグ《石灰岩片》道は真っ白なままだった。

「神戸に行って初めて、この島がきれいだったことを知ったよ。ユキや西島《にしじま》伍長がきれいだきれいだって感嘆していたことを思いだしてねー。あのときはどんなに汚いところから来たんだろうと思っていたけど、ヤマトゥに行ってわかったよ。別の場所が汚いんじゃない。この島がきれいすぎるんだ」

「西島伍長って」

「不時着した特攻機の搭乗員だよー。おぼえてないのー」

わたしは名前をおぼえていなかった。

「西島伍長はどうしたんだろうねー。正直に原隊復帰して、また特攻に行ったのかねー。どこか途中で、戦争が終わるまで隠れていてくれればよかったんだけどねー」

もう顔もおぼえていなかったけれど、優しい人だったことはおぼえている。マチジョーと海に連れていってあげたことも。

「戦争が終わるなんて、思ってもみなかったからねー」

だれも、戦争が終わることがあるなんて、考えてもいなかった。一億玉砕することなしに、戦争が終わるはずはなかった。ユニみー兄《にい》さんやナビあや姉《ねえ》さんが命懸けで掘った第三避難壕という最期の場所に行くことなく、戦争が終わるなんて。

でも、戦争はあっけなく終わった。機銃掃射で亡くなったユニみーも、特攻で死んだイチみーも、遠い南の島で死んだあちゃも、あと少しだけ生き永らえることができれば、今も生きていたはずだった。


「ナークは元気なのー」

「元気だよー。ガキ大将になって、走りまわっているよー。昔のマチジョーみたいだよー」

「全然歩かなくて、あんなに心配していたのにねー」

「きっとズルをしていたんだよー」

「ガムを毎日、かわりばんこにかんだよねー。おぼえてるー」

「そんなことあったっけー」

わたしはごまかした。本当は、ガムを見るたびにマチジョーのことを思いだし、そのときのことを思いだしていた。そのことをおぼえているなんて言えないほどに、そんなことを平気でしていた自分が信じられなかった。

「大事に大事にかんでいたのに、最後は落として山羊に食べられた」

わたしはそのときのマチジョーの慌てぶりを思いだして、思わずわらってしまった。わらってから、今はおぼえていないふりをしなくてはいけなかったことに気づいた。

「あの山羊はどうしたのー」

マチジョーは聞き流してくれた。

「山羊は山羊薬《やじくっすい》にして、食べちゃったよー」

わたしはなんでもないことのように答えた。

マチジョーからもらった山羊がいなくなったら、マチジョーの思い出が消えてしまうようで、マチジョーがこの島にいた証がなくなってしまうようで、泣いて反対してあまを《おかあさん》困らせたことは言わなかった。

「おいしかったよー」

「じゃあ、あのガムは結局、カミが食べたんだねー」

「あべー《あれー》、そういうことになるねー」

わたしたちは何度もわらいあった。

話しても、話しても、話したりなかった。


シマ《集落》は近かった。

水でいっぱいになった桶が重たいふりをして、いくらゆっくり歩いても、ユキの家はどんどん近づいてくる。

「ヤマトゥ言葉《本土》、しゃべれるのー。島ムニ《言葉》でしゃべってるけど」

「あたりまえだよー。向こうじゃずっとヤマトゥ言葉だよー」

「神戸でいじめられたりしなかったー」

「ユキがくれた靴を履いていたからねー。でも、あっという間に小さくなってしまってねー、無理をして履きつづけて、親指が飛びだしても履いていたら、見兼ねた学校の先生が配給を先にしてくれてねー」

「ヤマトゥにも、いい先生がいるんだねー」

いくら話を続けても、ユキの家が遠ざかるわけではなく、とうとう辿りついてしまった。三軒先がわたしの家だった。わたしたちはユキの家の前で別れるしかなかった。

こんなにずっと待っていた人と、もう別れてしまわないといけないなんて。

「カミ」

マチジョーはユキの家の石垣の前で立ちどまった。

「ここを見て」

そこは、マチジョーからもらった山羊が、いつも足をとめた場所だった。

「この珊瑚石」

灰色の石垣の中で、そこだけ白い珊瑚石が嵌まっている。

「この石の高さがねー、密航したときの、ぼくの背の高さだよー」

その石は、わたしの肩ぐらいの高さしかなかった。

「マチジョーはあんまり大きくなかったもんねー」

わたしはわらいかけたけれど、マチジョーはわらっていなかった。

「ぼくはあのころ、カミとだいたい同じくらいの背の高さだったから、これはカミの背の高さでもあるんだよー」

「あべー《あれー》」

わたしはわらった。

「わたしたちって、こんなに小さかったんだねー」

「ぼくはずっと、大きくなりたかった」

マチジョーは石をそっと触った。手を合わせて確かめなくても、その手がわたしよりもずっと大きいことがわかる。

「だからいつもこの石と背を比べてた。ぼくはずっと、カミよりも大きくなりたかった。いつも、とーとぅふぁ《お月様》いに、わぬふでぃらちたぼーり《ぼくを大きくしてください》と祈っていた。でも、この島を出るまで、ぼくはカミよりも大きくはなれなかった」

マチジョーは石を撫でた。

「カミよりも大きくなって、カミを守りたかった」

わたしは頭に桶をのせたまま、どうしていいかわからなかった。

「ぼくはやっと、こんなに大きくなったんだ。カミを守れるくらいに」

マチジョーの長い指が石の輪郭《りんかく》をなぞる。

「だからすぐに会いにこようとしたんだよー。島に戻ってきてすぐに」

「どうしてすぐに会いにきてくれなかったのー」

わたしはずっと待っていたのに。

わたしはまた、一番言いたい言葉を飲みこんだ。

「シマ《集落》に劇をしに来たカミを見てねー、自分がまちがってたってわかったんだよー」

「わたしだってわかったのー」

「ぼくにはわかったよー。最初から。カミがカミだって。みまちがえるわけがないよー」

マチジョーは顔を上げてわたしを見た。

「カミが教えてくれたんだよー」

マチジョーはやっとわらった。

「ぼくがカミを守るなんて、思いあがりだって。ぼくはこどもだったんだねー。カミはまぶしいくらい、ひとりでしっかりと生きていたのに」

「そんなことないよー」

わたしは迷ってばかりだ。今もどうしていいかわからない。自分の将来も見えてない。

「よく三味線もないのに、鳩間節《はとうまぶし》を踊ったよねー」

マチジョーの言葉に吹きだす。

「でも、マチジョーが助けてくれたんだねー」

「あせったよー。あわててシマの人に三味線を借りてねー」

わたしたちはわらいあった。

「あのときあそこで鳩間節を踊りだすところがカミだって思った。たったひとりでねー。カミはなんにもかわってないってわかって、うれしかったよー」

マチジョーはほほえんだ。

「カミはまぶしかったよー。ユリダマ《百合の球根》の出荷が終わってねー、少しだけ百合畑を買ったんだよー。ぼくはぼくで一所懸命に生きてるって、やっと思えるようになったんだよー」

わたしには、マチジョーこそがまぶしかった。


ユキの一家と一緒に、遅れて墓に来たマチジョーを、墓地に来ていたシマの人たちは歓声を上げて迎えた。

「よく戻ってきたねー」

「大きくなったねー」

「あちゃにそっくりになったねー」

マチジョーの背は、ならんで立つユキよりも高かった。

「ええっ」

聞き慣れた驚きの声が上がる。

「マチジョーなのー」

「トラグヮー」

「生きてたのー」

トラグヮーの言葉に、シマ《集落》の人たちがどっとわらいだす。

けれども、マチジョーだけはわらわず、驚きの声を上げたトラグヮーを抱きしめた。

「トラグヮー」

「生きてたんだねー。よかったー」

トラグヮーはおんおん泣いた。

ふたりじゃない。本当なら、三人で抱きあっているはずだった。ヤンバルだけがここにいないことが、無性に腹立たしくなる。

抱きあうふたりを間にして、わたしとユキは目を合わせた。

ユキはわらって頷いた。こんなときにも、やっぱりかわらない笑顔。でも、その目は赤かった。ユキもきっと、さっきまで泣いていたにちがいない。

「あまは元気《おかあさん》でいるのー。あちゃはー」

やっとトラグヮーと離れたマチジョーに、シマの人たちが矢継ぎ早に訊ねる。

「ナビあやは《姉さん》どうしているのー」

ナビあやは、復員していった守備隊の兵隊さんを追いかけて熊本《くまもと》まで行き、結婚してこどもがもう三人もいるという。あちゃが亡くなり、マチジョーが島に戻って、あまがひとりになると、あやは家族を連れて神戸に出てきて、あまの面倒を見ているそうだ。兵隊さんの本業が理容師で三男坊だったので、どこででも仕事ができると身が軽い。

「ヤマトゥ《本土》では雪が降るんでしょー」

ナークがさも知ったふうに言う。

「雪が降る前に霜《しも》が降りるよ」

マチジョーはにこにこしながら言う。

「朝起きるとねー、地面いっぱいにねー、ぱらぱら白い粉を振りかけたみたいになっているんだよー」

ヤマトゥに行ったことがないわたしたちには、話を聞いてもよくわからなかった。

「霜が降りる前にはねー、木の葉っぱが赤くなったり黄色くなったりして、ぱらぱら散るんだよー。枯れるわけではなくてねー。葉っぱが落ちて、丸裸になったまま冬を越してねー、また春になると、新しい葉っぱが生えてくるんだよー」

ナークが目を丸くするのが、マチジョーにはおもしろいらしい。

「えらぶ《沖永良部島》と与論の復帰運動は神戸でも盛んにやっていてねー、みんな署名もしてくれるんだけどねー、沖永良部島がどこにあるのか知らないんだよー。それで地図を見てみたらねー、えらぶも与論も、地図にものっていなかったんだよー」

みんながまた、どっとわらった。

地図にものっていない島。

こんな小さな島で、わたしたちは泣いたりわらったりしている。


お盆《ショーロ》の翌日、日が良いということで、早速、マチジョーのあちゃ《おとうさん》の納骨が行われることになった。もう神戸で葬式はすんでいるので、マチジョーのみー《兄さん》たちの洗骨をした、縁のあるおばさんたちだけが呼ばれた。

日を嫌うと言って、早朝から墓地に集まり、大きな蛇の目傘をさしかける。うちのあじ《おばあさん》とあま《おかあさん》も呼ばれ、わたしも一緒に見守った。

前《メー》の浜《ヌ》の砂を撒いた真っ白な墓地に膝をついて、墓石の後ろに置かれた納骨甕《インジガミ》の蓋を取った。甕の中には、白くなったショーカン《頭蓋骨》が納められていた。

「これが、ハナみーのショーカンだよー」

あじが両手でそっと持ちあげ、マチジョーに渡した。マチジョーはハナみーのショーカンを、その大きな手で包みこむように持った。

その下には、ユニみーのショーカンがあったが、甕が割れて、ショーカンに蘇鉄の木の根が巻きついていた。

あじが言った。

「あれー《あべー》、大変だ。甕を新しくしないといけないねー」

「ユニみーがマチジョーを呼んだんだねー」

あまが言うと、みんな頷いた。

マチジョーのみーや、うやほー《先祖》たちの骨は、新たな納骨甕に納めなおされ、あちゃの骨は最後に納められた。

「おかえりー」

「長いタビだったねー」

「うらわよー《あなたはねー》、三味線を弾いて、みんなをいつも喜ばせてくれたねー」

「やっとみんなと一緒になれたねー」

おばさんたちは口々にあちゃの骨に声をかけた。

あちゃが葬式のとき、はなしゃぐゎー《愛しい我が子》と呼びかけた、先立ったふたりの息子たちのところに、あちゃも旅立った。

「供養に弾かせてください」

マチジョーは甕の蓋を閉じる前に、三味線を弾いた。いちか節だ。

なしぐゎー《生んだ子を》　むるとぅむに《みんな》
育てぃゆんでぃ《育てようとした》　しゃしが《けれど》
てぃんぬ《天の》　う定みぐゎ《定めで》
育てぃならむ《育てられなかった》

ハナみー《兄さん》の葬式で、マチジョーのあちゃ《おとうさん》が唄った唄だった。ふたりの子を亡くしたマチジョーのあま《おかあさん》が、いつも唄っていた唄。集まっていたおばさんたちが泣きだした。それは、ヤンバルのあまとあちゃの思いでもあり、イチみーを亡くしたわたしのあまの思いでもあり、子を亡くした親たちすべての思いでもあった。

つきに《月に》　がんかきてぃ《祈って》
てぃだに《太陽を》　にげたてぃてぃ《拝んで》
ふたい　うやがなし《この世に生んでくれた親の》

むむゆ　にごら《百世も生きることを願う》

海からの風が、さとうきび畑を通りこして、甕の一番上に納められたあちゃの骨に、そっと吹いてくる。まるであちゃの頭を優しくなでるように。

この島の風は、この島で生まれたあちゃのことをわすれていない。

あまたちの泣き声と、島の風に送られながら、甕の蓋は閉じられた。

マチジョーのあちゃの、長いタビは終わった。


墓からの帰り道、わたしとマチジョーは、おばさんたちのあとについて歩いた。

納骨が終わったら、マチジョーはあまの親戚の家に戻ることになっていた。

「いつ戻るのー」

「今日は振る舞いをしてもらうから、明日かねー」

家のないマチジョーは、振る舞いをユキの家に頼み、泊まらせてもらっていた。

「もう神戸には帰らないのー」

もう戻らないでほしいと願いながら、わたしは訊いた。マチジョーはわらった。

「もう密航はこりごりだよー」

マチジョーは密航で島を出て、密航で戻ってきた。時化た闇夜に、七島灘を二度越えた。日本との境界の島、口之島《くちのしま》で、船主に足許を見られてふっかけられ、約束の二倍の密航料を取られたことも、シリンダーが壊れ、船が沈みかけて、海水を汲みだしながら、なんとか種子島《たねがしま》に辿りついたこともあったという。

「でも、あま《おかあさん》とナビあや《姉さん》に報告したいからねー。復帰してから帰るよー」

あんなに奄美群島挙げてダレスさんを褒めたたえ、感謝したのに、ダレス声明はただ、奄美群島に対する日本の権利を復活させる用意がある、というだけで、それがいつかははっきりさせていないものだった。アメリカの統治下に置かれたときはなんの予告もなく、ある日突然アメリカになっていたのに、奄美の人々が望む日本復帰は約束ばかりで、なかなか実行には至らず、明日にも復帰すると思いこんでいた人たちを落胆させていた。

「ナビあやがずっと、島に戻れとしつこくてねー。あやには、わかっていたんじゃないかと思うんだよー」

「をぅない神《姉妹》だからねー」

頷きながら、ナークを思う。わたしは、ナビあやのようなをぅない神になれるだろうか。

「カミはどうするのー」

わたしはわらいながら、首を振った。

夢を追っているマチジョーがまぶしかった。ユキは復帰しようがしまいが、どうしても教育の程度の高いヤマトゥ《本土》の大学に行くと決め、猛勉強を始めていた。トラグヮーは弟妹のために島に残り、検定試験を受けて教員になるという。マチジョーもユキもトラグヮーも、自分の将来をしっかりと見据えている。

もう三年生だというのに、わたしはまだ、形を取りつつあった自分の夢を口にしたことがなかった。

「マチジョーは、おぼえているー。あのころって先生がすごくこわくて、わたしが怒られるところだったのに、マチジョーが代わって怒られてくれたよねー」

朝礼の教育勅語奉読のとき、「気をつけー」と言われると、頭を下げたまま、じっとしていないといけなかった。ずっとうつむいていると、どうしても洟《はな》が出る。それでも、すすりあげるのは禁止されていた。なんの音も立ててはいけない。くしゃみも咳も許されなかった。

「わたしが洟をすすりあげちゃって、先生がものすごい勢いで走ってきたのー。殴られると思って、怖くて目をつぶったら、マチジョーがわざと大きな音で洟をすすりあげてくれたよねー。それで、代わりになって、マチジョーがビンタされてくれたよねー」

「そんなことないよー。ぼくはしょっちゅう怒られていたからねー」

マチジョーはわらった。本当にわすれているのか、わすれたふりをしているのか、わからなかった。

「あんな先生たちの言うことを、信じてたねー」

先生の言うことだけではなかった。守備隊の兵隊さんたちが言うことも、シマ《集落》の人たちが言うことも、あまや《おかあさん》あちゃ《おとうさん》が言うことも、何も考えずに信じていた。

ヤンバルのみー《兄さん》が満蒙開拓青少年義勇軍で満洲へ行ったのも、学校で先生に勧められたからだった。トラグヮーのあちゃは、ヤンバルのみーを行かせたことをずっと悔やんでいる。学校には生徒を何人送れと割り当てが来ていたという。それで満洲へ行った生徒は、ひとりも戻ってこなかった。

マチジョーは頷いて言った。

「騙されたってみんな言うけど、それですませちゃったら、きっとまた騙されるよねー。それで、おんなじことをくりかえすんだよねー」

わたしはまじまじとマチジョーを見た。

「わたしもずっと、そう思ってたのー」

マチジョーはもう一度頷いた。

「今だって、しかたがないってみんな言うのー。復帰して沖縄と離れても、しかたがないって。しかたがないって、空襲どきによく聞いたよねー。またおんなじことをくりかえしてるの。わたしたちは」

わたしは、鳩間節《はとうまぶし》を踊った日から、夢を抱くようになっていた。

本当のことを学んで、教えられる先生になりたい。それでも自分の考えを絶対だって押しつけるんじゃなくて、こどもたちと一緒に考えられるような先生になりたい。

こどもたちが、もう二度と、だれにも騙されることのないように。そして、だれも騙すことのないように。

「わたし、先生になりたいの」

わたしはやっと、自分の夢を言葉にした。

「ただの先生じゃなくて、ヤマトゥ《本土》に行って、きちんと学んで、こどもたちと一緒に考えられるような先生になりたいの」

「カミはかわらないねー」

マチジョーはわらった。

「こどものころから、先生になりたいって言ってたもんねー」

わたしはおぼえていなかった。

「わたし、そんなこと言ってたっけ」

「日本が戦争に勝ったら、世界各地で日本語の先生になれる。世界のあちこちに行ってみたいから、日本語の先生になるって言ってたよー」

わすれていた。

わすれていた過去は、なかったことになる。

マチジョーがおぼえていてくれたわたしの過去。

フジチ山で海の向こうを眺めながら、描いていた夢。

世界中で日本語を教えようと願うなんて。世界中の人たちを日本語でしゃべらせようと思うなんて。その国の人たちにだって、その国の言語も暮らしもあるはずなのに。その国のうやほー《先祖》たちからずっと受けついで、大切にしてきた言語も暮らしも。

学校の先生が言ったことを鵜《う》呑《の》みにして疑ってもみなかったころ。方言札をいやがって、ヤマトゥ《本土》言葉で得意げにしゃべっていたころ。

「そんなことを夢見ていたなんて、はずかしいねー」

学校の先生が絶対だと思っていたころ。黒板の横にはいつも竹の笞があった。居眠りをしただけでその竹が折れるくらい頭をたたく。こんな状態で戦争に行けるもんかーと怒鳴っていた先生。わたしの代わりに洟をすすりあげてくれたマチジョーを殴った先生。

「おぼえていてくれて、ありがとう」

わたしがわすれていたわたしの過去。

わすれてしまえば、なかったことになる。

「やっぱり、わたしは先生になるよー」

なくしていたわたしの過去を、マチジョーがおぼえていてくれた。

「そんな先生じゃない先生になるよー」

マチジョーはわらいながら頷いた。

「カミならなれるよー」


その夜、ユキの家はにぎやかだった。納骨の振る舞いなのか、七回忌の振る舞いなのか、どっちなのかもうわからなかったけれど、集落《シマ》の人たちが集まって、神戸で亡くなったあちゃ《おとうさん》を悼《いた》み、ユニみー《兄さん》とハナみーをなつかしみ、立派になって帰ってきたマチジョーを祝った。

わたしはトーグラ《台所》で食事の支度を手伝いながら、絶えることのない笑い声と話し声を聞いていた。それでもまだ、信じられなかった。マチジョーがこの島に戻ってきたことが。

わたしは時々、トーグラから顔を出して、マチジョーが本当にいるかどうかたしかめた。ナークを抱きあげて、もう赤ちゃんじゃないからと拒絶されたりしているのを見ては、ほっとした。

そのとき、マチジョーの横にいたユキがわたしを見ていることに気がついた。わたしはとっさにユキにわらって見せ、トーグラに引っこんだ。

ユキに言わなくてはいけなかった。

わたしはユキをすきじゃなかったことを。

マチジョーに会うまで気づかなかった。わたしはずっと、マチジョーがすきだった。

電気が消えても、ランプの明かりで宴《うたげ》は続いた。その喧騒《けんそう》を遠くに聞きながら、わたしはなかなか寝つけなかった。ユキを傷つけないように、どう言えばいいかわからなかった。

あくる朝、いつものように、起きてすぐに水を汲みにいった。ホー《水汲み場》にはだれもいなかったので、ヌケ石《のせ》に桶を置き、そろそろと頭にのせていると、後ろからふっと持ちあげて、だれかが頭にのせてくれた。

「みへでぃろどー《ありがとうございます》」

礼を言って立ちあがると、そこにはユキが立っていた。

「ユキ」

どうしてここにいるのか訊ねる前に、わたしは思わず言っていた。

「わたし、ユキに話したいことがあるのー」

「わかってるよ」

ユキはわらっていた。

「カミは、マチジョーのことがすきなんだよね」

わたしは言葉を失った。

「どうして」

「言ったよね。ぼくはカミのことなら、だれよりもわかっているからね」

ユキはわたしの頭から水桶を取って、地面に下ろした。

「マチジョーが行ってしまうよ」

ユキは言った。

「もう準備してる。早く行かないと、またしばらく会えなくなるよ」

マチジョーの住む集落《シマ》は、越山の向こうにあった。歩けば半日はかかる。そんなに気軽に行けるところではなかった。

「カミはずっと、マチジョーがすきだったんだね。まさかとは思ってたけど、やっぱりそうだったんだね」

「やっぱりって」

「カミはいつも、がっかりしてたからね。ぼくの家からぼくが出てくるたびに」

「そんなことないよー」

ユキはわらいながら、首を振った。

「ぼくは初めて会ったときから、カミがマチジョーをすきだって、知ってたのに」

こんなときもかわらない、ユキの笑顔と向かいあう。

何かしようと思うとき、いつもユキが見守っていてくれた。ふりかえればいつもこの顔があった。

この笑顔に、わたしはどれだけ助けられてきたんだろう。

この人にだけは嘘をつけない。

つきたくない。

「マチジョーがすきなの」

わたしは言った。

「ずっとすきだったの」

ユキはわらった。

「それ、ぼくに言うことじゃないよ」

わたしもわらった。

「ガジュマルの木に登って、マチジョーを見送ったよね」

あのとき、ユキは、下からわたしを持ちあげてくれた。

「水はぼくが運んでおくから。早く行きな」

「ユキ、ごめん」

謝ったあとで、言い直した。

「ううん、みへでぃろー《ありがとう》」

わたしはユキに背を向け、走りだした。

マチジョーはもう、ユキの家にはいなかった。集落《シマ》の人たちに見送られるのを恐縮して、朝ごはんも食べずに出ていったという。

わたしはあのシマに向かう道を走った。

さとうきび畑の間の道は、どこまでもつづいていた。すっかり背が高くなったさとうきびが、朝の太陽の光を遮ってくれる。それでも汗が吹きだし、息が切れるのを、島の風が後ろから押してくれる。さとうきびの葉っぱも、わたしを励ますように、ざわざわと音をたてて一斉に揺れる。

道のずっと先に、ひとり歩くマチジョーの後ろ姿が見えた。

「マチジョー」

わたしの声に、マチジョーはふりかえり、足をとめた。

わたしはそのとき、自分が何も考えていなかったことに気づいた。思わず走りだしたまではよかったけれど、わたしはマチジョーに会って、どうするつもりだったんだろう。何をマチジョーに言うつもりだったんだろう。

わたしはいつも後悔ばかりしている。

でも、マチジョーに追いついたとき、わたしは言葉なんていらなかったことを知った。

やっと追いついたわたしを、マチジョーは抱きしめた。

わたしたちはいつの間にこんなに大きくなってしまったんだろう。

ナビあや《ねえさん》が空襲病にかかったとき、わたしはさとうきび畑の中に入っていくナビあやと兵隊さんを見た。

ふたりはお互いの顔を見て、わらいあっていた。

どこまで続いているのかわからないほどに広い空と海。海まで続くさとうきび畑。こんなに果てしないこの世界のなかで、まるで自分たちしか存在していないみたいに。

ナビあやが、見たこともないくらいにまぶしく見えた。

マチジョーには言わなかった。

永遠に辿りつけないくらい、ずっと先のことだと思っていた。

一回の人生で、自分にそんなことが訪れる日が来るなんて、とても思えなかった。二回も三回も生まれかわって、やっとやってくるような、ずっとずっと遠い未来のことだと思っていた。

わたしたちはいつの間に、こんなに大きくなってしまったんだろう。

マチジョーの体を、わたしは強く抱きしめた。

復帰はなかなか実現しなかった。

八月のダレス声明発表から三ヵ月たつころには、口約束だけで、このまま奄美群島は復帰しないんじゃないかという噂も流れた。

十二月になると、復帰日確定要求町民大会として、また徹夜での断食が始まった。

マチジョーも、あのシマ《集落》で断食をしているんだろうか。

そう思いながら、大会に出かけていくナークに、ウム《芋》を山ほど食べさせた。自分も途中で倒れたりしないよう、ひとつだけウムを食べる。

「おなかが空いたら、うちに戻っておいでねー」

近所を憚《はばか》って、そっと言葉を添える。ナークは口いっぱいにウムを頬張って、にっこりと頷いた。

奄美群島全島あげての断食祈願は何度か続いた。やがて十七日になって、復帰の日がクリスマスに決まったというニュースが流れた。

二十五日は雨だったけれど、授業を取りやめにして、復帰祝賀行列をすることになった。卒業した大勝さんたち、生徒会だった先輩たちも駆けつけてくれて、トラックで全島一周することになった。ブラスバンドと生徒会の仲間と一緒に、わたしもトラックに乗りこむ。

「これでヤマトゥ《本土》の大学に行けるねー」

となりに立つユキに声をかけた。

「カミはいいの。日本に復帰したら、マチジョーはまた、神戸に戻るんじゃないの」

「もう戻らないんだってー。ユリダマ《百合の球根》を作って、あまたち《おかあさん》を呼び寄せるんだってー」

そして、いつか、飛行機畑を買うんだと、マチジョーは言っていた。

「よかったね」

ユキはいつものようにわらってくれた。自分のことより、いつもわたしのことを考えてくれた顔。

「じゃあ、カミは、もう勉強しなくてもいいんだね」

ユキの言う意味がわからなかった。

「卒業したら、マチジョーのところに行くんだろ」

「ええっ」

いつの間にか後ろにいたトラグヮーが驚く。

「カミとマチジョー、結婚するのー」

「しないよー」

わたしはわらった。

「復帰したから、これから勉強するよー」

ユキにはなんのことかわからないらしい。いつもわたしの思いを、一番に汲んでくれたユキ。それがずっとうれしかったけれど、今日だけはそのユキを出し抜けて、ちょっと気分がよかった。

「わたしもヤマトゥ《本土》の大学に行くよー」

「ええっ」

こうやって、いつも驚いてくれたトラグヮー。

「学校の先生になるの。ヤマトゥで一番の勉強をして、戻ってきて、この島で一番の先生になる」

「教員免許の試験なら、この島でも受けられるのに」

トラグヮーが言った。トラグヮーはそのつもりで勉強を始めていた。

「どうやって勉強するのー。ヤマトゥの大学入試は、ものすごく難しいよー」

「それはユキが教えてー」

「あべー《あれー》、大変だ」

きちんと勉強して、島のこどもたちに、本当のことを教えられる先生になりたい。

竹槍を振りまわしたり、自決するための壕を掘ったり、うやほー《先祖》から受け継いだ言葉を捨てたり、そんなことを二度とこどもたちにさせないような。

ブラスバンドの演奏で復帰の歌を歌う。

「この歌を歌うことも、もうないんだなー」

トラグヮーがなんだかさみしそうに言った。

トラックはマチジョーの住むシマ《集落》も回った。マチジョーは百合畑に立ちあがって、わたしたちを見送ってくれた。

復帰してからは、めまぐるしい日々が続いた。

わたしは大学受験のための勉強を始めた。B円が回収され、日本円が使われるようになった。「人は左、車は右」だったのに、「人は右、車は左」となった。

復帰したらアメリカ軍基地はなくなるとばかり思っていたのに、むしろ固定化が決まり、鉄筋コンクリートの施設が建てられることになった。アメリカは、基地の使用が認められたから、奄美群島を返還したんだなとユキは言っていた。

これまで島の人たちが頼ってきた沖縄は返還されず、外国になった。沖縄に出稼ぎにいっていた人たちは戻ってきた。琉球大学に進学していた先輩たちは鹿児島大学に移った。沖縄で働いて財産を築いていた人たちは戻ってこられず、墓まで引きあげて、沖縄に骨を埋めることに決めた家族も多かった。うちのシマ《集落》でもそういう家が二軒あった。墓地に隙間ができるのはこれまでになく、さみしいことだった。そうなって初めて、沖縄が一緒に復帰できるように、なんとかできなかったものかと悔やむ声が聞こえるようになった。

美奈子はアメリカへ行ったということだった。

同じ外国なら、アメリカだって沖縄だって同じよ。

そんな美奈子の声が聞こえるような気がした。どこへ行っても仕送りを欠かさないと、美奈子のあま《おかあさん》がうちのあまに泣きながら話していた。五人のうとぅー《弟妹》とあまの生活は、美奈子の肩にかかっていた。

大学入試を受けるため、わたしとユキがヤマトゥ《本土》へ旅立つ日はすぐにやってきた。わたしの勉強は間に合わなかったけれど、なんとかなるような気がした。もし今年大学に受からなかったら、ヤマトゥで一年働いて学費を貯め、来年また受験するつもりだった。

その朝、わたしは、いつものように水を汲もうと、桶を取りに裏へ回った。

「こんな日に水なんて汲まなくていいよー」

あまが言うのも聞かず、桶を持ってホー《水汲み場》に向かう。復帰して定期船ができたとはいえ、ヤマトゥへの船賃は高かった。次に家のために水を汲めるのはいつになるか、わからなかった。

水を汲んで戻ってくる道沿いのさとうきび畑では、黒砂糖《サタ》作りが始まっていた。朝早いのに、牛が砂糖車《サタグルマ》を引いている。

さとうきびを搾る工場もでき、うちのさとうきびは工場で搾ってもらうようになっていたけれど、今も多くの家では牛に砂糖車を引かせて搾っていた。

ちばりよ《がんばれ》　牛よ

わたしは唄いだした。砂糖車《サタグルマ》を引く牛が足を止めないよう、牛を追いながら唄う唄。工場で搾ってもらうようになって、うちの砂糖小屋も使わなくなり、わたしが牛を追うこともなくなり、この唄を唄うこともなくなっていた。

けれども、この唄を唄うと、なぜか元気が出た。

さったー《砂糖を》　なみらしゅんどー《なめさせてあげるよ》

そこまで唄ったとき、あとを続ける声がわたしの声と重なった。

ふぃよー　ふぃよー

ふりかえると、マチジョーがいた。

「もう来てくれたのー」

「電報が来たから、夜が明ける前にシマ《集落》を出てきたんだ。間に合ってよかった」

「早すぎるよー」

わたしはわらった。

「じゃあ、じゃーじゃ《おじいさん》が喜ぶから、朝ごはんを食べていってよー」

わたしたちはならんで歩きだした。

「砂糖をなめさせるなんて言って、一度も牛に砂糖をなめさせたことなかったよねー」

「自分たちはときどき、なめながら働くこともあったけどねー」

わらいながら、何かもっと話すことがあるような気がした。でも、それが何かはわからなかった。

「もういっぺん、唄ってー」

笑いが途切れたとき、マチジョーが言った。

「カミの声をわすれないように」

ちばり《がんばれ》よ　牛よ
さったー　なみらしゅんどー
ふぃよー　ふぃよー

「ずっと聞きたかった」

マチジョーが言った。

「この唄が聞きたかった」

この唄は、空襲の中、ナークを抱きしめて、マチジョーが唄ってくれた唄でもあった。

「落ちこんだりすると唄ってねー、この唄にいつも励ましてもらってたんだよー」

わたしは不意に、ヤマトゥ《本土》に行きたくなくなった。こんなにずっと待っていた人とやっと会えたのに、どうしてわたしはヤマトゥに行くことなんか選んでしまったんだろう。

「わたしはばかだねー。いつも後悔するのが遅いの」

わたしは言った。

「ずっと待ってたのに、わたし。いつかマチジョーが帰ってくるのを、ずっとずっと待っていたのに」

マチジョーはわらった。

「今度はぼくが待ってるよー」

搾りたてのさとうきびの甘い匂いをのせて、風がわたしたちの間を吹き抜けていく。

「立派な先生になって戻ってきて」

あふれる涙を拭うように、島の風はわたしの頰をなでていった。


復帰して初めてヤマトゥへ大学受験に行く高校生を、シマ《集落》の人たちは総出で見送ってくれた。

船は大型の金十丸《かなとまる》だった。沖に泊まった金十丸までは艀に乗っていく。

区長さんと婦人会の上《カミヌヤー》の家のおばさんの激励の言葉を、わたしとユキとトラグヮーはならんで聞いた。復帰したために、島で受けられる教員免許の検定試験はなくなり、トラグヮーは急遽《きゅうきょ》、大学受験をしなくてはならなくなったのだ。わたしよりも時間がなかったせいなのか、弟妹たちと別れるのがさみしいせいなのか、トラグヮーは泣きそうな顔をしていた。

「カミはちゃんと志《こころざし》があってだからいいけどねー、ぼくはただ、島を出ないですむから、先生になろうと思ったのに。島を出てまでやりたかったわけじゃないのに」

上り口説《ぬぶいくどぅき》が始まった。島々を辿って、鹿児島に向かう旅を唄う唄だ。

「復帰運動なんかしなきゃよかったよー」

上の家のおじさんの三味線と、おばさんの唄声にまぎらせながら、トラグヮーは呟いた。　わたしとユキは目を見合わせ、笑いをかみころした。

艀に乗るとき、三味線の音がかわった。マチジョーのあちゃ《おとうさん》の音だ。

ふりかえると、マチジョーが上の家のおじさんに代わって、いちか節を弾いていた。

きゆぬ《今日の》　ふくらしゃや《よろこびは》
むぬに　たていららむ《たとえようがない》
いちむ《いつも》　きゆぬぐとぅし《今日のように》
あらちたぼり《あらせてください》

離れていく艀に向かって、シマ《集落》の人たちが声を合わせて唄いはじめた。

ナビあや《姉さん》を思いだす。いつだったか、ナビあやがこの唄を唄った。

「あやー」

人垣から飛びだしてきたのは、ナークだった。

「あやー」

ナークは波の中に飛びこんだ。

わたしは、たったひとりのをぅない神《姉妹》だったのに。

「みー《兄さん》」

トラグヮーの妹と弟たちも、ナークにつられ、駆けだしてきた。いつもきまじめなウミも一緒だった。歩きはじめたばかりのトミグヮーも、遅れて波に飛びこむ。

あまや《おかあさん》あちゃ《おとうさん》たちに抱きかかえられ、引きもどされながらも、こどもたちは泣き叫んでいた。

「あやー」

「みー」

わたしもトラグヮーも泣きながら手を振った。弟妹をみんな神戸空襲で亡くしたユキも泣いていた。

わたしたちはこどもたちに向かって手を振った。

こどもたちは波打ち際で、どんどん小さくなっていった。

さらば　たちわかり《そろそろお別れしましょう》
なちゃぬい゙る　うもーり《明日の夜またおいでください》
なちゃぬい゙る　うもーり《またおいでください》
まくとぅ　かたら《ありのままの思いを語りましょう》

マチジョーのいちか節もだんだん小さくなっていく。

手を振って見送ったあちゃとイチみーは戻ってこなかった。わたしが手を振って戦場に送りだしたから。

だから、マチジョーが密航していくときも、手は振らなかった。

でも、わたしは必ず戻ってくる。

なちゃぬい゙る《明日の夜》は、いつやってくるかわからないほどに遠い未来ではなかった。

最後の三味線の音を、島の風はわたしのところまで届けてくれた。

わたしは手を振った。

トラグヮーはあんまり泣いて、船端に膝をついてしまったので、わたしがトラグヮーの分まで手を振った。

波の中に立つナークも、トラグヮーの妹と弟も、手を振ってくれた。

そして、三味線を弾き終えたマチジョーも。

わたしたち三人は、タビに出る。

タビの途中で亡くなってしまった、たくさんの人たちを思う。

でも、この島に、わたしたちは必ず帰ってくる。

わたしは帰ってくる。

大きく手を振った。

解説

知花くらら

私が、祖父から沖縄戦の話を初めて聞いたのは、ほんの十年ほど前のこと。報道番組の取材で、祖父を取材することになり、祖父が生まれ育った沖縄県慶良間諸島《けらまげ》の慶留間島《るまじま》に渡りました。祖父は、これまで戦争の話題になると、いつもそっと席を外していました。だから、〝話したくないんだな〟という空気を感じていたし、身近な家族ということもあって、私から直接尋ねたことはなくて。

祖父は、島を案内しながら、時折〝ここで親戚の家族が横たわっていてね〟とか、道端に生い茂っている細長い葉を引きちぎって、自分の首に当て〝こうやって首を締めたんだよ〟と、静かな口調で語りました。いつもの、少し口元に微笑をたたえた穏やかな祖父。でも発する言葉は、耳を疑うようなことばかりで。そのコントラストに平衡感覚を失うようなめまいに似た感覚がありました。

慶留間島では、集団自決で多くの島民が命を落としました。祖父は、

「直接の命令はなかったけれど」

と前置きした上で、

「あれは教育が間違っていた」

と。〝米兵に捕まれば、女・子どもは乱暴され、陵辱を受ける〟――島民はその言葉を信じ、我先にと命を落としていきました。

「茂、早く殺してよ」

私の大伯母は、そう祖父に懇願したそうです。命を奪うことこそ、目の前の大切な家族が苦しまないよう、してあげられる唯一の方法だった。祖父は、私に見せてくれた、細長い雑草を姉の首に巻き、力一杯締めました。

「まだ死なないよ、茂早く」

何度締めても、なぜかだめでした。途方に暮れていると、遠くから、

「死んじゃダメだ」

という声がして、ハッと我に返ったそうです。戦争中は、狂気が人々の心を蝕《むしば》んでいたのです。運命のいたずらで、どうしても死ねなかった祖父と姉二人は、結局、上陸した米軍の捕虜《ほりょ》になりました。最初は怯《おび》えていた兄妹たちは、米兵から、缶詰をも

らって食べたそうです。

「とっても美味しくてねー」

と、祖父は、突然ポロポロと涙を流し始めて。涙を隠すように拭《ぬぐ》いながら、

「みんなにも食べさせてあげたかったよ。生き残って悪かったなあって」

と、つぶやきました。そのとき初めて、祖父の心の一部は、まだ過去に生きていたのだと知って、すごく悔しくて。翻弄されたのは、罪のない人々でした。小さな島で、平和に暮らしていた人々。学校で教えられることを、ただただお守りのように信じて。

一九四五年、六月。牛島中将の自決を以て沖縄戦が終わりを告げることになりました。最後の砦《とりで》だった沖縄が陥落したことで、長かった太平洋戦争が終結。沖縄はアメリカの占領下となりました。それから九年後の一九五四年、私の父は生まれました。沖縄の本土復帰が一九七二年ですから、父は、多感な高校生時代を本土復帰運動に捧げた世代。登場人物のユキのように、父もまた、復帰への熱い信念を持ち、真の本土復帰を目指したデモ行進に参加していたというのです。高校では、二千名余の全校生徒に先生方も加わり、各自椅子を運動場に持ち出し、討論集会が行われたと言います。貧しい暮らしの中、少しでも豊かに、少しでも美味しいものを家族に食べさせて

あげたい――。きっとそんな一心で、それぞれの立場で声を上げていたのだと思います。大きなうねりに翻弄される人々の姿が沖縄にありました。

物語にも、時代に翻弄される人々の姿や島が、一人の女の子、カミの目を通して描かれています。黒を白に、右を左に。そんなことが急にはできない、不器用でまっすぐなカミ。〝しかたがない〟と他の人が片付けてしまうようなことがどうしても理解できません。他の人からはマイペースに見られるかもしれませんが、「正しいことはなんだろう」と、ずっと自分に問い続けていたに違いありません。カミにとって「正しいこと」は、立派に眩《まぶ》しく見える同級生の言葉の中にも、先生の講話にも、見つかりませんでした。彼女は、愛しい弟や友人や、愛する人の人生を通して、怒りを知り、哀しみを知りました。それは、どんなに立派なスローガンよりも彼女を突き動かしたのです。

〝本当のことを学んで、教えられる先生になりたい。それでも自分の考えを絶対だって押しつけるんじゃなくて、こどもたちと一緒に考えられるような先生になりたい。こどもたちが、もう二度と、だれにも騙されることのないように。そして、だれも騙すことのないように〟夢を見つけたカミ。彼女は、翻弄されたことを、怒りをもって迎えたり、押し付けたりすることをせず、言葉を無駄に振りかざすこともありません。過ちを二度と繰り返さないために、学ぶことを選択するのです。それは、今日においても、平和を読み解く鍵となり得るもの。誰より世界を観察し、鳥の目を持ち、人々の心に寄り添う優しさと、智慧《ちえ》を備えた「をぅない神」カミの言葉は、私たちに多くのことを教えてくれます。

最後まで、泣きながら作品を読ませて頂きました。私にも八歳下の弟がいますが、をぅない神として大切な存在を守りたいカミの瑞々しい感性が眩しく感じられ、渦中にありながら人間や時局を見つめる客観的な目線は、読み手を物語の真ん中へ、すうっと導いてくれます。子どもたちの目線は、いつも大切なことを教えてくれます。その世界を厳しくも甘酸っぱく描いた美しい文章に、終始、魅了されっぱなしでした。

戦後七十五年が経ち、戦争を経験した世代が少なくなっています。語ることなく、この世を旅立つ命のあることを思うと、焦りのような悔しいような思いになります。私にとって戦争は、祖父が抱き続けている傷そのもの。七十数年もの時間さえ、癒せなかった祖父の傷。当時まだ幼かった心はどれほどえぐられていたのかと思うと苦しくなります。同じように、物語の中で翻弄されながら、貧しくもたくましく生きた子どもたち。その眼差しが見つめる世界が、多くの皆様の心に刻まれることを願っています。

最後になりましたが、このような素晴らしい作品の解説を書かせていただくという身に余る機会をいただきまして光栄です。戦争という難しいテーマと、取り残された南の島々に焦点を当ててくださったこと、多大な熱量を持ってこの作品を生んでくださった作者の中脇初枝さま、関係者各位のみなさまに感謝申し上げます。

主要参考文献（著者敬称略）

一ノ瀬俊也『戦場に舞ったビラ　伝単で読み直す太平洋戦争』講談社
岩倉市郎『沖永良部島昔話』民間伝承の会
大島郡和泊町企画観光課編『和泊町戦争体験記』大島郡和泊町
大島隆之『特攻　なぜ拡大したのか』幻冬舎
大西正祐『二人の特攻隊員』高知新聞企業
織田祐輔「大分県下に対する米海軍艦載機空襲について―史料に見る1945年3月18日の大分県北部への空襲―」『空襲通信』第18号　空襲・戦災を記録する会全国連絡会議会報
川上忠志「沖永良部島の戦争の歴史」『奄美ニューズレター』No.32　鹿児島大学
菊池保夫「沖縄脱出兵と沖縄奪還刳舟挺身隊」『奄美郷土研究会会報』第38号　奄美郷土研究会
金元栄著　岩橋春美訳『朝鮮人軍夫の沖縄日記』三一書房
工藤洋三『日本の都市を焼き尽くせ！　都市焼夷空襲はどう計画され、どう実行されたか』
国頭字誌編纂委員会編『国頭字誌』国頭字誌編纂委員会

栗原俊雄『特攻―戦争と日本人』中公新書
桑原敬一『語られざる特攻基地・串良　生還した「特攻」隊員の告白』文藝春秋
後蘭字誌編纂委員会編『後蘭字誌』後蘭字誌編纂委員会
先田光演『奄美の歴史とシマの民俗』まろうど社
高田利貞『運命の島々・奄美と沖縄』奄美社
知名町誌編纂委員会編『知名町誌』知名町役場
東郷清一「地獄沖縄からの脱走部隊」『週刊文春』1960年8月22日号所収　文藝春秋
当山幸一『私と戦争』創英社／三省堂書店
永吉毅ほか編『畦布誌ふるさとあぜふ』畦布字有志
林えいだい『陸軍特攻振武寮　生還した特攻隊員の収容施設』光人社NF文庫
林正吉『沖永良部島・国頭の島唄　林正吉のノートより』シーサーファーム音楽出版
深野修司・門田夫佐子取材・執筆　南日本新聞社編『特攻　この地より　かごしま出撃の記録』南日本新聞社
保阪正康『「特攻」と日本人』講談社現代新書
前利潔「沖永良部島民の移住物語」『沖永良部島の社会と文化』鹿児島県立短期大学地域研究所叢書
森杉多『空白の沖縄戦記―幻の沖縄奪還クリ舟挺身隊―』昭和出版

山口政秀『沖永良部島　海軍特設見張所』　南京都学園
和泊町誌編集委員会編『和泊町誌』　鹿児島県大島郡和泊町教育委員会
鹿児島県地方自治研究所編『奄美戦後史　揺れる奄美、変容の諸相』　南方新社
鹿児島県立沖永良部高校『創立三十周年記念誌』　鹿児島県立沖永良部高校
佐竹京子編著『軍政下奄美の密航・密貿易』　南方新社
先田光演編『沖永良部　シマウタ歌詞集成（三部構成）』
芝慶輔編著『密航・命がけの進学　アメリカ軍政下の奄美から北緯30度の波濤を越えて』
五月書房
高橋春夫編『手をつなぐ学童文集』　よろん新聞社
知名町「奄美群島日本復帰50周年記念事業」実行委員会編『知名町奄美群島日本復帰50周
年記念誌』　知名町「奄美群島日本復帰50周年記念事業」実行委員会
永田浩三『奄美の奇跡　「祖国復帰」若者たちの無血革命』　WAVE出版
西村雄郎編著『阪神都市圏における都市マイノリティ層の研究～神戸在住「奄美」出身者
を中心として～』　社会評論社
西村富明『奄美群島の近現代史――明治以降の奄美政策』　海風社
林博史『沖縄戦　強制された「集団自決」』　吉川弘文館
ロバート・D・エルドリッヂ『奄美返還と日米関係　戦後アメリカの奄美・沖縄占領とア

ジア戦略』 南方新社
和泊町歴史民俗資料館編『復帰運動の記録と体験記』 和泊町教育委員会

そのほか、多数の書籍を参考にいたしました。

本書は二〇一八年七月刊行の『神に守られた島』、二〇一九年一月刊行の『神の島のこどもたち』（共に小社）を加筆、修正して文庫化されました。

|著者| 中脇初枝　徳島県生まれ、高知県育ち。高校在学中に『魚のように』で第２回坊っちゃん文学賞を受賞し、17歳でデビュー。2013年『きみはいい子』で第28回坪田譲治文学賞を受賞、第１回静岡書店大賞第１位、第10回本屋大賞第４位。2014年『わたしをみつけて』で第27回山本周五郎賞候補。2016年『世界の果てのこどもたち』で第37回吉川英治文学新人賞候補、第13回本屋大賞第３位。『こりゃまてまて』『女の子の昔話』『つるかめつるかめ』など、絵本や昔話の再話も手掛ける。本書の舞台となった沖永良部島の風景と島唄を紹介する写真集『神の島のうた』（写真／葛西亜理沙）ほか、著書多数。

神《かみ》の島《しま》のこどもたち

中脇初枝《なかわきはつえ》

講談社文庫

定価はカバーに
表示してあります

2020年８月12日第１刷発行

発行者――渡瀬昌彦
発行所――株式会社　講談社
東京都文京区音羽2-12-21　〒112-8001
電話　出版（03）5395-3510
　　　販売（03）5395-5817
　　　業務（03）5395-3615

Printed in Japan

デザイン―菊地信義
本文データ制作―講談社デジタル製作
印刷――――豊国印刷株式会社
製本――――株式会社国宝社

ISBN978-4-06-519959-6

講談社文庫刊行の辞

二十一世紀の到来を目睫に望みながら、われわれはいま、人類史上かつて例を見ない巨大な転換期をむかえようとしている。

世界も、日本も、激動の予兆に対する期待とおののきを内に蔵して、未知の時代に歩み入ろうとしている。このときにあたり、創業の人野間清治の「ナショナル・エデュケイター」への志を現代に甦らせようと意図して、われわれはここに古今の文芸作品はいうまでもなく、ひろく人文・社会・自然の諸科学から東西の名著を網羅する、新しい綜合文庫の発刊を決意した。

激動の転換期はまた断絶の時代である。われわれは戦後二十五年間の出版文化のありかたへの深い反省をこめて、この断絶の時代にあえて人間的な持続を求めようとする。いたずらに浮薄な商業主義のあだ花を追い求めることなく、長期にわたって良書に生命をあたえようとつとめるところにしか、今後の出版文化の真の繁栄はあり得ないと信じるからである。

同時にわれわれはこの綜合文庫の刊行を通じて、人文・社会・自然の諸科学が、結局人間の学にほかならないことを立証しようと願っている。かつて知識とは、「汝自身を知る」ことにつきていた。現代社会の瑣末な情報の氾濫のなかから、力強い知識の源泉を掘り起し、技術文明のただなかに、生きた人間の姿を復活させること。それこそわれわれの切なる希求である。

われわれは権威に盲従せず、俗流に媚びることなく、渾然一体となって日本の「草の根」をかたちづくる若く新しい世代の人々に、心をこめてこの新しい綜合文庫をおくり届けたい。それは知識の泉であるとともに感受性のふるさとであり、もっとも有機的に組織され、社会に開かれた万人のための大学をめざしている。大方の支援と協力を衷心より切望してやまない。

一九七一年七月

野間省一

講談社文芸文庫

多和田葉子
ヒナギクのお茶の場合／海に落とした名前
解説＝木村朗子　年譜＝谷口幸代

パンクな舞台美術家と作家の交流を描く「ヒナギクのお茶の場合」（泉鏡花文学賞）、レシートの束から記憶を探す「海に落とした名前」ほか全米図書賞作家の傑作九篇。

たAC6
978-4-06-519513-0

多和田葉子
雲をつかむ話／ボルドーの義兄
解説＝岩川ありさ　年譜＝谷口幸代

読売文学賞・芸術選奨文科大臣賞受賞の「雲をつかむ話」。ドイツ語で発表した後、日本語に転じた「ボルドーの義兄」。世界的な読者を持つ日本人作家の魅惑の二篇。

たAC5
978-4-06-515395-6

講談社文庫　目録

中島京子　FUTON
中島京子　妻が椎茸だったころ
中島京子ほか　黒い結婚　白い結婚
奈須きのこ　空の境界(上)(中)(下)
中村彰彦　乱世の名将　治世の名臣
長野まゆみ　簞笥のなか
長野まゆみ　レモンタルト
長野まゆみ　チマチマ記
長野まゆみ　冥途あり
長野まゆみ　45°〈ここだけの話〉
長嶋有　夕子ちゃんの近道
長嶋有　佐渡の三人
永嶋恵美　擬態
永井均　内田かずひろ絵　子どものための哲学対話
なかにし礼　戦場のニーナ
なかにし礼　生きる力〈心でがんに克《か》つ〉
なかにし礼　夜の歌(上)(下)
中村文則　最後の命
中村文則　悪と仮面のルール

中田整一 編/解説　真珠湾攻撃総隊長の回想〈淵田美津雄自叙伝〉
中村江里子　女四世代、ひとつ屋根の下
中野美代子　カスティリオーネの庭
中野孝次　すらすら読める方丈記
中野孝次　すらすら読める徒然草
中山七里　贖罪の奏鳴曲《ソナタ》
中山七里　追憶の夜想曲《ノクターン》
中山七里　恩讐の鎮魂曲《レクイエム》
中山七里　悪徳の輪舞曲《ロンド》
長島有里枝　背中の記憶
長浦京　赤《セキ》刃《ジン》
長浦京　リボルバー・リリー
中澤日菜子　お父さんと伊藤さん
中澤日菜子　おまめごとの島
長辻象平　半百《はんぴゃく》の白刃　虎徹と鬼姫(上)(下)
中脇初枝　世界の果てのこどもたち
中村ふみ　天空の翼　地上の星
中村ふみ　砂の城　風の姫
中村ふみ　月の都　海の果て

西村京太郎　七人の証人
西村京太郎　華麗なる誘拐
西村京太郎　寝台特急「日本海」《メモリー・トレイン》殺人事件
西村京太郎　十津川警部　帰郷・会津若松
西村京太郎　特急「あずさ」《アリバイ・トレイン》殺人事件
西村京太郎　十津川警部の怒り
西村京太郎　宗谷本線殺人事件
西村京太郎　奥能登に吹く殺意の風
西村京太郎　特急「北斗1号」《スーサイド・トレイン》殺人事件
西村京太郎　十津川警部　湖北の幻想
西村京太郎　九州特急「ソニックにちりん」殺人事件
西村京太郎　十津川警部　幻想の信州上田
西村京太郎　十津川警部　金沢・絢爛たる殺人
西村京太郎　東京・松島殺人ルート
西村京太郎　新装版　殺しの双曲線
西村京太郎　愛の伝説・釧路湿原
西村京太郎　山形新幹線「つばさ」殺人事件
西村京太郎　新装版　名探偵に乾杯
西村京太郎　十津川警部　君は、あのSLを見たか

2020年6月15日現在